리다에서 만난 사람

리다에서 만난 사람

이기철 장편소설

좋은날

사랑하는 제니에게

제니는 이 세상에 있는 인물이 아니다.

나는 다만 소설 속에서 제니라는, 있을 듯도 하고 없을 듯도
한 한 인물을 설정하여 그에게 무한한 사랑과 연민을 보내면서
이 글을 썼다.

이 글 속에 있는 제니는 그리크, 갈색 피부를 한, 눈이 푸르고
맑은 삼십대 중반의 미모의 여자, 성격이 쾌활하고 적극적이며
남 돕기를 좋아하는 매력적인 여자, 그녀는 그리스의 남쪽 섬
크레테 출신, 태양을 숭배하고 문화에 대한 감각이 뛰어나고 수
영을 잘하고 플라워 디자인에 남다른 재능을 가진 여자.

실재(實在)하지 않는 그녀를 소설 속에서 그려 나가는 동안
나는 그녀가 이 세상 어디엔가 숨 쉬고 있는 인물이라고 믿게
되었고 그녀의 얼굴이며 그녀의 눈썹, 그녀의 손가락 길이까지

를 실재하는 것 보다 더 여실하게 그릴 수 있게 되었다. 그녀의 구두 소리, 그녀의 웃음 소리, 그녀의 슬픔과 기쁨, 그녀의 치마 끄는 소리까지도 나는 들을 수 있게 되었다. 루디아, 옥치옥, 그리고 민관우도 마찬가지다.

나는 민관우의 입을 통해 나 자신의 인생관과 세계관, 나의 고민, 나의 애환들을 모두 털어 놓았지만, 민관우는 그러는 동안 나를 밀어내고 저 자신이 혼자 이 세상의 한 독립된 존재가 되어 나를 떠났다. 나를 떠나는 그를 나는 붙잡을 수가 없었다. 그러므로 민관우는 처음에는 나 자신의 분신이었지만 소설이 무르익어 가는 동안 그는 내가 아니었고 처음에는 내가 조종하는 인물이었지만 나중에는 오히려 그가 나를 조종하는 인물로 바뀌었다.

적어도 소설 속에서는 그렇다. 그러기에 지금의 나는 민관우에게 연민도 동정도 보내지 않는다.

나는 이 작품 속에서 끊임없이 고뇌하고 사색하는 한 인물로서의 민관우를 그렸다. 그는 한국이라는 나라를 사랑하지만 한국을 떠날 수밖에 없는 사람이었고, 한국어를 사랑하면서도 끊임없이 한국어를 버리려고 하는 한 인물로 그렸다. 그가 택한 외국 체류는 단순한 엑조티시즘이 아니라 스스로가 짊어진 운명의 굴레를 벗어나려는 몸부림이었고 그가 택한 제 3국행은 부유한 나라에 대한 근거없는 증오에서가 아니라 정치적으로 안정되고 경제적으로 풍윤한 나라에의, 안주할 수 없는 운명의 거부, 손금이 운명이라면 손금을 칼로 파서라도 운명을 바꾸려고 하는 아웃사이더적인 인물로 그렸다.

그러기에 무작정 밟았던 해외 생활에서의 생명의 은인, 생활의 보호자인 이반 제니를 외딴 섬에 홀로 남겨두고 그는 그녀가 잠든 새벽, 그녀의 머리맡에 이 세상에서 쓰는 마지막 편지를 남겨두고 뗏목을 탄 것이 아닌가.

이 글을 쓰는 동안 내 머리에 무수히 명멸(明滅)한 말들,

지상에 없는 약속은 아름답다
서른 아홉의 술잔은 밤을 향해 기운다
쟁반 위의 폭풍을 무엇으로 잠재울 수 있는가?
길 위에서 물었다. 청춘아, 나는 어디로 가야 하는가?
메 구스타 큐바, 나는 큐바를 사랑한다.

이런 말들은 나의 영혼의 목소리, 혼의 울림이었다. 그러기에 펜을 놓은 지금에도 그런 목소리는 아직 내 귀에 이명처럼 남아 있다. 이 소설 속에서는, 나는 모든 사람을 사랑한다. 그러나 나는 아무도 사랑하지 않는다.

나는 믿는다. 이 글이 한 권의 소설집이 되어 독자의 손에 쥐

어질 때, 옥치옥은 그의 화실에서, 루디아는 그의 아파트에서, 민관우는 아바나의 거리를 버리고 아직도 가을이면 들풀이 작은 씨앗을 익히는 한국의 어느 길 위에서, 제니는 그녀를 필요로 하는 남성들의 영원한 어머니가 되어 그리니치의 한 가각에서 조그맣고 여린 삶을 불밝힐 것을.

그들의 안녕을 비는 밤은 슬프고 행복하다.
오늘 밤은 혼자서라도 매운 술잔을 기울이고 싶다.

1999년 10월
이 기 철

나는 이로써 그들에게 내 어둠의 축제를 올리노니.

이 글이 소설이라는 이름으로 씌어지는 글이라고 해서 나의 이 등재되지 못한

사산의 글들이 진실로 삶의 실재를 가장한

한갓 허구로 매몰되어야 하는 운명에 처해질 수만은 없음을.

나는 잠시의 변명으로라도 그대에게 밝힐 수밖에 없느니. 나를 떠난 내 글들이여,

실패의 계단에 떨어진 낙화들이여, 그대 더러는 찢기고 상처받은 몸일지라도

이 장(章)에서의 나의 부름에 미소로 대답하고 일어서라.

— 본문 중에서 —

1

나는 오늘 서른 아홉 번째 투고에서 또 실패를 했다. 나는 어느 출판사의 장편 모집에 서른 여덟 번째 투고를 했을 때, 이번 투고가 내 습작의 마지막이기를 바랐고 그것이 마지막이기를 바랐던 내 바램을 무참히 짓밟았을 때 한 번만 더, 라는 회유로 내 결심을 번복해야 했다. 그러나 그 번복은 다시 한 번 나에게 패배의 참담함을 가르쳐 준 바 되었고 그리하여 그 참담함은 스스로의 칼로 스스로의 쓸개를 잘라먹는 신산을 내 세 끼의 수저 위에 올려놓은 결과가 되고 말았다. 나의 서른 아홉 번째의 투고는 일천 장의 원고와 함께 내 생활의 변혁 혹은 내 생명의 모종 결심을 동봉한 것이었고 그것은 내 생애의 한 고비, 한 갈림 길, 하나의 중대한 사건으로 기록되어야 할 필연성을 지니고 우편 행랑 속에 던져진 것이었다.

　나는 문자를 터득하고 난 뒤부터 글을 쓰기 시작했고 그 글들은 나 아닌 어딘가로 보내어지고 있었다. 실로 나는 글을 쓰는 일에 못지 않게 그 글을 어딘가로 보내는 일에 열중했던 지도 모른다. 어딘가로 내 글이 가고 있다는 생각은 언제나 나에게 일종의 흥분과 쾌감을 던져 주는 것이었고 그 흥분과 쾌감은 내 글쓰기의 초조와 번뇌를 탕감시켜 주는 청량제가 되기도 했다. 돌이켜 보면 나는 철저한 자폐증 환자였다. 나는 내 나이 스물이 될 때까지 다만 하나의 친구도 가지지 않았다. 어떤 사람에게도 나는 내 모습을 보이기 싫어했고 어떤 일에도 스스로 발을 들여놓는 일을 금기로 했다. 나는 나 혼자 있는 시간만큼 나에게 충실하고 내 익애의 낮과 밤을 만날 수 있는 시간은 없다는 것을 확신하고 있었다. 그것은 거의 맹목이었고 광신이었다.

　나는 열 다섯이 되던 해부터 어딘가로 글을 보내기 시작했다. 생각하면 이 땅은 보낸다는 일에 매우 관대하고 후했다.

　대학 노트 혹은 일기장 따위에 스무 장 혹은 마흔 장의 글이 씌어진다. 그것을 세 번 혹은 다섯 번 읽고 고친다. 더러는 아홉 줄, 더러는 다섯 페이지쯤 연필로 이리저리 긋고 지운다. 그리고 다시 한 번 지운 부분을 건너뛰며 읽어본다. 내 스스로가 내 글의 평가(評家)가 되어 이만하면-하는 대답이 나올 때까지 나는 내 글을 읽고 또 고친다. 나는 연필이나 볼펜으로 수도 없는 말들을 종이 위에 써 버려 내 중지 손가락에는 대추알 만한 구덩살이 박혀 있다. 구덩살이 박힌 손으로 원고지의 칸과 칸에 내 작은 글자들을 옮긴다. 워드 프로세서가 나오기 전까지는 실로 나의 글쓰기는 머리가 한 게 아니라 엄지와 중지 손가락이 맡아서 했던 것이다. 그러니까 지금은 워드 프로세서가 하는 일을 이십년이 넘게 엄지와 중지가 해 온 것이다. 그것은 초고를 원고지에 옮기는 일과 워드에 담는 일이다. 초고를 옮기는 일과 워드에 담는 일이 끝나면 나는 그 글의 제목 아래 「민관우」라는 이름을 쓰고 원고의 끝에다 「끝」이라고 쓴다. 「끝」이라고 쓸 때의 그 해방감과 가벼운 현기, 어쩌면 나는 그 현기와 해방감 때문에 지쳐 나자빠진 내 영혼을 되불러 그 참담함을 몸 씻기고 내 허기진 영혼에 채찍질을 하면서 다시 출발하곤 했던 것인지도 모른다. 그런 과정이 끝나면 나는 누런 색 마분지 봉투에 글을 집어넣는다. 봉투에 풀칠을 하고 그 위에 우표를 붙이고 그것을 우체국에 가져간다.

우체국은 어디에나 있다. 나는 다른 어떤 일보다 우체국 가는 일을 즐거워한다. 그것은 내 생각, 내 고민, 내 생활의 기쁘고 슬픈 모습들을 나 아닌 누군가에게로 보내는 일이기 때문이고, 나 아닌 누군가가 잠시 동안만이라도 내 사색, 내 우수, 내 환희와 비애를 읽어줄 것이라고 믿기 때문이다. 나 아닌 누군가가 내 글을 읽는 동안, 그 시간이 비록 몇 분에 불과한 것일지라도 그 몇 분 동안은 내 글을 읽는 그 사람과 나는 같은 삶을 사는 것이고 같은 고민과 같은 사색에 잠기는 것이 되기 때문이다.

우체국 가는 길, 거기에는 줄지은 집이 있고 아무도 이름 불러 준 일이 없어 오늘 내가 처음으로 그 이름을 불러 주는 아지랭이꽃이 있고 끊임없이 하늘로 제 키를 밀어 올리는 미루나무와 플라타너스가 있고 약방이 있고 신발 가게가 있다. 집들은 언제 보아도 저 아닌 다른 것들을 끌어안기에 알맞은 처마와 서까래를 지니고 처마들은 항상 제 몸을 남쪽으로 기울인 채, 그날의 처음 쫓아온 햇빛을 제 몸 속으로 끌어들이기 알맞은 포즈를 취하고 있다. 지붕들은 서로 다른 지붕에 닿지 않으려고 몸을 옴츠리고, 아마는 틀림없을, 금년에 처음 꽃을 단 아지랭이꽃은 제 작은 향기를 바람에 빼앗기지 않으려고 작은 몸뚱아리를 풀숲에 숨긴다. 나무들은 외롭지 않으려고 잎새를 내밀어 초록의 살을 부비고 가끔 덧문이 열리는 소리를 바깥으로 내보내는 슈퍼와 신발가게가 산 것들의 희망을 대신하여 부산을 떠는 길을 돌면 거기에 우체국은 있다.

문간에는 모두들 부치는 일에만 골똘한 사람들이 똑같은 표정으로 접착용 풀을 찾고 우편번호부를 뒤지고 봉투에 우표를 붙이고 겉봉을 한번 더 살핀 뒤 그것을 투입구에 던져 넣는다. 그들은 모두 제 일에만 골똘해 내가 그들의 뒤 혹은 옆에 다람쥐처럼 몸을 꼬며 서 있다는 사실에는 아무런 관심이 없다. 나는 그 점이 좋다. 나에게 아무런 관심이 없는 사람들과 함께한 한 때, 그리고 내 차례를 기다려 그들과 내가 꼭 같은 일을 한 한 때, 내가 거기 있으면서 거기 없는 한 때, 나는 그것이 좋다.

나는 내 글이 든 봉투가 투입구에 미끄러져 들어가는 소리를 들으며 곧 문을 밀고 우체국을 나오지만, 손잡이를 놓으면 제자리로 돌아가는 문소리를 들으며 갔던 길을 되돌아 온 뒤에도 수 시간을 내 글이 운반되는 모습을 상상한다. 내가 보낸 그 봉투는 수천의 다른 봉투와 뒤섞이며 지금쯤 어딘 가로 옮겨질 것이고 옮겨진 뒤에도 두 번 혹은 세 번, 내가 쓴 겉봉의 주소가 누군가에 의해 읽혀지고 분류되어 마침내는 내가 원하는 어떤 사람의 손에 그것은 놓여질 것임을 상상하며 즐긴다.

내 상상은 허약해, 봉투가 하물 칸에 실리리라는 것과 지금은 원고를 보낸 지 사흘이 지났으니 그 봉투는 누군가의 손에 집혀졌을 것이라는 것과 그리고 사정없이 그 침묵의 주둥이는 예리한 가위에 의해 찢겨졌을 것이라는 사실, 누군가의 눈에 의해 나도 보지 못한 내 뇌수 속의 그림들이 샅샅이 징벌되었으리라는 사실을 나는 두렵게 즐긴다. 그는 가끔 머리를 끄덕이며 내 뇌수 속의 그림들을 살피다가 어느 곳에 가면 사정없이 원고를 쓰레기통에 집어던져 버릴 것이라는 것을 나는 상상한다. 그 상상은 두려우나 긴장이 있고 따가우나 전율 같은 쾌감이 있다.

실로 그것은 열번째까지는 두려움이었고 스무번째까지는 긴장이었다. 스물다섯번째가지는 따가움이었고 서른번째까지는 전율 같은 쾌감이었다. 그러나 서른한번째부터는 그것은 초조와 번민이었고 서른 다섯번째가 지나면서부터는 자책과 후회, 생의 실패를 예감하는 불길한 징조로 나를 압도하기 시작했다.

그리하여 나는 서른아홉번째의 글을 보냈고 오늘 그 서른아홉번째의 투고가 낙방을 했다는 사실을 확인했다. 나는 그래도 더 글을 써야 하는가? 열다섯살 때부터 한 해에 두 번 혹은 세 번씩 보낸 글의 무수한 실패, 그 실패의 횟수가 나에게 안겨 준 서른여덟이라는 내 나이, 그 사이, 이웃 사람들은 국무총리 행정 조정실장이 되었거나 내무부 직세과장이 되기도 했고 대학교수가 되었거나 의사가 되기도 했다. 장교가 되었거나 평화당 수성 지구당 위원장을 하면서 국회의원 수업을 하거나 컴퓨터 회사를 차려 돈을 벌었거나 텔레비 탤런트가 되었거나 이민을 갔다. 꽃나무가 스물여덟번 꽃을 피웠거나 낙엽을 지웠고 대통령이 세번 바뀌었거나 시장이 일곱번 바뀌었다. 나는 그 동안 서른여덟번의 낙방을 했고 한 번만 더, 라는 스스로의 회유 때문에 다시 서른아홉번째의 원고를 보냈다가 오늘 또한 그것의 실패를 확인했다.

나는 그래도 글을 써야 하는가?

생각하면 나는 내가 읽은 글들에의 도취로 인해 글을 쓰기 시작했다. 그 글들은 나에게 사색하는 방법을 가르쳐 주었으며 숙고하고 고민하는 방법을 가르쳐 주었다. 그것은 열다섯살의 동반, 스무살의 친구, 스물다섯살의 애인, 서른살의 술이었고 서른다섯살의 고뇌, 서른여덟살의 운명의 결단을 요구하는 부적이 되었다. 그 글들은 내 마음 속에서 반짝이고 뒤채이고 끓어오르고 넘쳤다. 그 글들은 내 가슴 속의 노래였고 그림이었고 춤이었고 시였다가 어느덧 내 마음 속의 파도가 되었고 잇발이 성성한 야수가 되었고 한 번도 회의의 빛을 보일 줄 모르는 검은 신이 되었다. 내가 읽은 모든 글들, 더러는 차고 더러는 뜨거운, 더러는 아름답고 더러는 추한 글들, 그 모든 미문과 황문(荒文)들은 나를 감복케 하거나 나를 사춘의 악몽에 뒤채이게 했고 나를 열광의 도가니로 몰아넣었거나 거친 벌판으로 내몰았다. 언어가 안겨 주는 행복감과 불행감, 기쁨과 슬픔, 환희와 비애를 나는 내가 읽은 글을 통해 야금야금 씹어먹었다. 그리하여 나는 그 글들이 가리키는 모든 골목, 모든 들녘, 시내와 산길을 홀로 걸었고 그 글들이 떠미는 불가사의한 힘에 의해 내 힘으로는 기어 나올 수 없는 깊은 수렁, 내 스스로는 건널 수 없는 깊은 강물 속으로 빠져들었다.

그리하여 나의 투고가 서른 번의 실패를 가져오는 동안, 나는 글들의 허영, 글들의 장식에 실망하고 글들의 사치, 글들의 허장성세에 분노하기 시작했다. 글이란 정신의 지고와 순수, 정신의 영광을 대신하는 것이 아니라 한 때의 자기 위안, 한 때의 자기 변명, 때로는 가눌 수 없는 자기의 허무를 화려한 수사로 분장하는 교묘하고 능청스런 자기기만에 불과한 것임을 알아차리기 시작했다. 그때부터 글이란 마음의 교향악이 아니라 독을 품은 파충류의 혓바닥, 자칫 헛디디면 영원히 나락의 구렁텅이로 빠져 들어 가는 무책임한 유혹임을 깨닫기 시작했다. 더욱이 그것이 서푼짜리 글쟁이들의 알량한 자기 만족, 자신의 허무를 이기기 위한 허망한 마스터베이션에 불과한 것임을 알았을 때 나는 차라리 실망을 넘어 분노에 이르기까지 했다.

글을 써서 돈을 버는 것은 나쁘지 않다. 어차피 인간의 모든 핸드플레이는 돈과 연결되기 마련이다. 노동은 대가를 요구하는 행위이고 노동에서부터 오는 대가는 어떤 이유로도 부정되어서는 안되는 것이기 때문이다. 그러나 우리가 증오하고 경계하려 하는 것은 글을 쓴다는 행위가 돈과는 무관한 정신의 지순한 행위임을 가장하고 세속의 명예와는 절연된 고고한 자세임을 태연하게 천명하면서도 내심, 돈의 위력과 돈에의 아첨, 돈에의 아유 자가 되어서 글을 쓰고 있다는 행위이다. 그랬을 때 가장된 정신의 지순함은 고이고 썩은 흙탕물에 지나지 않으며 그랬을 때 가식으로 포장된 자세의 고고함은 제 1막에서 생애를 마감해야 하는 어릿광대의 헤슬픈 연기에 지나지 않는다는 것을 나는 알아차리기 시작했다.

마침내 글이란 아름다움이 아니라 추함, 고아(高雅)가 아니라 저속, 달콤한 선율이 아니라 교란의 굉음이 되어 나에게 넘치기 시작했다. 속삭임이 아니라 악바라기, 복음이 아니라 저주, 문명이 아니라 야만의 행위로 그것은 나를 난타하기 시작했다.

현학과 멋스러움을 지닌 글들조차 나에게는 가증스런 장난으

로 비치기 시작했다. 그런 글들은 스물아홉번째의 투고까지는
내 반려였고 내 친구였다. 내 위안이었고 행복의 전령이었다.
그러나 서른 번째의 투고부터는 그것의 얼굴이 찌푸린 구름장
처럼 나를 엄습하면서 다가오는 것을 보면서 나는 내 생애의 전
환점, 모종의 결단은 그것이 어쩌면 죽음까지도 동반할 수 있는
한 생애의 전환점이 되어야 한다는 명백한 사실에 직면하고 있
음을 묵묵히 지켜봐야 했다. 나는 그 명백하고 엄연한 사실 앞
에 굴복하지 않을 수 없었다. 아니, 굴복이라는 말은 적절치 않
다. 나는 내 스스로가 기도하는 마음으로 그 결심을 이끌어 낸
것이고 고해하는 마음으로 그 결심 앞에 내 적신(赤身)을 발가
벗겨 내세웠던 것이다.

　내가 투고한 서른아홉번의 글은 나의 서른여덟살, 전 생애의
목록이지만 그것의 실패란 내 생애의 실패를 의미하는 참담을
함입하고 있는 것이므로 그것은 결코 나의 소년 시절의 사랑,
청년 시절의 우수, 스무 살의 애증, 서른 살의 각고와 신산이라
는 화려한 말로 분식(粉飾)할 수 없다. 나 스스로는 내가 놓쳐
버린 서른 아홉이라는 실패의 계단 앞에서 그 하나하나의 재가
되어버린 사색과 고민의 낱장들이 숭엄하고 진지한 반항의 메
아리로 나를 향해 돌진해 오는 것을 바라보지만 이미 나는 그것
의 우울, 그것의 차탄, 그것의 투정과 분노를 쓸어 담고 어루만
져 줄 수 있는 포용과 기력을 잃어버려 그것은 다만 이명, 그것
은 다만 한갓된 열병의 징표로 나를 휩쓸고 지나갈 뿐이다.

나의 실패의 목록을 열거하는 일이란 아문 상처를 덧나게 하는 일에 불과하지만, 그것들이 한 때 나의 애증의 그림자요 삶의 축도였음을 생각한다면 나는 여기서 그것의 제목이라도 밝혀 줌으로써 내가 그것에 진 보상할 길 없는 부채의 의도적 망각, 이미 사멸해 버린 그 글들에 대한 사죄와 전별의 몸짓을 보이는 값싼 이별의 의식을 치르는 일이 되지 않을까 한다. 내가 그것을 씀으로써 세상에 태어나고 내가 그것을 어디엔가로 보냄으로써 나를 떠난 그것, 그리고 누군가에게 몇 줄 혹은 몇 페이지가 읽혀지다가 버림받음으로써 짓밟힌 바 된 그 글들, 망각의 어둠 속에 매몰된 저 처참한 낙망의 목록, 이름이 등재되지 못한 사산(死産)의 글발들.

나는 이로써 그들에게 내 어둠의 축제를 올리노니. 이 글이 소설이라는 이름으로 씌어지는 글이라고 해서 나의 이 등재되지 못한 사산의 글들이 진실로 삶의 실재를 가장한 한갓 허구로 매몰되어야 하는 운명에 처해질 수만은 없음을.

나는 잠시의 변명으로라도 그대에게 밝힐 수밖에 없느니. 나를 떠난 내 글들이여, 실패의 계단에 떨어진 낙화들이여, 그대더러는 찢기고 상처받은 몸일지라도 이 장(章)에서의 나의 부름에 미소로 대답하고 일어서라.

잎새들의 노래, 고교생 문예작품 현상모집, 수필
영하의 편지, 고교생 문예작품 현상모집, 단편

눈꽃 파티, 문예지, 단편
트라클의 병동, 신문 신춘문예, 단편
깊게 흐르는 강, 신문 신춘문예, 중편
바람센 날의 기록, 문예지, 장편
남도일기, 계간지, 단편
윤씨가족, 계간지, 단편
별을 우러르며, 신인상 응모 단편
아름다운 이별, 신문 신춘문예, 단편
악마의 성, 신문 신춘문예, 단편
피리를 가진 남자, 계간지, 단편
빙하의 계절, 계간지 응모, 장편
파란 거울, 문예지, 단편
향기를 보낸다, 문예지, 단편
전방일기, 신문 신춘문예, 단편
구름에 눕다, 반년간지, 중편
입산, 계간지 투고
꽃잎 지다, 신문 신춘문예, 단편
천산만강, 신문 신춘문예 응모 중편
섬으로 간 사람들, 신인상 응모, 중편
갑남을녀, 신문 신춘문예 응모
운명에 대하여, 신문 신춘문예 응모
춘하추동, 계간지, 응모 장편
그 섬의 추억, 문예지, 단편
눈물의 제단, 무크지, 중편
가을의 악기, 문예지, 단편
놀 속에 눕다, 신문 신춘문예 응모
빈자일기, 계간지, 단편

일요일의 햇빛, 계간지, 단편
강남엽신, 계간지, 단편
시인의 방, 계간지, 단편
내가 버린 여자, 계간지 투고
그들의 청동시대, 신문 현상 공모, 장편
추억 앞에서, 계간지, 중편
낙동강에서, 신춘문예 응모, 단편
내 안의 왕국, 계간지 응모, 장편
반야(般若)를 위하여, 신문 중편 응모
가비라의 성, 신문 장편 응모

   그리하여 나는 서른아홉번째의 실패를 저주하는 술잔을 기울
이며 내 정신을 휩쓸고 지나간 모진 강풍을 불러들여 열흘 낮
열흘 밤을 통음하였다.
   나는 이 열흘 동안 악몽과의 교유를 꿈꾸었고 죽음과의 친화
를 기도하였다. 나는 이 동안 내 육신을 학대하며 악령과의 친
화를 노래했던 시인과 천재가 몰고 간 요절한 예술가들, 썩은
사과를 서랍 속에 넣어 두고 그 냄새를 맡으며 시를 썼던 시인
들, 서른 개의 파이프가 풍기는 니코틴 냄새를 맡으며 글을 썼
던 작가들, 사슬에 묶인 늑대처럼 이를 갈고 피를 흘리면서 정
신의 깊은 곳을 찾아 방황하던 작곡가들, 아편을 취하고 그 혼
몽 가운데서 붓을 들던 화가들, 자학과 질타의 극을 바라 미쳐
가는 영혼을 방기한 채 여자의 배 위에서 명상에 잠기던 시인을
생각했다. 얼음같이 차가운 의식의 철학자, 감정의 파고, 희비

의 교차가 극에 달했던 예술가, 국고금을 착복하고도 태연하려 했던 과학자, 죽으면서도 소년을 잃지 않았던 무구한 시인, 고뇌를 즐기던 명상가, 철면피 보헤미안을 생각했다.

그리고 나는 열흘의 금식과 통음 속에서 헤슬픈 하나의 결론을 얻었다. 그것은 서른여덟해 동안 무상으로 써 버린 내 말을 나에게서 떠나 보내는 일이었다. 내 말을 나에게서 떠나 보낸다는 것은 내가 이후론 어떤 류의 글도 쓰지 않는다는 것, 이제는 아예 글 따위는 마음에 붙여 두지도 않는다는 것, 그것이었다.

글 따위는 쓰지 않는다는 것, 그것은 머지않아 이 땅의 언어, 이 땅의 생활, 이 땅의 삶의 방식들을 던져 버린다는 것을 의미하기도 했다. 이 땅에 사는 한 사람으로서의 나에게는 이 땅의 언어로 글을 쓴다는 일 외에는 더 할 수 있는 일이란 아무 것도 없었다.

글을 쓴다는 일 이외에는 아무 것도 할 수 있는 일이 없는 사람으로서의 글쓰기의 포기란 기실 생명의 포기와 다를 바가 없는 것이었지만 나에게는 그 길 이외에는 다른 길을 선택할 여지라고는 조금도 주어지지 않았다. 거기에는 죽음 아니면 떠남 밖에 다른 길은 없었다. 내가 열흘 동안 끊임없이 반추한 생각은 죽음과 떠남, 그 양자택일이었다. 그러나 죽음이란 오히려 비겁이요 사치이며 삶이란 처참하면 처참할수록 끌어안아야 하는 매몰스런 친구라는 사실을 터득한 것은 나에게는 또 하나의 경이였다. 참말 정신의 모험을 무릅쓰면서 가꾸어 볼만한 것은 죽음이 아니라 삶이라는, 그것이 설령 비틀거리고 난자 당한 것이라고 해도 그것을 끝내 놓지 않고 부둥켜 안아보려고 하는 것은 죽음에 비길 수 없는 아름답고 강인한 정신이라는 생각에 도달한 것은 놀라운 일이었다.

결국 나는 서른여덟해의 국내의 삶을 버리고 해외로 빠져나가는 일에 스스로 동의하고 말았다. 그것은 내 실패가 나에게 내린 거역할 수 없는 명령이었고 내 열흘의 어둠이 나에게 내린 운명의 지표였다.

열 다섯 이후 스물세해 동안 걸어온 역정에의 전환을 이토록 짧은 말로 줄인다는 것이 내 몸을 이끌고 온 내 정신의 노역에 가당치도 않게 불손한 일이지만 이보다 더 긴 수식을 단다고 해서 나의 참담한 전신(轉身)이 그 가혹과 처연으로부터 자유스러워지거나 편안해지는 것이 아닐진대 차라리 나는 이 정도의 요약으로 내 살아온 날과 죽음의 경계에서 죽음 대신 이제까지와는 다른 삶을 택하게 된 곡절을 대신하자. 어차피 번다한 수식이 통절한 삶의 행간을 온전히 메꾸어 줄 수는 없는 일이거니.

그리하여 나는 미대사관과 외무부 이주과를 돌며 이민수속을 밟았다. 그러나 이민 서류의 빈칸을 메꾸기 위해 볼펜을 잡았을 때 나는 그 빈칸을 메울 말이 없음을 또한번 뼈저리게 느껴야 했다. 그것은 내 이력을 기록하는 첫 번째의 낱장에서부터 회오리바람처럼 나를 휘몰아치기 시작했다. 나는 이름과 주민등록번호를 기재한 뒤 사흘을 쉬어야 했다. 이력서의 빈칸을 채울 말이 없었기 때문이었다. 나는 끝내 빈칸을 채울 말을 포기한 채 경력 난에 서상(敍上)의, 서른아홉번의 작품 투고와 실패의 기록을 대신 써넣고 말았다. 무수한 투고와 실패의 기록, 그것은 그것을 보는 사람으로 하여금 더할 나위 없이 나에게 사회생활 부적응자라는 낙인을 찍기에 알맞은 것이었고 동시에 해외 이민의 부적격자라는 판단을 내리는 데 주저할 것이 없다는 자료를 제공한 바 되었다. 사실 나는 나의 실패의 기록만을 이민 서류에 담으면서 한국의 언어를 버리기로 한 삶이 해외 이민조차도 좌절당해야 하는 비참함을 예견하고 있는 중이었다.

그런데 이민 서류를 내고 난 두 달 후, 그리고 나대로는 해외 이민을 포기한 두 달 후, 예상치도 않은 대사관으로부터의 전화를 받고 놀라지 않을 수 없었다. 내가 대사관으로 가서 미주 이민 담당자와 책상을 마주하고 앉았을 때, 담당자는 나를 한참 동안 말없이 바라보더니 한심하다는 듯이 나에게,

「당신의 이민은 불가능하오. 다만 관광 비자를 얻어 구경이나 갔다 온다면 모르지만.....」

하고 얼버무렸다. 나는 그에게 물었다.

「관광 비자는 어떻게 하면 받을 수 있습니까?」

「그것은 여권과에 가서 문의하시오.」

내가 관광 비자를 얻어 김포를 빠져나와 뉴욕의 존 에프 케네디 공항에 닿게 된 것은 대략 그렇게 해서 이루어진 것이었다. 나는 그것에 불행이라거나 다행이라거나 하는 부질없는 수식을

달지 않으려 한다. 나는 다만 기억하고 싶지 않은 경로를 통하여 미국에 왔고, 그리하여 뉴욕에서 생활하는 약 5만으로 추산되는 한인 불법체류자 가운데 한 사람이 될 준비 작업을 마쳤다는 말을 할 수 있으면 된다. 나의 관광 비자 기간은 3개월, 그 3개월에서 하루가 지난날부터 나에게 감겨 올 긴장과 압박은 3개월 후가 아니라 공항에 내렸을 때부터 나에게 밀어닥치는 오한이 되었고 그것은 마침내 나로 하여금 내일을 예측할 수 없는 불안한 삶을 동반자로 짐지워졌다.

공항에 내렸을 때 내게는 두달치의 방세가 될 만한 돈과 내가 찾아갈 전화번호 하나 외에는 내 호주머니에 들어있는 것이라고는 아무 것도 없었다. 나에게 유일한 희망이라고는 그 전화번호 뿐이었다. 그 전화번호는 나와 거의 비슷한 경로를 밟아 뉴욕에 와서 낮으로는 노동을 하고 밤으로는 그림을 그리면서 연명하고 있는 옥치옥이라는 무명 화가의 것이었다. 나는 그를 찾아가야 한다. 그는 듣기에는 도어맨을 하거나 택시 운전을 하면서 맨해튼 어느 변두리, 버려진 아파트에 숨어들어 그림을 그리는 사람이다. 물론 나는 그와의 어떤 언약도 주고받은 일이 없다. 다만 그가 한국에서 활동하고 있을 때 그의 회원전(會員展)에 가서 나는 그를 몇 번 만난 적이 있고 그의 오브제를 뛰어넘은 극사실풍의 그림들은 돌 같은 차가움과 금속 같은 비정함을 담고 있는 것이어서 내가 여러 번 그의 그림 곁에 서서 그 그림들의 의미를 음미하곤 했던 일이 있을 뿐이다. 옥치옥과 나의 인연이란 고작 그런 정도이다. 그러나 그러한 조그마한 인연이 지금의 내 미국 입국을 합리화하는 자료로 징용되어야 한다거나 느닷없는 나의 전화를 그가 반가이 맞아 주어야 한다는, 인과의 강화를 유도하려는 수사상(修辭上)의 기도는 기필코 아니다. 뿐 아니라 이 일렁이고 충일하는 거대 도시의 어느 공중전화 부스에서 내가 그에게 전화를 걸었을 때 그가 아직도 5년 전의 그 전화번호를 그대로 유지하고 있으리라는 보장은 아무 데도 없다. 그러한 나의 무방비 상태의 미국 입국이라니, 그러나 어찌하랴. 그것도 아니면 서른아홉번이라는 나의 좌절이 나의 허무, 나의 낙망과 자학이 그대로는 나를 용납하고 누그러뜨려 이 땅에서 숨쉬며 살아갈 수 있게 내버려두지 않는 것을, 그러나 어찌하랴, 그것도 아니면 끝내 나의 운명의 검은 신이 나를 끝없는 암흑으로 끌고 가 필시에는 나를 어느 나락 깊이에 내 던진 바 되었을 것을, 그러니 내가 이토록 우격다짐의 미국행을 감행하지 않을 수도 없었고, 가망도 없는 호주머니 속의 전화번호를 꺼내 무턱대고 옥치옥에게 전화를 걸지 않을 수도 없었음을.

요행을 말하는 것처럼 무책임한 일도 없지만 내가 바람 센 케네디 공항 전화부스에서 옥치옥에게 전화를 건 것과 옥치옥이 아직 그 전화번호를 사용하고 있다는 일은 아무리 교묘한 다른 말로 표현하려 해도 달리 표현할 길이 없는, 바로 그 요행이었다. 옥치옥이 거기에 있었고 그를 찾아와야 할 만한 필연적인 이유도 없는 나를 옥치옥은 반겨 준 것이다.

비난하라, 열흘 낮 열흘 밤의 통음과 죽음에의 친화, 나락의 사닥다리를 기어올라 와서 얻은 생의 전환을 이토록 우연처럼 말해버릴 수 있는 나의 몰염치를, 그리하여 나는 버리기로 결심한 한국말과 한국말로 쓰는 마흔번째의 글을 다시 이처럼 쓰고 있음을, 용납하라, 그렇게도 사치의 겉옷, 자기 방기의 일회용 쓰레기, 부질없는 자기만족, 허망한 자아 도취와 허물 많은 자기 변명에 불과하다고 매도했던 그 글을 내 생애 한 번 더 이같이 쓰게 되었음을.

그러나 이 마흔 번째의 글이 또 한 번의 실패를 가져온다 해도 나는 이제 내 생명의 결단, 삶의 전환 따위의 허무맹랑한 생각의 곬으로 나를 이끌고 가는 어리석음을 저지르지는 않으리니, 그것은 이미 글이란 나의 목숨의 대행, 삶의 대명사가 아니고 말았음을 내 스스로가 명백히 밝힌 바 되었으니.

어쨌든 나는 어렵지 않게 옥치옥을 만날 수 있었다. 그는 파트타임으로 도어맨과 택시 운전을 하면서 살고 있는 뉴욕의 지푸라기였지만 그가 미국에 온 지 5년째, 그는 이제 어느 정도 뉴욕 생활에 적응한 듯한 인상이었다. 그는 그의 바쁜 생활 가운데서도 나의 무망한 입국을 진심으로 걱정해 주는 눈치였고 나의 불시착을 위해 일할 곳이며 잠잘 곳을 수소문해 주는 조력자가 되었다. 그러나 옥치옥의 그런 주선은 나의 일시적인 위안은 될지언정 나의 영구적인 생활 대책은 될 수가 없었다. 나는 그의 오일 페인트 냄새 나는 비좁은 아파트에서 닷새를 지냈다. 아직은 나에게 3개월이라는 비자 기간이 남아 있다. 조금은 기다리자. 설사 죽음으로부터의 삶의 전환보다 더 무서운 고뇌가 닥친다 해도 아직은 신음하거나 비틀거릴 때는 아니다.

누군가는 말하지 않았던가, 내일도 해는 떠오른다고

누군가는 말하지 않았던가, 찬란한 무언의 태양을 나에게 달라고

그리하여 나는 옥치옥의 휴일을 훔쳐 그가 끌고 다니는 노란 택시(옐로우캡)를 타고 아직은 남아 있는 나의 비자 기간을 조금씩 음미하기로 했다.

2

브롱스, 맨해튼의 북쪽, 나는 왜 그 어둡고 질척거리는 거리를 가 보려 하는가? 그러나 내가 거기에 가려는 데는 별다른 이유가 없다. 다만 나는 뻔뻔스럽게도 옥치옥의 짐스런 손이 되어 옥치옥의 휴일을 훔친 것이니, 기왕 훔쳤으니 훔치려면 철저히 훔치자는 심사가 작용한 것일까?

바람이 일고 구름이 언뜻언뜻 해를 가리는 스산한 오후, 나는 옥치옥이 모는 택시의 뒤쪽에 기대어 브롱스강을 건넌다. 포담로(路)를 지나면서 옥치옥은 길을 세 번이나 놓친다. 택시 운전사인 옥치옥도 이쪽 길에는 서툰 것이다. 하늘에는 어디론가 급한 구름장이 달려가고 스산한 하늘은 자주 바뀌는 구름장 사이로 성난 얼굴을 드러내며 서슬을 번쩍인다.

에드거가 살았을 백육십년 전, 이 길 주변은 틀림없이 옥수수밭이었거나 캬베츠밭이었을 둔덕에 지금은 세차장과 주유소들이 검은 그림자를 드리우고 추레하게 서 있다. 어디 하나 정겹고 포근한 곳이라고는 없는 어두운 길가에 을씨년스런 죽은 풀꽃데미만 어지럽게 흔들린다.

언덕을 올라서면, 아마도 2백년 전에는 노예 거래상이나 되었음직한 농수산물 거래소의 얼룩진 바닥이 지금은 파시(罷市)인 채 덧문을 걸어 잠그고 찾아오는 사람 없이 지루하게 서 있다. 옥치옥의 핸들이 또 한번 오른쪽으로 꺾인다. 떡갈나무가 어두운 잎을 달고 서 있는 칠부능선에 에드거의 공원이 있다. 이름하여 포- 공원이다. 이 공원의 떡갈나무숲 속에 에드거의 통나무집이 있다. 통나무집은 바람이 세게 불면 지붕이 날아가고 벽을 받친 판자가 허물어질 것만 같은 처연한 모습이다. 통나무집은 그의 생애를 반영하듯이 처마 맞댄 이웃도 없이 혼자서만 서 있다. 설령 그의 집에서 무서운 사건이 일어난다 해도 아무도 그 소리를 들을 수 있는 이웃이 없다. 나의 상상은 빈약해 그가 소설 속에서 그린 묘사를 넘지 못하지만, 지하실 난간으로 검은 고양이가 뛰어내릴 적마다 사자(死者)들이 죽음을 켜들고 벌떡벌떡 일어나고, 통나무 벽 갈라진 틈서리로 시체의 발목이 나무뿌리처럼 내어 걸리는 장면에 닿는다.

불행한 천재, 가난의 지복(至福), 음울한 즐거움, 절망에의 친화는 그의 무수한 자책과 인내를 마침내 폐허로 병들게 했고 일체의 사람과의 결별은 그의 끓는 사랑과 정열을 오히려 인간에 대한 증오와 저주로 이끌어, 너무도 인간적이고자 몸부림쳤던 그를 절해의 고도, 사십 년의 고독 속에 감금시켜 버리고 만 것이 아닐까?

목조 계단을 밟아 2층에 오르면 그의 절창(絶唱)들이 녹음을 타고 흘러나온다. 보들레르에게는 아편을 가르쳤고 랭보에게는 광기를 가르친 그는 스스로는 자신을 휩쓰는 우울과 착란 속에서도 아랫마을에서 울려오는 교회의 종소리를 들으며, 살아서 아름다운 마음을 시 「종」에 담았고 생애에 한 번 뿐인 인간적인 사랑을 「에너벨 리」에 담았다. 그의 시는 한 번 들으면 영락없이 잠자리에까지 스밀 이명이 될 목소리이고 사랑과 이별을 아는 사람들에게는 끊으려야 끊을 수 없는 숙명이 되고 말 목소리이다. 나뿐이 아니다. 나이 든 사람의 도취란 기껏 알코올이나 외설에의 도취처럼 값싸고 천박한 것이기 십상이지만 옥치옥의 도취는 그런 천박을 너머 가슴 밑바닥 깊은 곳에 닿아 있었다. 그것은 내가 그에게 다가갔을 때 그의 손이 뽑아 든 궐련이 가늘게 떨리고 있는 것으로 보아 분명하다.

「이젠, 가 볼까요?」

옥치옥은 가까스로 웃음을 띠며 내게 묻는다. 나는 말없이 고개를 끄덕인다.

나는 물어야 한다. 너는 무엇 때문에 낯선 땅을 떠돌면서도 포기한 글쓰기를 다시 생각하고 있는가? 너는 무엇 때문에 남의 땅에 와서 인연도 닿지 않는 한 시인의 생애 앞에 무릎을 꿇어야 하는가? 그러나 그 대답은 하나 뿐, 다만 아직 죽지 않고 살아 있기 때문, 죽지 않고 숨쉬면서 살아 있기 때문, 살아 있는 발자욱 위에 영혼의 그림자를 드리우고 있기 때문이라는.

우리가 옥치옥의 아파트로 돌아왔을 때 옥치옥의 거실에는 여자의 그림자가 비치고 있었다. 내가 옥치옥에게 가족들도 함께 이주를 했느냐고 물었을 때 옥치옥이 한 이야기는 대략 이러했다.

옥치옥은 지방대학 미술과를 졸업하고 어느 고등학교 미술 교사를 하다가 교원노조에 가담하게 된다. 그는 노조 탄압이 강화되던 80년대 말, 전국 노조 상임위원까지 하다가 89년 해직된다. 해직되는 그 해, 옥치옥은 국전에 특선되지만 그의 노조 경력이 밝혀지면서 특선에서 제외된다. 그리고 그 당시의 분위기로 보아서 한 번 해직된 교사가 복직될 가망은 희박했고 설령 복직이 가능하다 해도 그는 더 이상 국내에서 교직 생활을 하고 싶은 생각이 없어진다. 그랬을 때 그에게는, 대개의 경우가 다 그렇듯이 해외이주의 길밖에 다른 선택의 길이 없었다. 그는 해외이민을 위해 온갖 길을 다 모색해 보았지만 그때마다 그의 노조 경력이 문제가 되어 해외이주의 길이 막힌다. 그는 미술대학 선배의 힘을 빌어 관광비자를 얻어 1990년 미국에 입국한 뒤 아직도 돌아가지 않고 있다. 그가 처음 뉴욕에 발을 내렸을 때 그에게는 화구(畵具)를 넣은 배낭 하나와 유에스 달라 천불이 전 재산이었다. 그 천불은 그와 함께 해직되었던 노조 친구들이 성금으로 마련해 준 돈이었다.

그가 케네디 공항에 발을 내려놓았을 때 그에게는 갈 곳이 없었다. 그는 마중을 부탁할 친구 하나 없는 곳으로 무작정 비행기를 탄 것이고 그러기에 그는 첫 미국 생활의 길잡이가 될 만한 친지의 전화번호 하나도 갖지 못한 채 남의 땅으로 온 것이다. 그는 공항에 내려 곧바로 택시를 탔는데 자신도 모르게 나온 말이 「센트럴 파크」였다. 그의 말대로 그때부터 센트럴파크는 그의 서식처가 되었고 그의 운명이 되었다.

거대 도시의 한 복판에 인공으로 만들어진 숲과 나무와 잔디밭과 오솔길들, 거기에서 그는 사흘을 굶주리면서 이젤을 세워놓고 지나가는 사람들을 붙들어 초상화를 그려 주기 시작했다. 그의 그림은 차갑고 비정한 사물의 일그러진 모습을 메타몰퍼즈(변형)하는 극사실풍이어서 지금까지 한 번도 그의 붓은 인물을 그려본 일이 없었지만 이곳에 와 얻은 즉각적 터득이 그에게 초상화를 그리라는 누군가의 명령 같은 것이었다. 먹고살아야 한다는 강박관념, 그것이 가르치는 무표정하나 엄숙한 그 길을 그는 팽개칠 수 없었다. 그것의 마다함은 바로 살아 있음의 거부이고 살아 있음의 거부에는 바로 죽음이 기다리고 있다는 이 엄정한 사실 앞에 그는 무릎 꿇고 만 것일까?

그가 사흘을 굶주리면서 이젤을 세워 두고, 「나는 당신의 얼굴을 그리고 싶소」라는 말을 초록색 글씨로 써 캔버스 귀퉁이에 붙여 둔 저녁 무렵, 한 미국인 노부부가 산책을 나왔다가 캔버스 앞에 앉아 있는 허기진 동양인을 보고 곁으로 다가와,

「당신은 그림을 얼마 동안 그렸소?」

하고 물었다. 그는 가까스로 그 말을 알아듣고,

「십육년 동안 그렸습니다.」

하고 공손히 대답했다. 미국인 부부는 십육년이라는 말을 듣고는 빙긋 웃으며,

「그러면 내 얼굴을 하나 그려 주시오.」

그것이 그가 화지에 손 댄 인물화의 첫 붓이었지만 땀을 흘리며 그린 그의 초상화는 미국인 부부에게 그다지 실망스런 것은 아니었던지 그들은 옥치옥에게 오십 불을 주고 갔다. 그 오십 불이란 단순한 지폐로서의 오십 불의 의미를 너머 옥치옥이 스스로의 노동의 대가로 번 미국 돈의 첫 경험이자 어쩌면 이 땅에서 발을 붙이고 살아갈 수 있을지도 모른다는 실낱같은 희망의 전조이기도 했다. 그는 해 지기 전에 가게에 가서 미국산 보드카 한 병과 베이글 빵 한 봉지를 사 들고 공원 안으로 돌아왔다. 베이글을 뜯고 보드카를 마시면서 그 자리에서 낙엽을 깔고 잠을 청할 심산이었다.

나뭇잎이 그늘을 크게 드리우는 걸 보니 저녁이 가까워지는 것 같았다. 그가 이젤을 챙겨 길섶에 눕혀 두고 보드카 뚜껑을 따려 했을 때, 난데없이 흑인 청년 둘이 다가와서 그에게 손을 내밀었다. 그림을 그려 달라는 부탁인가 해서,

「얼굴을 그려 줄까?」

하고 물었지만 그들은 손을 저으며 제 지갑을 꺼내 흔들어 보였다. 지갑을 내놓으라는 것이었다. 옥치옥은 지갑이 없다고 거절했다. 그러자 처음에는 장난기가 섞인 채 지갑을 내놓으라 하던 그들이 갑자기 사나운 늑대로 돌변하면서 눕혀 놓은 이젤을 발로 걷어찼다. 옥치옥은 깜짝 놀라 그들을 쳐다보았지만 어느 순간에 벌써 그들은 옥치옥의 목덜미와 어깨를 쓸어안고 옥치옥을 토끼 들어올리듯 공중으로 나꿔채 올리고 있었다. 지치고 굶주린 옥치옥은 그들이 건져 올린 낚싯대 끝에 매달린 한 마리 붕어 꼴이었다.

　옥치옥은 간신히 손을 바지 호주머니에 넣어 아까 미국인 부부에게서 받은 오십 불 가운데 베이글과 보드카를 사고 남은 돈 모두를 그들의 코끝에 내밀었다. 그러자 그들은 옥치옥의 목덜미를 놓고 자세를 누그러뜨리면서 이번엔 옷안에 든 지갑을 내어놓으라고 했다. 지갑을 빼앗기는 것은 생활을 빼앗기는 것이다. 지갑을 빼앗기면 목숨을 부지할 수 없다. 결코 지갑을 내어놓아서는 안된다. 그런 생각이 뇌리에 스치자 옥치옥은 캔버스의 각목을 생각했다. 각목으로 이 놈들을 단번에 때려눕히면 되

지 않을까? 그러나 그는 참았다. 흑인들과의 대결은 끝내 칼을 부르고 총기를 부르는 비극으로 이어진다는 이야기를 수도 없이 들어왔기 때문이다. 옥치옥은 각목의 대결을 단념하고, 설령 지갑을 내어 주는 한이 있다 하더라도 힘의 대결은 피해야 한다고 스스로를 타일렀다. 들은 바로는 이들은 지갑을 내어 주면 지갑에서 돈만 빼내고 나머지는 돌려준다고 했다. 어쩔 수 없다. 지갑을 뒤져 돈을 빼 가지 않고는 물러갈 놈들이 아닌 바에야 지갑을 빨리 내어 주는 편이 낫다. 옥치옥의 손이 다시 지갑이 든 호주머니 쪽으로 가고 있을 때, 갑자기 흑인들의 뒤에서 한 여자의 목소리가 그들 사이에 끼어들었다.

「미안하지만, 그 사람의 지갑 대신 이것이면 안될까요?」

여자는 이십 불 짜리 달러 두 장을 흑인들에게 보여주었다. 흑인들은 여자를 한 번 쳐다보고는 나꿔채듯 사십 불을 받아 제 호주머니에 챙겨 넣으며,

「왜 당신이 이 사람 대신 돈을 내는 거요?」

하고 이죽거린다. 여자는 천천히 그리고 또박또박 말했다.

「이 사람은 나의 친척이기 때문이요.」

여자에게서 돈을 받은 흑인 청년들은 그 큰 몸뚱이를 흔들며 어디론가 사라졌다. 옥치옥은 아무 말도 하지 못하고 여자를 쳐다보기만 했다.

여자는 자그만한 키에 갈색 살빛을 하고 있었다. 흑인들이 가고 난 뒤 여자는 옥치옥에게 말했다.

「그림을 그리고 싶다고 누구든 여기서 그림을 그릴 수 있는
게 아니에요. 여기서 그림을 그릴려면 저 흑인들의 허락을 받아
야 하기 때문이지요. 그리고 여기서 그림을 그리려는 사람은 매
일 자리값 십불씩을 저들에게 던져 주어야 해요. 무턱대고 여기
서 그림을 그리기 시작한 당신은 매우 위험한 일을 한 거에요.」

옥치옥은 그저 고개만 끄덕였다. 여자에게 고마움을 표시할
방법이 없어 머뭇거리고만 있는 옥치옥에게 여자는,

「잠 잘 곳은 있어요?」

하고 물었다. 옥치옥이 고개를 모로 젓자 여자는 자기를 따라오
라고 했다. 여자의 신분을 모르는 처지에서 여자를 따라간다는
일 또한 위험한 일이기는 마찬가지지만 그때로서는 그에게는
안위(安危)를 따질 경황이 없어 옥치옥은 아무 말도 하지 않고
여자를 따라갔다.

여자는 공원을 빠져나가 7에비뉴의 북쪽을 걸어 149가 쯤에서
한 쓰러져 가는 아파트의 5층 문을 밀고 들어갔다. 아파트는 낡
고 헐어 바퀴벌레가 기어다니고 어디선가 수돗물이 새어나오는
소리가 들리는 누추한 것이었지만 벽에는 「사하라」의 모래 기
둥 한 장면이 액자 속에 담겨 있고 아직은 제 색상을 얼마쯤은
지니고 있는 일본제 소니 텔레비전은 볼륨을 끈 채 그림 아래서
낮잠을 자고 있었다. 창문은 헐어 마분지 조각으로 창틀을 가리
고 비가 샌 흔적이 얼룩으로 남은 신문지 조각이 깨어진 유리
틈서리에 끼어 너덜거리고 있었지만, 그러나 소파가 있고 열려

진 문안으로는 목조 침대가 구겨지긴 했어도 아직 체온이 남은 시트에 덮인 채. 어둠 속에 누워 있는, 센트럴 파크 가랑잎에 묻혀 잠을 자던 옥치옥의 눈에는 요람 같은 공간이었다. 그것은 인간에게 있어서 방의 효능과 방의 정서를 환기시키는 첫 공간이었고 몸 누일 곳 없는 이방인으로서는 침실에의 그리움을 불러일으키는 야릇한 향수의 공간이기도 했다.

옥치옥을 소파에 앉혀 두고 여자는 한참 동안 부엌에서 쟁반을 달그락거리더니 짧은 시간 안에 우유 한 잔과 스크램블 한 접시, 햄버거 한 덩이를 가져와 옥치옥의 앞에 놓았다. 미국인의 식사로서는 가장 손쉬운 식단이었지만 옥치옥에게는 사흘만에 맛보는 성찬인 그 식사를, 고맙다는 인사조차 할 겨를도 없이 단번에 먹어 치우고 나서야 정신을 가다듬어 여자에게 물었다.

「당신의 이름이 무엇입니까?」

「내 이름은 루디아, 나는 이민 온 지 십삼년이 된 이탈리안이에요.」

「나는 코리언입니다. 오늘은 너무 고마웠어요, 그런데 당신은 왜 처음 본 나를 도우려고 하는 거지요.」

「나는 내 남편이 몇 년 전에, 바로 오늘 그 자리에서 흑인들과 결투를 했어요, 내 남편도 그림을 그렸지요, 그런데 갑자기 나타난 흑인들이 남편의 그림 도구들을 빼앗고 남편을 때렸어요, 돈을 내라는데 분노한 남편이 그들과 대결해서 싸운 거지요, 그러나 남편은 흑인들이 휘두른 칼에 찔려 쓰러졌고 쓰러진 남편을 내 힘으로 병원에 옮겼으나 이틀만에 남편은 죽고 말았어요. 나는 그 자리에서 그림을 그리는 사람들이 흑인들에게 당하는 광경을 많이 보아왔어요. 그리고 그럴 때면 내 죽은 남편을 생각해서 그런 사람들을 도왔지요. 내가 도운 사람은 당신 이전에도 네 사람이나 있어요.」

「아, 그렇군요. 정말 불행한 일이었군요. 그리고 오늘의 이 고마움을 나는 어떻게 표현해야 할지 모르겠습니다.」

「아니에요. 그런 사람을 돕는 것은 내 즐거움이니까요. 그보다 지금 당신은 잠잘 곳이 없을텐데 이렇게 하면 어떨까요? 이옆 집 504호가 최근 몇 달 동안 비어 있는 걸 보았어요. 거기를 임시 거처로 하면 어떻겠어요? 아마 별 일 없을 거에요. 만약 주인이 나타나서 방을 내어 놓으라 하면 나한테 연락하세요. 방법이 있을 거니까요.」

내가 오늘로 엿새를 신세 지고 있는 옥치옥의 방은 그런 사연을 담고 있는 방이고 지금 방 안에 그림자를 비치는 여자는 그런 사연으로 만난 옥치옥의 조력자 루디아이다. 내가 옥치옥에게 들은 이 집에 얽힌 사연과 루디아와의 관계는 그것이 전부이고 설령 그것이 전부가 아니라 하더라도 나는 지금 그런 것을 더 깊이 생각할 만한 경황이 없다. 내가 관광 비자를 들고 나와 마침내 불법체류자가 되기로 결심한 것도 옥치옥의 전철이 가르친 방식이었고 옥치옥은 그가 걸었던 그 방식을 지금도 후회하지 않고 있어 나는 쉽게 그 방식을 도용하기에 이른 것이다. 옥치옥은 그때부터 한국인의 미국 이민에 대한 이야기를 길게 늘어놓았다. 옥치옥이 펴는 이민론(?)은 대개 이러했다.

이민이란 어차피 고생을 각오한 새 살이에의 결단일진대 이민 1세대가 겪는 참담한 고생은 누구에게나 꼭같이 닥치는 질풍노도이다. 이 질풍노도를 거스르거나 그것을 뒤집으려고 하는 것은 나뭇잎 배로 홍수를 막으려는 것 같이 무모한 일이다. 중요한 것은 그 질풍노도를 탈줄 알아야 한다는 것이다. 마치 파도타기 선수가 몰려오는 파도를 거스르거나 뒤집으려 하지 않고 교묘한 몸짓으로 그것의 파고를 타듯이 말이다. 그것을 뒤집으려는 것은 힘의 논리이고 그것을 타려는 것은 지혜의 논리이다. 힘의 논리는 일시적으로는 승세를 잡을 수 있지만 영원한 승기를 잡지는 못한다. 대신 지혜의 논리는 얼핏보아 무기력하고 우둔한 것 같지만 먼 안목으로 보면 그것이 바로 승기를 잡는 지름길이 된다.

옥치옥의 이민론에 잠시 내가 끼어들었다.

「지혜란 많은 경험과 오랜 역사에서 나오는 것이라면 이민의 역사가 문제일 듯한데, 미국의 이민사, 특히 한국인의 미국 이민은 그 역사가 얼마나 되었나요?」

「어느 나라든 그 나라의 이민의 역사를 올려 잡으려는 습관이

있어 동양인의 미국 이민 혹은 한국인의 미국 이민도 정확히 말
하기는 어려운 일로 보여요. 그러나 내가 듣고 본 것으로는 대
략 이래요.」

옥치옥은 소파에 기대고 있던 등을 일으켜 세우며 말을 이었
다.

「일부의 중국인들은 중국인의 미국 이민이 콜럼부스의 신대
류 발견 이전이라고 우기는 사람도 있어요. 그런가 하면 한국인
들도 한국인의 미국 이민을 백년 이상으로 잡고 있는 사람이 많
지요. 그러나 중국이나 한국, 마찬가지로 정확한 이민의 역사를
실증적으로 제시할 만한 자료를 가지고 있지 않아서 대체로 심
정적으로만 이야기하고 있는 것에 불과해요.」

「중국인의 미국 이민이 콜럼부스의 신대륙 발견 이전이라고
요?」

「일부의 주장이 그렇다는 건데요. 중국인들은 그들의 미국 이
민 역사를 1492년 콜럼부스의 신대륙 발견과 함께 잡기도 하고,
더러는 한스 부루(Hans Breur)라는 미국의 고고학자가 낸 책 『콜
럼부스는 중국인』의 한 구절을 빌어 중국인의 미국 이민 역사를
1492년보다 훨씬 오래인 기원전 1세기로 잡는 경우도 있어요.
한스 부루의 책은 그 가설이 충격적이라 세인의 이목을 끌기는
했지만 그것이 색다른 주장이라는 것 이외의 어떤 신빙성도 갖
지는 못했지요.」

「중국인들의 주장대로라면 그들의 미국 이민이 유럽 사람들

보다 먼저라는 말 아니에요? 그렇다면 미국 땅이 본래는 중국 사람들 땅이었다는 말이 되는 거 아닙니까?」

「그야 유럽 사람들이 들어오기 전에 이 대륙에 살았던 아메리카 인디언들은 아시아인, 특히 몽골계의 후손이라고 하는 것과 똑같이 불확실하고 근거가 미약한 이야기일 뿐이지요.」

「궁금한 것은 한국인의 미국이민인데....」

「캘리포니아 주립대학에서 나온 한 논문에 따르면 한국인의 미국 이민은 1882년 한미통상수호조약 체결 때부터지요, 그렇다면 한국인의 미국이민은 이제 한 세기가 넘은 거지요.」

「내가 들은 바로는, 한국인의 미국이민은 하와이 사탕수수밭 노동 이민이 가장 처음인데요?」

「하와이 사탕수수밭 노동이민은 지금까지 명단이 밝혀진 바가 없어 공식적으로 한국인이 미국에 가장 먼저 발을 들여놓은 사람은 민영익을 대표로 하는 구한말 외교사절단 여덟명을 꼽을 수밖에 없다고들 하지요. 보빙사라는 이름으로 미국에 온 이들 일행이 샌프란시스코를 거쳐 워싱턴에 도착한 해가 1883년으로 되어 있지요.」

「그러니까 한국인이 처음 미국에 온 것이 한 세기를 넘었다는 거군요.」

「그렇습니다, 이들 보빙사들은 약 8개월을 미국에 머문 뒤 귀국하고 이 중 한 사람만 남아 미국 공부를 더 하고 일년 반만에 돌아갔는데 그 사람이 유길준(兪吉濬)이라는군요, 그러니까 유길준은 한국인으로서는 최초의 미국 유학생이 되는 셈이지요.」

「그 뒤에도 많은 사람이 있지요?」

「서광범, 서재필,박정양, 윤치호, 안창호, 김규식, 이승만 등
이 그 뒤를 이은 사람들이지요.」

「그 이름이 순서대로라면 이승만의 미국 유학은 꽤나 늦은 것
이었군요.」

「그렇지요, 하지만 한국의 현대사는 미국에 와서 공부한 이승
만에 의해 운명지어진 것을 생각하면 당시의 미국 유학이 한국
에 있어 얼마나 중요한 것이었던가를 짐작케 하지요, 이승만은
조지 워싱턴 대학 학사, 하버드대 석사, 프린스턴대 박사를 마
친 정치학 전공인 철학박사였지요.」

나는 쏟아지는 졸음을 참으며 옥치옥의 이야기를 듣다가 이야
기가 지루해져 말머리를 돌리며 물었다

「옥형, 아까 저기 있었던 여자는 어딜 갔나요?」

「글쎄요, 그 여자의 집이 이 방과 벽 하날 사이하고 있으니까
자기 집엘 갔겠지요. 그 여자는 오고 싶으면 오고 가고 싶으면
가는 여자니까 너무 궁금해 할 것 없어요.」

「오고 싶으면 오고 가고 싶으면 가는 사람이라면 옥형과는 어
떤 관곕니까?」

「민형도 참, 그런 것은 아무 문제가 아니라니까요, 여기는 한
국이 아니라 미국이에요, 여자와 남자가 같은 집에 있다고 해서
반드시 무슨 관계로 얽혀 있는 것도 아닌 사회가 바로 미국이

지요, 그 여자와 나와의 관계는 얼마 안가 민형이 스스로 알게 될 겁니다.」

그는 그같은 재미있고 알쏭달쏭한 말로 내 말을 끊었다. 그때 현관문이 열리면서 한동안 모습이 보이지 않던 루디아가 잠옷바람으로 나타났다. 나는 졸고 있던 몸을 일으켜 그녀에게 약간의 예를 갖추었는데 그녀는 내 예를 알아차린 것 같지는 않았지만, 방을 치워놓았으니 이젠 잠자리로 가라는 말을 옥치옥에게 하는 듯했다.

옥치옥은 그제서야 자기 이야기가 너무 길어졌음을 깨달은 듯 나를 화구들 뒤에 숨겨진 낡은 침대로 안내했다. 나는 닷새동안 침대 없는 맨 바닥에 나무덩걸처럼 뒹굴어 잤으니 오늘은 이만하면 특별한 대접을 받는 셈이지만 몸을 덮치는 피로가 특별 대접을 사양할 만한 여유를 주지 않아 회색 담요 한 장의 침대 위에 쓰러지듯 몸을 던졌다.

3

나는 천재가 아니다. 나는 내가 천재가 아님을 소년 시절부터 알았고 천재가 아님을 소년 시절부터 안 사실만으로도 나는 나를 경탄스럽게 바라보곤 한다. 나는 내가 천재가 아님에 대해서 불행하게 생각해 본 일은 없다. 나는 평범한 한 소년기와 청년기를 보내는 것을 행복으로 생각했다. 나는 비범한 사람이 갖는 특별한 삶을 꿈꾸지 않았다. 평범한 소년이 갖는 일상사들과 평범한 청년이 갖는 반복적인 삶을 역겹다거나 타기해 버릴 만한 것으로 치부하는 오연(傲然)은 내게 없다. 누구나 다 갖는 소년기의 꿈과 이상, 누구나 다 겪는 청년기의 열망과 방황을 나는 풀밭에 누워 하늘을 바라보듯 이따금 마음 속으로만 그려보곤 한다.

　나는 디에고 엘론소처럼 다섯 살 때 스페인의 모차르트라는 칭호를 받을 수 있을 정도로 천재적인 예술적 재능을 타고나지도 않았고 보비 피셔처럼 여섯 살 때 전 미국의 어린이 체스왕이 될 정도로 특출한 기능이나 재주를 갖추지도 못했을 뿐 아니라 존 스튜아트 밀처럼 세 살 때 그리크를 배우고 여덟살 때 라틴어를 읽을 수 있는 천재를 지니지도 않았고 볼프강 아마데우스 모차르트처럼 여섯 살 때 궁정에 가서 음악 연주회를 하고 아홉 살 때 교향곡을 작곡할 수 있을 정도의 천품을 지니지도 않았다. 김시습처럼 세 살 때 한문을 읽을 줄 알고 일곱 살 때 한시를 지을 줄 알 정도의 천늠을 가지지도 않았고 맹사성처럼 열두살 때 과거를 볼 정도의 총명과 재질을 지니지도 않았다. 더욱이 나의 평범은 엘버트 아인슈타인처럼 학교에서 배우는 모든 지식은 구각(舊殻) 속에 들어 있는 고착되고 형해화된 지식임을 터득하고 열다섯살 때부터 제도교육을 포기해 버릴 수 있을 정도의 선견지명을 비장하고 있지도 않았다.

　나는 모든 평범한 사람들과 똑같이 일곱 살 때 국민학교에 들어가고 스물의 초반에 대학을 마치는 평이한 길을 걸었다. 그러기에 지금도 디에고 엘론소의 소년 시절에 작곡한 전자 음악을 들으면 감탄하고 보비 피셔의 열다섯 살 때 펴낸 체스북을 보면 경탄이 터져 나온다. 존 스튜아트 밀의 공리론에 감복하고 모차

르트의 돈 조반니, 레 퀴엠을 들으면 가슴이 뛴다. 김시습의
『금오신화』를 읽으면서 그의 상상력과 신통의 예지에 감탄하고
맹사성의 시를 외우면서 그의 비범한 생애를 부러워한다. 그레
이스 캐리, 리즈 테일러의 매혹적인 미모에 감탄하고 마리아 캐
리의 「두두두 덤」에 황홀한 귀를 여는 나는 지극히 일상적인 감
각의 소유자에 불과하다.

　미 대륙에 최초의 철도를 부설하여 떼돈을 번 벤드빌트가(家)
의 가족사를 들으면 외경을 느끼고 나일론을 발명하여 직물계
의 혁명을 일으킨 듀퐁의 일대기를 들으면 찬탄을 금치 못한다.
나는 모든 타인을 존경한다. 모든 학자, 모든 예술가, 정직하고
용감한 군인, 신념을 가진 종교인, 목사, 신부, 승려 그리고 추
위와 더위에 지치지 않고 땅을 가꾸는 농부, 정원사, 지게차 운
전수, 저자거리의 베수건 두른 아저씨, 아주머니들을 나는 사랑
하고 존경한다. 그들은 그들대로의 최소한의 삶을 가꾸는 방법
을 알고 있는 사람들이기 때문이다.

　그런 사람들 곁에서 나는 하잘 것 없는 글나부랭이를 쓴다고
내 젊은 나이, 철 들고 난 뒤 스무 해를 놓쳐 버린 것이다. 그것
은 나의 고통, 나의 회한, 나 자신에의 질타를 너머 생의 이쪽과
저쪽의 기로를 넘나들게 했고 나의 삼십대를 기어이 열병으로
들끓게 했으며 마침내는 열흘 동안의 통음과 모종 결단을 강요
했다.

　그리하여 나는 암연(暗煙)에 싸인 어두운 길을 너머 지금 낮

선 땅, 낯선 거리에 와 바장이고 있다. 나는 내일에 대한 설계도 희망도 갖고 있지 않다. 내일, 아니 한 시간 후의 내 삶에 대해서도 나는 결심과 전망을 갖지 못하고 있다. 해 뜨면 급히 나가 일할 직장도 없고 돌아오면 닳아서 반짝이는 낯익은 문턱도 없다. 내 신발 벗어 둘 신장도 없고 내 한 겹 옷 걸어 둘 장롱도 없는 곳에서 나는 무얼 바라 오늘을 살고 어떤 내일을 꿈꾸며 잠들어야 하는 지를 알지 못한다.

다만 내가 깨달은 것, 내가 열흘 동안의 통음과 불면 가운데 얻은 것은 죽음은 비겁이요 삶이란 껴안아야 할 만한 진귀한 무엇이라는 것, 그 삶이 설령 죽음보다 더 지루하고 역증 나는 것이라 해도 그것을 보듬고 뒹굴면서 끝내 그것이 가리키는 길을 가는 것이 평범한 사람이 선택할 수 있는 최상의 길임을 깨우친 것 뿐, 그래서 나는 절연할 수 없는 삶을 껴안고 급기야 몸을 먼 이국으로 옮긴 것이 아닌가.

나는 몸을 옮긴 이곳에서 흔하디 흔한 말처럼, 성공을 해서 고국에 돌아가겠다거나 출세를 해서 고국에 돌아가겠다는 생각을 한 일이 없다. 돈을 벌어서, 출세를 해서, 미인을 얻어서 그곳으로 돌아가, 내가 만나는 사람들에게, 십년 전 혹은 이십년 전에 내가 걸었던 길을 뉘우친다는 허황된 회고담이나 흩뿌리고, 한 때의 나의 결의가 내 생애의 중요한 전환점이 되었다는, 필요한 때는 삶의 방식을 바꿔 보는 것도 절망을 극복하는 지름길이 된다는 부질없는 미사여구나 늘어놓아 나의 왜곡된 삶을 미화해 보겠다는 얄팍한 공산을 해본 일은 추호도 없다. 그러나 나의 설계도 비전도 없는 내일 그리고 또 내일을, 내 힘이 아니면 미지의 어떤 힘에 의해서라도 가꾸고 성숙시킬 수만 있다면 나는 그 길을 내 조그만 자존심이나 허울좋은 양심 운운하며 사양하지는 않겠다.

나는 될 수만 있다면 오히려 그런 힘에 편승하고 그런 힘을 이용해서라도 이미 급변해 버린 내 생활과 내게 드리워진 시간의 여분들을 몰아 몰염치와 잿빛 용기를 눈뭉치처럼 굴려 나의 삶의 눈금을 보태는 자료로 삼겠다.

땅과 바람과 햇볕이 누구누구의 것이 아니듯, 먹고 입고 잠잔다는 사실 또한 누구누구의 것만은 아님에랴. 나는 이제부터 내일에 관한 한, 떳떳치 않은 일에도 관대해지고 몰가치한 일에도 포용력을 베풀리라. 그 길만이 전망 없는 내일에의 내 기도라면 기도이고 설계라면 설계라 하리라.

옥치옥이 격일제 택시를 몰고 나가기 위해 불을 켜고 세수를 하는 소리를 잠결에 들으면서도 나는 그가 내어 준 낡은 침대에서 일어나지 않았다. 평소 같으면 문을 밀고 나가기 전에 화실에 들어와 그리던 그림을 챙기고 침대 위에 늘린 잠옷이라도 벽걸이에 걸어 놓고 나가겠지만 옥치옥은 나의 늦잠을 방해하지 않기 위해 내가 누워 있는 화실 뒤의 작은 방으로 발길을 옮기지 않았다. 현관문 열리는 소리가 삐걱- 하고 아침의 고요를 깨는 소리를 잠결에 들으면서도 나는 베개에서 목을 한 번 쳐들었다가 도로 놓고는 그대로 잠을 잤다.

몇 시쯤이나 되었을까? 마분지로 가리고 헌 신문지로 틈을 막은 창문 쪽에서 이미 첫 햇살 같지 않은, 바랜 햇빛이 비쳐 들어오고 있었다. 밖에서는 언제 왔는지도 모르게, 루디아가 슬리퍼를 끌며 마루를 지나가는 모습이 보인다. 나는 급히 일어나 바지를 꺼입고 웃옷을 걸친다.

「본 조르노.」

그러나 알아들을 수가 없다.

「굿 모닝의 이탈리아 말이에요.」

「아, 그렇군요, 안녕하세요, 루디아.」

「식탁은 이쪽에 있습니다. 그리고 커피와 빵을 준비해 두었습니다.」

나는 나의 늦잠을 겸연쩍어 하면서 급히 세수를 하고 식탁으로 갔다. 내가 식탁에 앉자 루디아도 맞은 편에 와 앉는다 나는 엿새째 기식을 하는 미안함 때문에 루디아의 표정을 읽으려고 그녀를 천천히 훑어보았지만 그녀의 얼굴이나 모습에는 어떤 징후도 읽을 수가 없었다. 어떤 징후도 읽을 수가 없는 모습, 그것은 더욱 나를 안절부절못하게 하는 것이지만 달리 대책이 없는 나로서는 그녀에게 조금만 더 기다려 달라든지, 며칠 후면 거처를 옮기겠다든지 하는 겸사를 그녀에게 할 수 없음이 안타까울 뿐이었다. 그런데 그런 내 심경을 눈치 채기라도 한 듯 루디아는 마시던 커피 잔을 식탁에 놓으면서 먼저 말을 꺼낸다. 그녀의 말은 아직도 설음(舌音)이 강한 라틴계의 영어였지만 그다지 알아듣기 어려운 발음은 아니다.

「오늘은 무얼 하려 하나요?」

「아무 것도 할 일이 없습니다.」

「드라이브 라이선스는 가졌나요?」

「네, 인터네셔널로요.」

「그러면 치옥씨가 하는 차를 받아 택시 운전을 해 보는 게 어때요? 치옥씨는 이제 소호 쪽에 화방을 얻어 본격적으로 그림을 그리기로 했으니까요, 일찍부터 그렇게 했어야 했는데 치옥씨가 자꾸만 망서려서 미루어진 일이긴 하지만요.」

「무어라도 할 수 있는 일이 있으면 하겠습니다. 그러나 아직 맨해튼의 동쪽과 서쪽도 구별하지 못하는 나같은 사람이 택시 운전을 할 수 있겠습니까?」

「그렇군요, 그러면 오늘부터라도 차를 빌어 맨해튼 길을 익히세요, 아마 이틀만 돌아다니면 맨해튼 길은 다 익힐 수 있을 거에요.」

「이틀이라구요?」

「네, 맨해튼은 세계에서 가장 큰 도시, 뉴욕의 중심지라고는 하지만 둘레가 약 11마일 밖에 안 되는 좁은 땅이에요, 자동차로 시가지를 돌면 삼십 분이면 한 바퀴를 다 돌 수 있을 정도지요, 어때요, 한 번 해 보겠어요?」

11마일이라면 한국의 척도로는 사십리에 불과한 거리인
데.......나는 그런 생각을 하다가,
　「고맙습니다. 그런데 제겐 차가 없으니 어떻게 길을 익힐 수
가 있겠습니까?」
하고 대답했다.
　「아파트 입구에 가면 낡은 니산 센트라가 한 대 서 있을 거에
요, 그것이 제 찹니다. 그걸 이틀 동안 빌려드릴테니 오늘부터
시작하세요.」

　루디아와 나는 곧 방문을 잠그고 아파트 5층 계단을 걸어 내
려 왔다. 아파트는 낡아 계단에는 먼지와 휴지 조각이 날리고
엘리베이터는
　「돈 워크, (사용중지)」
표시를 한 지가 몇 년이 지난 듯하다. 계단 아래는 루디아가 말
한 낡고 초라한 니산 자동차 한 대가 스트리트 파킹인 채 굶주
린 암탉처럼 초라하게 서 있다. 겉보기로는 삼십년은 되어 보이
는, 지붕의 페인트칠이 벗겨지고 범퍼가 너덜거려 범퍼를 노끈
으로 차체에 묶어 둔 차다. 내가 루디아로부터 열쇠를 받아 차
문을 열자,
　「차가 몹시 낡았지요?」
하고 루디아가 미안한 투로 말한다.
　「아니요, 상관없습니다.」

나의 그런 인사는 단순한 인사치레가 아니라 운전 연습을 하기에는 이같이 낡은 차가 차라리 마음 편한 것이기에 하는 말이었다. 나는 루디아가 주는 맨해튼 시가지 지도 한 장을 받아 들고 차를 몰아 아파트를 빠져나가 143가 쪽으로 방향을 잡는다. 나의 맨해튼 생활이 니산 센트라와 함께 시작된 것이다.

　어디로 갈 것인가? 아니, 어디로 가도 좋다. 어디를 가도 기다리는 사람 없고 어디를 가도 나무랄 사람 없는 길을 빌린 자동차 위에 몸을 싣고 공룡같은 도시의 모세관 같은 길을 나선다. 143가, 5에비뉴를 거쳐 파크 에비뉴와 렉싱턴 에비뉴를 지나 나는 동굴 같은 빌딩 숲을 동쪽으로 빠져나온다. 퀸스보로 다리 위로 차를 올린다. 다리 아래로는 이스트 강 물줄기가 푸르고 강물 위에 그림자를 드리운 빌딩들이 물살에 흔들린다.
　다리는 낡아 곧 이음새가 끊어질 듯 불안하게 출렁거리지만 그 위를 달리는 자동차들은 그런 것에 아랑곳없이 속력을 낸다. 다리 위를 달리다 보니 다리 위에 또 다리가 있다. 달리는 자동차의 머리 위로 또 다른 자동차들이 달리는 것이다. 그러나 다리를 건너 서고부터 내가 모는 차는 방향을 놓치고 바람 속의 낙엽처럼 이리저리 방황하기 시작한다. 두 시간 동안을 맨해튼 바깥 쪽에서 방황하다 다시 맨해튼으로 들면서 내 차는 다시 한 번 방향을 놓치고 이리저리 핸들을 꺾는다. 정처없이.
　그러나, 정처 없이라니, 여기서 정처 없어서는 안된다. 어디로든 방향과 목표를 정해야 한다 그러나 무리진 빌딩숲 속에서 아무리 살펴도 사위를 분간할 수가 없다. 사람의 두뇌와 손으로 만들어진 최대의 걸작품이자 매머드인 이 도시는 그러나 제 나이 양 세기가 넘어, 빌딩과 빌딩 사이는 협착한 산골 같고 도로는 헐대로 헐어 보수한 자리가 기운 베옷 같다. 한 번 잘못든 길은 빠져나갈래야 빠져나갈 수 없는 수렁이 된다. 얼마나 길이 좁아터졌으면 모든 차량을 한 방향으로만 달리게 한 일방통행제를 택했을까?

누군가가 말했듯이 보스톤에는 한 달 동안 보아도 더 보아야 할 유적들이 있고 워싱턴에는 석달을 보아도 더 보아야 할 기념관이 있는가 하면 맨해튼에는 일년 동안 보아도 더 보아야 할 명소들이 있다. 어차피 길을 익혀 택시 드라이버를 할 팔자라면 이곳의 지형과 명소와 거리와 건물 이름을 하루 빨리 익히는 것이 상책이다. 그러기에 나는 택시를 몰고 빌딩 밀집 지역을 돌고 또 돈다. 링컨 센터, 엠파이어 스테이트 빌딩, 메트로폴리탄 박물관, 메디슨 광장, 루즈벨트 태생 기념관, 에디슨 에너지 박물관, 현대미술관, 록펠러센터 등을 수없이 돌고 돈다.

어느덧 봄날의 하루가 하오 7시를 가리킨다. 이젠 어둡기 전에 옥치옥의 아파트로 돌아가야 한다. 설령 기다릴 사람이 없어도 내 찾아갈 지붕 밑은 그곳 뿐이므로, 살 닿은 사람 그곳에 없어도 이 황막한 도시에서 내 이름 기억해 줄 사람은 그들 뿐이므로.

루디아로부터 얻은 이틀은 나의 뉴욕생활의 시작이자 미국생활을 예감케 하는 전조이기도 하다. 나는 이 마흔여덟시간을 금싸라기처럼 아껴 쓰지 않으면 안된다. 조금은 그들에게 신세진 이 시간이 미안하고 조금은 그들에게 빚진 이 시간이 부끄럽긴 하지만 그것이 미안하고 부끄러운 만큼 나는 빨리 그것에서 벗어날 길을 찾아야 한다. 그 길은 지금같은 맨해튼 길을 짧은 시간 안에 익히는 길 뿐이다.

그러기에 이튿날도 나는 차를 몰고 방황의 길 위에 몸을 던진다.

부루크린 다리 남쪽 끝에서 한 떼의 젊은이들을 만난다. 그들은 어찌보면 즐거운 듯하고 어찌보면 성난 듯하다. 길 익히기 위해 나선 걸음이니 어디를 가도 좋은 나의 차는 해 있는 동안만은 바쁘거나 서두를 이유가 없다. 천천히 차를 몰며 한 떼의 젊은이들을 구경하면 그만이다.

한 떼의 젊은이들, 그들은 처음에는 열명 스무명이더니 갑자기 백명 이백명이 된다. 다리 남쪽에서 보았을 때는 산발적이던 그들은 잠시 후에는 소나기 구름처럼 운집해 족히 이천명은 되어 보인다. 순식간에 다리는 군중의 발자욱으로 덮인다. 그들은 손마다 피킷과 현수막을 들고 있다. 뜻하지 않게 시위대를 만난 것이다. 무리들은 남에서도 오고 동에서도 온다. 서에서도 오고 북에서도 몰려와 마침내 한 지점, 부루크린 다리를 향해 움직이고 있다. 차의 앞과 뒤가 밀리는 차량으로 꽉 막혀 차를 움직일 수가 없다. 앞을 내다 보아도 군중, 뒤를 돌아 보아도 군중이니 차를 돌릴만한 틈서리가 없다.

에라 모르겠다. 기왕에 시위대의 복판에 들어왔으니 미국 젊은이들의 시위나 구경하자. 나는 자동차의 사이드 브레이크를 당기고 도어록을 채운 뒤 운무처럼 천천히 움직이는 군중의 물결을 바라보고 넋을 빼앗긴 채 차 안에 앉아 있다.

생각하면 시위만큼 한국인인 나에게 익숙한 것은 없다. 그것은 내 서른 여덟해, 반생의 반려이고 의식 속에 드리워진 침울과 광기의, 지울 수 없는 그림자다.

시위란 무엇인가? 스스로의 요구를 남에게 알리고 자신에게 가해진 불이익을 개선하려는 의도의 자기표현 아닌가? 그러나 그것은 스스로를 알리는 자기표현이면서 강한 의지의 결단을 내포하고 있는 적극적 자기표현이라는 점에서 조용한 전달 양식이기 보다는 강한 전달 양식이라 할 수 있다. 거기에다 자기표현이 형태상 혼자가 아니라 집단적인 형태를 띨 때 그것은 어느덧 힘이 실리고 목소리가 높아져 급기야는 사회적인 문제, 정치적인 문제로까지 비화되는 것이 아니었던가? 그리하여 사회의 안녕과 질서를 해칠 우려가 있다는 이유로 경찰력이 동원되고 때로는 무력이 동원되어 왔던 것이 아닌가?

부루크린 다리 위로 수많은 시위 군중이 지나간다. 다리는 튼튼하다. 준공 연도, 1864년, 다리를 놓은 지 백삼십년이 지난 지금까지 다리는 보수한 흔적 외에는 한 번도 위태로운 조짐을 보인 일이 없다. 나는 무너져 내린 서울의 성수대교 생각이 나서 다리의 상판을 내려다 본다. 검고 육중한 다리 아래로는 푸른 대서양 물결이 일렁일 뿐, 그 많은 발길들에도 다리는 끄떡하지 않는다. 눈을 들어 바다를 굽어보면 갈매기들만 한가롭고, 눈을 들어 하늘 쪽을 올려다 보면 햇빛에 반짝이는 창을 단 마천루들이 시위대의 소란에도 아랑곳 없이 바다를 굽어보며 제 큰 키를 미루나무처럼 일렁인다.

한국의 시위, 길고 긴 왕정의 역사를 지나 마침내 부패한 왕정의 허를 찌른 동학의 기상을 지나, 이민족의 압제에 항거한 3.1 운동의 정기를 지나, 숨가쁜 희열의 을유해방을 지나, 민주주의의 출범 이후 자유당 통치의 압제에 항거한 4.19 의거를 지나, 군사정권 이후의 수많은 항거와 시위를 지나오면서 한국의 현대사, 한국의 대학사는 데모와 시위의 역사로 점철된 오류와 먹구름의 역사임을 나는 상기한다. 67년 동베를린 사건을 지나, 69년 3선개헌 반대와 변칙통과의 우울을 지나, 70년 전태일 분신사건의 노호를 지나, 72년 국회해산, 유신헌법 선포의 어둠을 지나, 73년 김대중 납치사건과 개헌청원 백만인 서명운동의 소용돌이를 지나, 74년 언론사의 광고탄압과 75년 고려대 휴교령

의 진흙밭을 지나, 75년 의문의 장준하 사망사건과 76년, 3.1 명
동사건의 수렁을 지나, 마침내 79년 부마사태와 박정희대통령
의 총격과 사망을 지나, 80년의 광주민주화 운동을 지나, 모든
언론기관의 통폐합과 제5공화국 출범을 지나.......

　이같이 한국 현대사에서 굵직굵직한 사건들이 계속되는 동안,
이 사건들은 민중의 탄압사와 맞물려 반도는 하루도 최루탄 냄
새를 씻을 날이 없었음을 나는 떠올린다.
　상가들이 문을 닫고 치안을 담당하는 경찰서가 시위대의 습격
을 피하기 위해 철망을 친 사실들을 떠올린다. 경찰이 쏜 최루
탄을 맞고 학생들이 죽거나 다쳐 병원으로 실려 가고 교수들은
강의실에서 빈 책상을 보며 탄식하던 상황을 나는 기억한다. 85
년 한 해, 29억원어치의 최루탄이 발사되었고 시위진압 전경 백
팔십사만명이 동원되었다는 통계를 나는 떠올린다. 그러한 나
라에서 나는 내 젊은 서른몇해를 보낸 것이다.

　이제 시위대는 부루크린 다리를 건너가 뉴욕시청 앞 광장을
꼭 메우고 노래를 부르고 손뼉을 치며 빙글빙글 원을 돌기 시작
한다. 시위대의 꽁무니를 따르던 경찰들은 원무하는 시위대의
바깥에 서서 구경꾼이 된다.
　이곳의 시위대는 한 번도 기물을 부수거나 경찰서에 돌을 던
진 일이 없었기 때문에 경찰은 처음부터 시위대의 진압수단으

로 동원된 것이 아니다. 그러기에 이곳 경찰은 시위대의 보호자 격으로 시위대의 옆과 뒤를 따르기만 하는 것이다. 원무를 그리는 시위대의 남쪽에는 기마경찰이 말 잔등 위에 앉아 시위대의 느린 원무를 보고 있지만 그들의 얼굴에도 긴장한 빛이 전혀 보이지 않는다. 누가 저 모습을 보고 시위진압 경찰이라 하겠는가?

　군중 속에서 가끔 구호가 섞여 나오기는 하지만 그들의 구호는 박자를 맞춘 일종의 음악이다. 군중의 손에 들린 피킷에는 주지사의 교육비 삭감에 대한 항의가 들어 있다.

「Don't Cut Education Expense, 대학의 교육비를 삭감하지 말라.」

「No More Touch, 대학에 지나친 간섭을 하지 말라.」

　그리고 군중의 손뼉 소리에 맞춘 구호에는,

「우리는 승리할 것이다.」

「파타키는 바보다.」

와 같은 익살이 섞여 있다. 여기저기서 치켜 올리는 피킷의 그림 또한 침팬지의 모습을 하고 있거나 햄버거를 씹어먹고 있는 파타키(당시 뉴욕주 지사)의 얼굴이 희화화(戲畵化)되어 있지만 그 이상의 노호나 야유는 없다. 그야말로 한 판의 신나는 놀이요 몇 시간의 신명나는 판소리 마당이다. 노래에 섞인 구호는 군중이 치는 손뼉소리와 함께 이미 시위의 구호가 아니라 메트로노움의 악절이며 그들의 시위 광경은 한국의 민속놀이나 지신밟기를 연상시킨다. 시위대는 시위대대로 신나는 한 판 놀이요 구경꾼은 구경꾼대로 심심풀이의 한판 놀이마당이었음에는 다를 바가 없다.

나는 혼자서는 감히 생각지도 못한 부루크린 다리 위를 경찰의 보호를 받으며 건넜으니 길 익히고 구경 잘한 일석이조의 횡재를 오늘 하루 동안 통째로 한 셈이다.

내가 아파트에 돌아왔을 때는 옥치옥은 아직 돌아오지 않았고 루디아 혼자서 리모콘으로 텔레비젼 채널을 맞추고 있다가, 내가 문에 들어서는 것을 보고,

「어서 오세요, 관우씨, 오늘은 좀 어땠어요? 어제보다는 한결 길 찾기가 수월했겠지요?」

하고 묻는다. 나는 이렇다 할 말을 찾지 못해 웃음으로 대답을 대신한다.

「치옥씨는 오늘 좀 늦을 거예요, 소호에 작업실을 둘러보고 와야 하니까요.」

한다. 나는 작업실을 둘러보고 온다는 말이 무슨 말인지를 알지 못했으나 더 이상 묻지 않기로 한다. 루디아는 다시 나를 쳐다보며,

「관우씨는 지금 저와 함께 좀 가볼 데가 있어요, 바쁠 것은 없으니 우선 세수부터 하세요.」

하고 덧붙인다.

「가볼 데가 있다구요?」

「예, 잠시면 돼요.」

내가 세수를 하고 소파로 돌아오자 루디아는,

「관우씨, 제 말을 조금이라도 오해하면 안돼요.」

하고 나를 쳐다보며 뜸을 들인다.

「네, 말씀하세요.」

나는 루디아를 바라보며 그녀의 말을 기다린다.

「관우씨, 관우씨가 이 집에 있는 것을 저는 조금도 싫어하지 않아요, 5년 전에 치옥씨를 도왔듯이 저는 지금도 관우씨를 돕고 싶어요.」

「네, 알고 있습니다, 그리고 감사하구요.」

「그런데 치옥씨가 이젠 택시를 그만두고 소호로 나가 본격적으로 그림을 그리기로 했어요, 그래서 오늘 치옥씨가 작업실을 보러 간 건데요, 그런데 치옥씨와 제가 소호에 화실을 정하고 화실 곁에 작은 방을 얻어 들게 되면 거기에 관우씨가 함께 있기는 어렵지 않겠어요? 그래서 관우씨도 마음놓고 지낼 수 있는 방이 있어야 될 것 같고 해서……」

하면서 루디아는 책갈피에서 사진 한 장을 꺼내 내 앞에 놓으며,

「이 사진 한 번 보실래요?」

하고 나를 바라본다.

「누굽니까? 이 사진은?」

「지금 제가 관우씨와 함께 이 사람의 집엘 가 보려고 하는 거에요.」

「이 사람 집엘요?」

「예, 가보면 알아요, 놀랄 것은 없어요.」

사진은 삼십대 초반으로 보이는 젊은 여자의 것이었다.

나는 루디아를 따라 방을 나와 152가에 있는 한 아파트 쪽으로 걸어간다. 몰려오는 어둠 속에 살구꽃처럼 피어오른 거리의 불빛들은 화사하다 못해 눈부시도록 현란하고 은하의 폭을 펼쳐 놓은 듯한 가등들은 아라베스크로 무늬져 거리를 밝힌다.

가슴이 뜨거운 젊은이들은 서로 팔짱을 끼고 질주하는 차들은 신호등 앞에 멎고 잎을 피운 가로수들은 거리를 지나는 사람과 빌딩 쪽으로 가지를 흔들어 밤의 훈풍 속에 흔적 없는 그림을 그린다. 우리가 가는 아파트는 십분이면 닿을 거다. 나는 루디아를 따라 찬연한 불빛이 끝난 곳, 밝음 보다 어둠이 많은 한 아파트의 현관을 들어선다. 이 아파트도 낡기로는 옥치옥의 아파트와 다를 게 없다. 다른 게 있다면 이 아파트는 엘리베이터가 작동되고 있다는 것 뿐이다. 그러나 아파트 주위에 널려있는 휴지조각이나 먼지 낀 벽과 창틀들, 난간마다 말라 비틀어진 제라늄 화분, 깨어져 뒹구는 유리 조각, 녹슨 창틀 밖으로 펄럭이는 커튼이나 빨랫가지들은 이 아파트와 옥치옥의 아파트가 조금도 다를 것이 없음을 보여준다. 뉴욕의 슬럼가, 맨해튼 북쪽의 아파트의 진면목은 어딜 가나 이런 모습이다.

루디아는 7층에서 엘리베이터를 세우고 희미한 글자로 706호라는 표시가 보이는 한 아파트의 벨을 누른다. 그러자 안에서 한 젊은 여자가 나와 문을 열고 루디아를 말없이 맞이한다. 루디아는 그녀를 따라 들어온 내가 소파에 앉자마자,

「이 사람이에요, 내가 이야기했던 사람이.」

하고 나를 젊은 여자에게 소개한다.

「반가워요, 제 이름은 이반 제니, 그리크에요.」

「제 이름은 민관우, 코리언입니다.」

나는 영문 모르고 루디아가 시키는 대로 여자에게 인사했다.

여자는 보통 키에 분홍살빛을 띤 백인계였고 눈과 머리카락은 동양인의 그것과 같은 검은빛이었다. 그녀는 가끔 입가에 웃음을 띠는 일 외에는 별로 말이 없었고 부엌과 다탁을 오가는 모습이 매우 침착해 보였다.

「관우씨, 관우씨는 당분간 여기서 지내도록 하세요. 그리고 제가 왜 관우씨를 여기로 오게했는지는 얼마 안 가 관우씨 스스로가 알게 될 거에요, 불편한 것이 있으면 제게 연락하세요, 그리고 내일부터라도 일하고 싶으면 치옥씨의 택시를 가져가세요, 그럼 이만 저는 가보겠습니다.」

루디아가 알쏭달쏭한 말을 남기고 돌아간 뒤에도 나는 한동안 영문 모르고 소파에 앉아 있기만 했다. 그러면서 나는 무슨 이야기든 제니로부터의 이야기가 있기를 기다렸다. 그러나 제니는 아무 말이 없다. 그리고 그녀의 태도로 보아 어떤 말도 할 것 같지 않다.

마음 같아서는 나는 제니에게, 내가 어떻게 해서 이 집으로 오

게 되었는지, 그리고 이 집에 내가 얼마 동안 있을 수 있는지, 어떤 방식으로 방세를 지불해야 하는지 등을 물어 보고 싶었으나 제니가 그런 것을 먼저 말하지 않는 한 나는 먼저 그런 말을 꺼낼 수가 없어 아무 말도 하지 못하고 우두커니 앉아 있기만 했다. 부엌에서 나오던 제니는 그렇게 앉아 있는 나를 보고,

「피곤하신 데 이 방에 들어가 쉬세요, 이 방이 앞으로 관우씨가 쓸 방이에요.」

그녀는 소파 아래 버려지듯 놓여있는 내 낡은 가방을 그녀가 가리킨 방 앞에 갖다놓으며 첫 입을 연다. 나는 가방을 따라 방 쪽으로 가려다가 잠시 멈추고 제니에게 말한다.

「한 마디만 물어도 괜찮을까요?」

「예, 말씀하세요.」

「제가 어떻게 해서 여기로 오게되었는 지를 말해 줄 수 있겠습니까?」

「그게 궁금하시군요, 그러나 조금만 참으세요, 그러면 관우씨가 이 집으로 오게 된 이유를 스스로 알게 될 테니까요, 아무 염려 마시고 방에 들어가 쉬세요.」

제니의 발음은 유난히 L음과 R음이 많이 섞인 그리크계 영어였다. 나는 그녀의 말을 알아들으려고 귀를 기울였지만 그녀의 말이 귀에 잘 들어오지 않았다. 그런 나의 어려움을 이해하는지 그녀는 되도록 짧고 부드러운 어조로 천천히 말한다.

「처음엔— 불편하겠지만— 조금— 지나면— 괜찮아질— 거에

요. 아무— 염려— 마세요.」

나는 그 말이 더없이 고마웠다. 그리고 그 말이 담은 뜻처럼 나는 이내 편해질 수 있기를 바라면서 가방을 들고 그녀가 가리킨 방문을 열고 안으로 들어갔다.

방안에는 1인용 침대 하나와 조그만 책상 하나, 옷걸이와 빨래 바구니 하나가 놓여 있었다. 벽걸이도 장식도 없는 방이었지만 나로서는 그만한 공간에도 감사해야 할 처지이고 보면 담요 한 장에 등을 대고 단잠을 들일 수 있는 그 방은 요람이나 다름 없었다.

나는 이 방에서 이틀을 쉬고 사흘이 되는 날부터 루디아에게 전화를 걸어 옥치옥의 택시를 받아 격일제로 일을 했다.

그러나 한 주일이 지나도 내 스스로가 알게될 거라던 궁금증, 내가 어떻게 해서 이 집으로 오게 되었으며 얼마 동안 이 집에 머물 수 있는 지를 알지 못했고 그 위에 제니라는 여자는 도대체 어떤 여자이며 내가 그녀에게 할 수 있는 일은 무엇인가를 알지 못했다. 내가 택시 열쇠를 받으러 옥치옥의 아파트엘 갔을 때, 택시 열쇠를 넘겨주면서도 루디아는 그같은 나의 궁금증을 풀어 주지 않았다. 루디아가 말하지 않는 한 나 역시 루디아에게 그런 것을 묻지 않기로 마음먹었다.

그러나 이같이 궁금하게 지낸 한 주일 동안 내가 제니에 대해 아무 것도 알게된 것이 없다는 말은 정확한 말이 아니다. 최소한 나는 제니에 대한 다음과 같은 몇가지 사실을 은연중 알게 되었으니까. 그리고 그녀의 표정으로 보아 그것을 대단한 비밀의 벽장 속에 감추어두고 싶어하는 것 같지도 않았다. 아니, 그것보다 그녀와 나와의 우연이라면 우연인 이 관계, 그러나 내가 루디아를 따라 이리로 몸을 옮긴 이후는 그런 우연이 모종 필연으로 가게 되리라는 예감이 초침처럼 나의 하루하루를 운반해 가고 있는 이 시점에서는 내가 알게된 그녀의 생활사의 몇 페이지를 여기서 밝힐 필요가 있으리라. 왜냐하면 내가 알게된 그녀의 생활사는 그녀로서는 비밀스런 것일 수도 있겠지만 그녀의 생활 속에 내가 편입되면서부터는 결코 그녀만의 개인사가 아니게 되었으니까. 그렇다고 그것이 그녀의 통속성을 비난한다거나 나의 결벽을 주장하고자 하는 불필요한 장식은 더구나 아니니까.

어쨌든 나는 그녀에 대한 다음과 같은 사항을 알게 되었고 알게된 그 몇가지 사항을 밝히는 것이 내 황폐한 생활의 단면들을 정리해 보는 계기가 될 수도 있겠기 때문이다.

은연중에 내가 알게된 그녀에 대한 몇 가지, 그것은 미국에 이주해 온 해외 이주민들의 일반적인 사실들. 이를테면, 제니는 7년 전에 그리스에서 미국으로 이주했다는 것, 그러나 미국의 영주권을 가지고는 있지만 시민권을 갖지는 못했다는 것, 그리고 그녀는 56가의 어느 꽃집에서 일하고 있다는 것 등이다.

그러나 내가 한 주일 동안 그녀에 대해 알게된 것은 그것만은 아니다. 그녀는 그리스에서 이민 온 뒤, 한 미국인 남자와 기약 없는 사랑에 빠졌다가 약속없이 헤어진 경험이 있다는 것, 미국인 남자와 헤어진 뒤 살길을 찾아 어느 종교단체에서 운영하는 뉴욕지구 이민보호소 보호원으로 등록을 했다는 것, 그리하여 그녀는 지금까지 세 사람의 국적이 다른 이민 남자들을 이 아파트에서 보호한 경력을 가지고 있다는 것, 그녀는 이같이 미국에 발을 내렸으나 아직 미국에 정착하지 못한 이민들을 보호한다는 명목으로 이민보호소로부터 매월 일정액의 보수를 받으며 살아가고 있다는 것, 그리고 이 한 주일 동안 내가 그녀에 대해 알게된 사실 하나를 더 보탠다면, 그녀는 그녀의 블라우스 속에 우윳빛 흰 살결과 수밀도 같이 탐스런 가슴을 감추고 있다는 것, 그것은 그녀가 아침저녁 샤워를 한 뒤 타월로만 몸을 가리거나 잠옷을 입은 체 머리에 빗질을 하며 마루를 왔다 갔다할 때, 그녀의 무겁고 탐스러운 가슴이 옷매무새 사이로 흘러내리는 것을 나는 하루에 한 번씩은 바라볼 수 있다는 것, 내가 지낸 그녀의 집에서의 한 주일은 최소한 나로부터 그런 것을 알게 했다.

그러나 그뿐이 아니다. 내가 한 주일 동안 이 집에 머물면서 알게된 것 중 가장 중요한 것은 이런 것이다.

그것은 남녀가 한 지붕 밑에서 호흡하는 시간을 갖는다는 것은 그 시간의 길고 짧음에 관계없이 그것은 타인의 시간만일 수 없음을 알게된 사실이다.

그녀는 아침 일찍 일어나 세수를 하고 화장을 한 뒤 나에게 눈인사를 남기고 바쁘게 꽃집으로 간다. 그리고 저녁때가 되면 구두의 뒷굽을 시멘트 바닥에 부딪치며 아파트로 돌아온다. 그녀와 내가 아파트로 돌아오는 시간은 거의 일정하지만 나는 옥치옥이 하던대로 격일제 택시운전을 하기 때문에 내가 일하는 날은 그녀가 나보다 먼저 돌아온다. 그러나 내가 쉬는 날이면 나는 거의 외출을 하지않고 방안에만 있으므로 그녀가 돌아오는 시간을 나는 시계의 초침처럼 정확히 잰다. 어쩌다 그녀가 돌아오는 시간이 십분이나 이십분 정도라도 늦어지기만 하면 내 귀는 소라껍질처럼 줄곧 아파트의 문 쪽으로만 열리는 것을 나는 알게 되었고 그런 나에게 그녀가 가끔 과일이나 트로피컬 쥬스를 사들고 돌아와 그것을 내게 건네주면 나는 형언할 수 없는 감정에 사로잡히는 것을 경험한다.

그녀가 가끔 진공청소기로 마루바닥을 쓸 때 내가 그것을 받아서 쓸어준다든지 그녀가 한 주일 동안 모아놓은 빨래바구니를 세탁소에 가져가려 할 때 내가 대신 그것을 세탁소까지 날라다 주기라도 하면 그녀의 눈빛과 얼굴에는 아지랑이같은 미소가 이는 것을 나는 눈여겨 볼 수 있었다.

내가 그녀의 집으로 온 지 일주일째가 되는 날 아침, 그날은 택시도 쉬는 날이라 나는 침대에서 일어나지 않고 꾸물거리고 있었는데 그녀가 내 방문 앞에 와서 문을 두드리며 나에게, 마루에 쳐진 브라인드 끈이 떨어졌으니 그것을 좀 고쳐달라고 했다. 그러나 나는 그녀의 말을 선뜻 알아듣지 못했다. 다시 물어

보아도 그녀의 말을 알아듣기가 어려운 것은 마찬가지여서, 나는 급기야 종이를 가져가 그녀에게 그 말을 글로 써보라고 하기에 이르렀다. 그녀가 종이 위에 써주는 글을 읽고 비로소 그녀가 하는 말을 알아차린 나는 브라인드 끈을 고치면서도 줄곧 말의 효능, 말과 사람, 말과 글자의 관계를 생각했다.

말의 효능, 때로 사랑의 신호가 되고 때로 선전포고도 될 수 있는 말, 때로 복음이 되고 때로 저주도 될 수 있는 말, 말이란 언제부터 사람 사이에 존재했으며 언제부터 사람과 사람 사이의 감정의 교호수단으로 작용해 온 것일까? 말의 전달은 공감의 영역을 확대하고 말의 단절은 공감의 영역을 축소할 뿐 아니라 정감의 한계를 불러오고 말리라는 사실, 그것은 그때부터 나에게 일종의 위협으로 다가오기 시작했다. 나는 그때 불현듯 오래 전에 읽었던 어느 글의 주장이 생각났다. 그것은 꽤나 까다로운 논조였지만 그 대강은 이렇다.

인간이 만든 최초의 문자는 지금으로부터 약 5만년전 후기 구석기시대의 동굴에서 발견되는 작대기 문자와 조가비 띠문자, 그리고 끈의 매듭 모양을 한 결색(結索)문자이다. 이 작대기 문자, 띠문자, 결색문자가 차츰 후대로 내려오면서 구석기시대의 그림문자가 되고 그림문자가 1만년 전으로 추정되는 신석기시대의 상형문자가 되며 다시 상형문자가 청동기시대로 내려오면서 기록문자와 소리문자가 되었다. 그렇다면 인류의 보배인 문자가 처음에는 하나의 그림, 하나의 기호로 출발한 것임을 알 수 있다. 문자의 발명이란 불의 발견과 맞먹는 인간의 위대한 발명이다. 불의 발견이란 달리 말하면 인간생활의 날 것으로부터 익힌 것으로의 전이를 뜻한다. 날 것으로부터 익힌 것으로의 전이, 고대인들은 천둥이 칠 때 일어나는 불을 보았고 구르는 돌이 부딪칠 때 번쩍이는 불빛을 보았다. 불을 알고 난 뒤의 고대인들은 불의 무서움을 안 것과 동시에 불의 유용함도 알았지만 불의 무서움에서 불의 유용함을 아는 데까지는 장구한 세월이 걸렸다. 불의 무서움을 유용함으로 바꾸는 장구한 세월 동안 고대인들은 불의 간수, 불씨의 보존방법에 대해 깊이 생각하지 않을 수 없었고 어떻게 하면 불씨를 오래 간직하느냐 하는 것에 대해 숙고하지 않을 수 없었다. 불씨를 꺼지지 않게 오래 간직하는 일, 그들에게는 그때부터 생각하는 힘, 다시 말하면 사유(思惟)의 힘이 생기게 된 것이다. 그들이 그들의 사유의 힘에 의해 불씨의 보존방법을 고안해 내었을 때 그 보존방법을 다음 세대에 전달할 수 있는 방법 또한 필요했다. 이 때의 보존방법의 전달 수단으로 모종의 기호가 그들에게 필요했다. 이때의 보존방법의 전달 수단으로써의 기호, 그것이 글자 발명의 동기이다.

블라인드의 끈을 다 고치고, 발을 딛고 올라섰던 창턱에서 내려와 마루를 밟을 때까지, 그리고 제니가 수고했다는 말을 내 등뒤에 남기고 출근시간에 늦을세라 황황히 꽃집으로 가고 난 뒤에까지, 나는 격일제 운전으로 하루를 쉬는 날을 침대에 등을 붙이지 않고 소파에 기대어 위와 같은 생각의 골짜기에 빠진다. 이런 생각은 어쩌면 지금의 내 생활에는 어울리지 않게 사치스런 것일 지도 모르지만 그러나 「말」이 제니와 나의 생활에 걸림돌이 되는 것이기에 나의 생각은 비현실적이고 비논리적인 상상으로 날개를 편다.

글자의 발명
(A)
1. ⲍⲟⲟⲍ ⲙⲅⲁⲋ
2. ⳄⳌⲝⳜⲟⳞ ⲅⲟⲩ
3. ⲍⲓⳓⲩ ⲛⳝⳕ:
4. ⲅⲓⳕⲅ

(B)
1. 범어(梵語), 해인삼매(海印三昧)
2. 인디안어, 나는 배가 고프다
3. 요르단어, 최고의 요르단 사람
4. 러시아어, 포스터(우체통)

어찌 이뿐이겠는가? 거기에는 스페인어도 있고 아랍어도 있고 그리스어도 있고 몽골어도 있다. 그러나 그러한 다종의 말을 인용한다고 해서 나의 이런 상상이 더욱 살찌는 것은 아니다. 다만 나의 이런 분수에 맞지 않는 상상이 남의 면허증을 휴대하고 남의 택시를 빌려 운전하면서 사납금을 주러 갈 때는 면허증 소지자인 옥치옥이 대신 가야하는 불편한 생활, 하루가 더하면 하루가 더한 만큼의 불법체류의 날이 가까워 오는 긴장된 삶에서도 그 삶의 하루가 지옥처럼 괴로운 것이 되기 보다 그런대로 살아나갈만한 기쁨이 있고 즐거움이 있는 것이 되기 위해서는, 시시각각으로 몰려오는 험상궂은 일들과 잡동사니 생각들을 몰아내는 한 방법으로만도 유용한 것임을 나는 터득하고 있다.

그래서 더욱 이러한 생각을 곁들이는 것인지도 모르지만 생각은 생각에 날개를 달아 자유로운 공간을 유영하는 것을 마음의 눈으로 쳐다보는 일도 괴롭지는 않다.

언어란 원래 일정한 시간과 일정한 공간에 사는 사람들이 만든 기호이고 약속이다. 그 기호와 약속을 이해하는 사람에게는 그것은 글자로서의 기능을 할 수 있는 것이고 그 기호와의 약속을 이해하지 못하는 사람에게는 그것은 글자로서의 기능을 할 수 없는 것이다.

위의 (A)부분의 글자는 (B)부분의 뜻을 지닌다. 우리가 (A)부분의 글자를 글자로 인식하지 못하는 것은 그것이 불완전하거나 나쁜 글자여서가 아니라 그것을 글자로 이해할 수 있는 시간과 공간, 약속된 시간과 공간 안에 살고 있지 않기 때문이라는 것, 그런가 하면 (B)부분의 것을 글자로 이해할 수 있는 것은 그것을 글자로 인식할 수 있는 약속된 시간이나 공간 속에 우리가 살고 있기 때문이라는 것,

마찬가지로,

I Love You
Ich Liebe Dich
我 愛
나는 너를 사랑한다

와 같이 영어와 독일어, 중국어와 한국어가 다르고,

Froehliche Weihnachten 프로리세 바이나흐텐
Feliz Navidad 팰리즈 나비다드
Joyeux Noel 즈와유 노일라
Buon Natale 부온 나탈레
Kαλά XPibioqγεvva 칼라 크리스토그헨나
Merry Chrismas
聖誕快樂
메리크리스마스

와 같이 성탄을 축하하는 말이 위 첫 번째의 독일어, 두 번째의 스페인어, 세 번째의 프랑스어 ,네번째의 이탈리아어, 다섯 번

째의 그리크, 여섯 번째의 영어, 일곱 번째의 중국어, 여덟 번째의 한국어가 다름을 우리는 익히 이해하고 있다.

이같이 우리가 어떤 글자를 글자로 이해하고 그 뜻을 알게 되는 것은 그 글자의 의미 이해와 전달이 가능한 약속된 시간과 공간 안에 우리가 살고 있기 때문이며 설령 그 약속의 시간이나 공간 안에 살지 못한다 하더라도 여러 가지 제도를 통해 그것이 함유하는 약속에 대한 교육을 받음으로써 그 이해의 영역 속에 우리가 들어섰기 때문이다.

교육을 받는다는 것, 그것은 달리말하면 날것으로부터 익힌 것에로의 전이를 뜻하는 것이 된다. 인간이 태어날 때부터 지혜를 가졌거나 교양과 품위를 가진 것은 아니다. 인간도 태어나면서는 동물과 다름없는 수준의 앎과 능력을 가졌지만 자라고 배우면서 차츰 지혜를 가꾸고 능력을 키우고 교양과 품위를 갖추게 된다는 것, 그것은 바로 날것으로부터 익힌 것에로의 전이를 말하는 것이며, 교양있는 사람이란 달리 말하면 날것으로서의 인간이 아닌 익힌 것으로서의 인간을 뜻하는 말이 아닌가.

그러나 그 반면, 익힌 것으로서의 인간, 거기에는 얼마나 많은 가공과 수식이 깃든 것인가. 하고많은 가공과 수식, 기교와 꾸밈새, 그것은 익힌 사람만의 것이면서 익힌 사람만이 가질 수 있는 사악과 간교함도 함께 가진 것이다. 교육 혹은 교양이란 반드시 인간을 선하게 하거나 고상하게 하는 것만은 아니다. 교육을 받지 못한 마당쇠는 착하고 어리석지만 문자속이나 꿰뚫

은 주인댁 서방님은 얼마나 사악하고 간교한가를 소설 「벙어리
삼룡이」는 비극적으로 보여주고 있지 않은가.

　교육받지 않고 자연 그대로 사는 사람들을 우리는 원시인이라
하거나 원시적 삶을 산다고 말한다. 원시인들은 말할 나위 없이
교육을 받지 않은 사람들이다. 그렇다고 원시인들이 반드시 현
대인들에 비해 지능이 낮고 능력이 모자란다고 말하기는 어렵
다. 지능으로 말한다면 오히려 그 반대일 수도 있다.

　볍씨를 뿌려 쌀을 얻고 배추씨를 묻어 배추잎을 키우는 일,
밭갈고 김 매고 겨울에 뿌리들을 갈무리하는 법을 익힌 고대인
들은 비교컨대 기차를 가게하고 초음속 비행기를 만들고 호화
여객선을 진수하고 스텔스 미사일, 대륙간 탄도탄을 만든 것보
다 더 위대한 발명이고 발견일 수 있다. 원시인 혹은 고대인들
은 그들의 생활을 자연과 함께 했고 자연의 이법대로 살았다.
자연을 훼손하거나 자연을 부리어 쓸려고 생각하지 않았을 뿐,
그들은 현대인이 못듣는 자연의 현묘한 소리를 들 줄 알았고
현대인이 못보는 자연의 심오하고 섬세한 모습들을 볼 줄 알았
다.

　지금도 아프리카 칼라하리의 겜스북 공원에는 지구상에서 가
장 오래된 원시부족인 부시맨족이 원시의 생활 모습 그대로 살
고 있다. 한국에도 부시맨이라는 영화가 상영되어 시청자들의
관심을 집중시킨 일이 있지만 부시맨들은 현대문명을 거부하고
자연이 주는 이법과 힘에 의해 자연의 일부가 되어 살고 있다.

그들은 조금만큼도 가공이나 수식을 하지 않으며 자연과 더불어 자연의 아들로 살아갈 뿐이다. 그러나 그들은 현대인들이 듣지 못하는 자연의 소리를 들을 줄 알고 현대인들이 보지 못하는 자연의 숨겨진 모습을 볼 줄 안다. 바람소리, 새 우는 소리, 구름의 변화, 해와 달의 움직임만 보아도 기후와 풍토의 조짐을 알고 날씨의 변화만 보아도 가뭄과 홍수, 질병과 흉년의 유무를 점친다. 지진이 나면 사람들은 수많은 사상자를 내고 아비규환 속으로 빠져들지만 새나 짐승들은 그것으로 인한 피해를 입지 않는다. 과학의 발달은 지진의 강도를 재는 도구를 만들기는 했어도 지진의 정확한 시간과 진원지는 계측하지 못한다. 수많은 예측이 있었음에도 불구하고 지구의 곳곳에는 가공할만한 지진이 일어났고 또 일어나고 있다.

과학의 발달에도 불구하고 인간이 지진의 피해를 입는 동안 새나 짐승들은 지진을 미리 알고 지진을 피해 안전한 곳으로 그것들의 보금자리를 옮긴다. 그것은 지혜라기 보다 본능에 가깝지만 자연을 이용하고 자연에 적응해가는 방법에 있어서는 새나 짐승들이 인간보다 뛰어나다는 것을 입증하는 것이 아닌가.

일천만 매가디램의 컴퓨터의 기억능력이 까치의 두뇌를 당하지 못한다는 말은 그런 것을 두고 하는 말이다. 컴퓨터가 만들어지고 전자계산기가 나온 뒤 인간의 기억능력이 현저하게 쇠퇴했다는 보고는 이제 반신반의를 너머 확실한 근거로 작용하게 된 것이다.

위와 같은 사실이 글자의 필요성을 증명하는 것이 될 수는 없다. 부시맨족이나 짐승 혹은 새가 문명을 누리는 현대인들 보다 지혜롭다거나 지능적으로 탁월한 것은 아니기 때문이다. 말이나 글자는 인간이 만든 가장 위대한 발명이며, 인간이 인간이게 하는 근본적이고 확실한 재보임엔 틀림없기 때문이다.

그러나 글자가 문화나 교양, 지식과 학문에 사용되지 않고 사악과 간교를 꾸미는 악덕의 수단으로 사용된다면 그것은 말과 글자의 본래의 기능과는 달리 그것을 가지지 않은 사람 혹은 짐승들 보다 나을 것이 없으리라는 생각을 나는 이같이 장시간 동안 하고 있었던 것인데, 이같은 부질없는 생각은 내일을 예측할 수 없는 나의 생활에는 어울리지 않는 사치한 생각이라 치부할 수도 있지만, 그리고 그것마저 날 것으로부터 익힌 것에로의 관습, 제도가 가르친 교육이라는 이름의 그림자가 드리운 불필요한 생각의 분식(粉飾)이라고 책망한다면 그 질책을 질책대로 받아들일 수도 있지만, 나로서는 시시각각 조여드는 생활의 불안과 초조를 잊기 위한 방편으로만도 이런 잡상(雜想)이라면 잡상이 필요한 것이고 다만 이런 분수에 맞지 않은 현학적 단상이 먹물 냄새를 풍기기 위한 고의적 획책은 아니라고 앙탈할 수도 있다.

나는 기지개를 한 번 켠 후 텔레비젼을 틀까 하다가 그만 두고 다시 생각을 잇는다.

매나 독수리가 오면 작은 새들은 급하게 쩍쩍거리거나 날카로운 소리로 운다. 그것들은 울음소리로 적이 온다는 것을 알린다. 그러나 사람은 적이 쳐들어온다는 것을 울음 대신에 글자로 전한다. 그랬을 때 새의 쩍쩍거림과 사람의 문자는 기능상 동일한 것이라 할 수 있다. 그러나 새의 울음은 울음이 갖는 위험 표시의 영역을 벗어나지 못하지만 인간이 가진 문자는 제한없는 의미와 전달력을 갖는다. 물불의 위험이나 적의 침략에서부터 승전가나 사랑노래까지 글자의 힘은 크고 다양하다. 그리고 글자의 힘이 그렇게 크고 다양함을 인디언의 문자, 고대 인도나 이집트의 상형문자에서 발견할 수 있는 것은 더욱 흥미롭다. 글자의 얼굴이란 천 혹은 만의 얼굴로 우리에게 다가온다. 글자의 미소, 말의 위력, 글자의 사악, 말의 간교를 우리는 애걸하고 복종하며 배우고 기리고 익히고 부리어 쓴다. 기호와 글자, 그것은 인간이 만든 희대의 걸작품임과 동시에 인간이 스스로의 굴레 안에 스스로 묶이게 된 최초의 사슬이지 않았는가.

쉬는 날이면 제니도 없는 소파에 앉아 생각을 깁고 보태던 석달이 어느덧 이렇게 지나가버렸다. 그 석달의 절반은 택시를 몰았고 나머지 절반은 이같이 허황하기 짝이 없는 생각의 곬으로 빠져 나는 하릴없는 공상에 나를 맡기곤 했던 것이다. 그러나 허수한 나날과 허황한 생각 끝에는 나도 모르게 손끝에 볼펜이 잡히었고 이러한, 계획도 예정도 없는 글발이 꾸물거리는 날은 나는 덧없이 이런 상념들을 종이 위에 꺼적거리곤 했다. 그것은 습관이었다.

그리하여 서른여덟번 실패한 뒤 팽개쳐버릴려고 다짐한 글, 서른아홉번째의 실패가 생의 극단적 전환을 가져오게 한 운명의 끄나풀인 글, 이제는 뒤를 돌아보지 않겠다고 마음 굳히고 떠나온 나라의 글, 그것을 나는 오늘도 다시 쓴다.

인류에게는 삼백종의 문자가 있다고 하지만 내가 쓸 수 있는 말과 글은 오직 하나, 한국의 말과 글 뿐이니 숙명적으로 몸에 밴 이 말과 글을 어찌 의지 하나로 버릴 수 있단 말인가?

그래서 나는 오늘도 글을 쓴다. 우리가 인간으로서의 삶을 누리는 동안 영원한 동반자요 배반자일 말과 글, 나의 상전이고 하인일 말과 글,

말과 글이여, 이제 잠시 나의 피곤한 삶 앞에 침묵하라.

제니와의 생활은 아직도 서투러 나는 그녀가 사용하는 침실이며 부엌가구들을 들여다보거나 만져본 일이 없다. 그녀와 내가 공유한 면적은 아직은 삐걱이는 현관과 먼지 나는 신장, 그리고 거실과 소파, 텔레비젼과 블라인드밖에 없다. 그녀가 덮고 자는 이불, 그녀가 자주 갈아입는 장롱 속에 든 옷, 그녀가 끼니마다 달그락거리는 그릇과 찻잔, 커피 포트와 물주전자들을 나는 손 대 본 일이 없다. 나는 그녀가 끓여주는 커피나 홍

차를 마셔 본 일은 있지만 그녀가 집을 비운 날이라 할지라도 그녀의 부엌을 드나든 일은 없다. 그것은 반드시 그녀가 그런 곳을 비밀스레 감추어 두기를 바란다거나 그런 곳에의 나의 출입을 꺼려서가 아니라 나 스스로가 그녀의 부탁이나 요구없이 그런 곳을 드나들 필요를 느끼지 않고 또 그런 곳에 드나들지 않는 것이 내가 그녀에게 지킬 수 있는 최소한의 예의라고 생각했기 때문이다.

나는 갑자기 커피 향내가 맡고 싶어 문을 열고 아파트를 내려 행길가의 푸라타너스 밑에 서있는 손수레에 다가가 종이컵에 담긴 커피 한 잔을 산다. 커피값을 치르려고 호주머니에 손을 넣어보니 호주머니가 비어있다. 이런저런 생각에 빠져있다가 쿼터를 가져올 생각을 하지 못했기 때문이다. 커피가 든 종이컵을 그 자리에 놓고 급히 아파트를 뛰어올라 쿼터를 가지러 간다. 지갑에 든 동전을 꺼내 또 한 번 엘리베이터를 타고 아파트 1층을 나와 행길을 건너 다시 푸라타너스 밑에 선 손수레로 다가간다.

그런데 그때, 손수레의 저쪽 편, 챙넓은 모자를 쓰고, 달리는 말머리를 나꿔채는 카우보이의 사진이 담긴 말보로 광고판 아래, 검정색 점퍼를 입은 사내 둘이 손수레의 커피잔을 집으며 쿼터 세 개를 떨어뜨리는 나를 뚫어지게 바라보고 있는 것을 나는 직감한다. 그것을 직감하는 순간 나의 팔은 긴장해 컵을 제대로 잡을 수가 없고 나의 목덜미는 뻣뻣해 옆을 돌아보기에도 힘이 든다. 나는 조급히, 그러나 겉으로는 태연을 가장하며 아파트의 입구를 피해 반대 켠으로 발을 떼어놓는다. 그들은 틀림없이 에프비아이 요원이거나 주 이민조사국의 비밀조사요원일 것이다. 그들은 지금껏 행방을 감추고 있는 나의 주소를 탐지하고 다니다가 그들이 조사하는 대상과 비슷한 동양인을 말보로 담배가게 앞에서 발견했을 것이다. 그러고도 그들이 선뜻 내 앞에 다가서지 않는 것은 아직도 심증만 굳혔을 뿐, 내가 바로 그들이 찾는 불법체류자라는 단서를 잡지 못했기 때문이며 시간이 지체되면 그들은 설령 내가 그들이 찾는 대상이 아니라 하더라도 내게 와서 사회안전번호니 주소니 전화번호 따위를 물을 것이다.

나는 그런 생각에 쫓기며 곧바로 아파트로 돌아가지 않고 5애비뉴를 건너고 다시 길을 돌아 남쪽을 우회해서 한 시간쯤을 길 위에서 능장을 부리다가 시간이 지나서야 아파트로 돌아갔다. 내가 아파트 7층에서 엘리베이터를 내려 계단의 난간에 나가 아까 담배가게 앞에 서있던 그 사내들의 유무를 확인할 때까지 아직도 사내들은 그 자리에 서 있다. 그러나 내가 족제비같이 목을 난간의 테라스 너머로 조금 밀어내어 그들을 살피고 있을 때 그들은 길 옆에 세워둔 웨곤 안에서 사닥다리를 들고 나와 다람쥐같이 전봇대 위로 기어올라가는 것이 아닌가.

「하, 녀석들은 비밀조사요원이 아니라 전기보수공이었구나.」

나는 반쯤은 쏟아지고 반쯤은 입술에 대다 만 종이컵의 빈 껍데기를 아파트 난간에서 땅으로 냅다 던지면서 그제서야 안도의 한숨을 쉬었다. 방으로 들어오니 피로와 현기증이 몸을 감싼다.

잠시라도 쉬어야겠다. 오늘 하루도 초조와 망상 속에 해를 맞고 보낸다. 이것을 억울하다 앙탈할 것인가, 자업자득이라 체념할 것인가?

4

서른아홉번째의 투고에서 실패한 내 글을 다시 회상한다는 것
은 나 스스로의 다짐과 나와의 약속을 위반하는 일이다. 그러나
땅을 바꾸고 시간을 거꾸로 거스르며 살아가는 남의 땅에서도
뇌리에는 그곳의 햇빛, 그곳 사람들의 옷매무새, 그곳의 기쁘고
슬픈 이야기들이 이명처럼 울리는 날들을 기억 속에서 잘라 낼
수 없어 잠자리에 누우면 꿈과 환영(幻影)이 머리맡에 와 머문
다. 이 세상 어떤 사람도 아침해와 저녁 별을 거역할 수 없다.
시간은 춥고 덥고 밝고 어두움을 구분하지 않고 만상에 가득차
고 어느 방, 어느 도시이건 새들이 지저귀고 과일은 햇빛 속에

익는다. 지저귀고 익고 헤엄치는 것들과 함께하는 시간들이 하루가 되고 일년이 된다.

이름을 달리하고 끼니와 의상을 달리하는 사람들도 살아가는 방식은 비슷함을 제니의 아파트에 와서 배운다.

이반 제니,—

그녀는 그리이스 이름으로 이반 제니이고 나는 한국 이름으로 민관우이지만 그녀가 갖는 기쁨과 슬픔, 내가 갖는 환희와 비애는 색깔이 비슷함을 그녀와의 석달간의 생활에서 어렵사리 깨닫는다.

왜 러시아 사람은 그들의 성을 알렉산드르라 하거나 블라디미르라 하고 톨스토이라 하거나 스쿠라돌프라 했을까? 이탈리아 사람들은 왜 그들의 가족 이름을 루소라 하거나 로바티라 하고 롯시라 하거나 비앙카라 했을까? 왜 영국 사람들은 그들의 이름을 스미스라 부르거나 데오도르라 부르고 잔이라 부르거나 조오지라고 불렀을까? 왕이라 부르거나 이라고 부르고 모라고 부르거나 장이라 부른 중국 사람들, 페레스라고 부르거나 앙켈레스라 부르고 난데스라 부르거나 바레라라고 부른 멕시코 사람들, 곤잘레스라 부르거나 로드리게스라 부르고 가르시아라 부르거나 마르티나라 부른 스페인 사람들, 그들이 함께 살고 팔을 부딪치고 지나가는 길 위에서 이름과 관습은 달라도 슬퍼하고 기뻐하는 것은 하나같은 모습임을 길 위에서 극장에서 카페에서 백화점의 엘리베이터에서 나는 새삼 깨닫는다.

그러나 알코올이 넘치고 검은 돈이 오가고 시기 질투 밀매 섹스가 횡행하는 도시는 인간의 사악을 부추기고 오욕과 배반을 키우고 음탕과 무질서를 기른다.

섹스가 범람하는 길, 죽음과 삶이 유행가처럼 범람하는 극장, 돈과 상품이 범람하는 호텔과 백화점, 주림이 사라진 카페와 레스토랑, 펜실베니아역, 월스트리트, 클라이슬러 빌딩, 브로드웨이에 사람들은 넘치고 끓어오르고 해후하고 배반한다.

누구가 이 길로 몰려와서 이 좁은 도시에 집을 짓고 이 작은 섬 가운데 탑을 쌓아올려 그들의 다할 길 없는 욕망을 불태웠을까? 누구가 이 거리로 몰려와서 노래를 만들고 그림을 그려 닿을 수 없는 꿈을 수놓았을까? 누구가 이 도시에 체온을 남기고 누구가 서로 부둥켜 안고 울고 사랑하고 헤어지고 저주했을까? 수많은 인종과 언어가 난무하는 도시, 선과 악이 교차하는 도시, 문명과 야만이 교직된 도시에서 비행기와 기차, 자동차와 선박은 오늘도 재화와 음모를 실어내고 실어 들인다.

서른여덟번째 실패한 글, 한국에선 좌절이고 슬픔이었던 그 글이 남의 땅에 와서는 그리움이고 회억이 될 줄을, 서른아홉번째의 실패한 글, 한국에서는 죽음이거나 생의 전환을 강요했던 쓰라린 기억의 글이 이곳에 와서는 향수이고 사랑임을 잊으려 하면서도 회상하는 것은 꿈의 색깔과 비애의 색깔이 결국은 하나이어서일까? 바람센 땅에 와서 추억의 파편을 저장해 둘 마음의 곳간이 나도 몰래 텅 비어버린 탓일까?

나는 주인공 염창규의 입을 빌어 서른여덟번째의 글에서 이렇게 썼다. 그것은 허구로서의 수치와 사랑의 방식, 가공으로서의 상상과 요설에 불과한 것이지만 어쩌면 갑남을녀, 장삼이사가 살아가는 부끄럼없는 한 고백, 한 단면일지도 몰라 여기에 그 일부분을 인용한다.

　나의 첫 번째 여자는 조그맣고 예쁘장한 소녀였다. 그녀는 내가 그의 곁에 갈 때마다 홍조를 띤 얼굴로 할딱이는 가슴을 진정하느라 숨도 제대로 가누지 못했던 수줍은 소녀였다. 나의 두 번째 여자는 나와의 밤을 뜬눈으로 지새우면서도 내 손이 그녀의 몸 어느 부분에 닿기만 하면 앙탈하듯 내 손을 뿌리치던 염결한 여자였다. 그녀는 모든 것을 나와 함께 한다고 선언했으면서도 나의 그녀에 대한 사랑이 확인되는 시간까지는 내 손을 받아들일 수가 없다고 하는 여자였다. 그러나 세 번째 여자는, 육체란 향유할수록 아름답고 열락이 넘친다고 말하고 자신의 몸은 자신이 관리할 수 있는 최종의 자산이라고 말하는 여자였다. 그녀는 고통과 쾌락은 한 뿌리에서 난 다른 가지라 말하며 육체적 쾌락과 정신적 사랑은 별개의 것일 수 없다고 호언하는 여자였다. 나는 그녀와 함께하는 시간 동안 많은 것을 배우고 깨달았다. 이 세상에는 많은 여자가 있고 많은 남자가 있다. 베아트리체 같은 여자, 줄리엣 같은 여자, 카튜샤 같은 여자, 소냐 같은 여자가 있다. 엠마같은 여자, 채털리부인

같은 여자가 있다. 베르테르 같은 남자, 쥘리앙 소렐 같은 남자, 이반 같은 남자, 돈 주앙같은 남자, 사드 같은 남자가 있다. 그러한 여자와 그러한 남자들 사이에서 사랑이 꽃피고 미움이 샘솟고 이별이 가로놓이고 동풍같은 해후가 온다. 그녀는 사랑의 행위가 기쁨의 극치이고 인간이 누릴 수 있는 가장 높은 열락임을 강조하면서, 그러기에 그것은 반드시 금기이거나 수치이기만 할 수는 없다고 말하는 여자였다. 그녀의 주장대로라면, 사랑과 격정이 만나는 공간은 반드시 닫힌 벽, 드리워진 커튼 안이어야 할 이유가 없다. 그러기에 그 공간은 한정된 공간을 너머 산야나 강변 어디면 어떠냐는 것이었다. 그녀의 주장 가운데는 더러 현란한 욕구도 있었다. 그녀는 이젤이나 캔버스를 들고 산야나 강변에 나가 캔버스를 땅에 놓고 화필을 든 채 배방위(背方位)의 성행위를 하며 무작위의 그림이 그려지는 형상을 보고싶다고도 하였다.

이러한 허무맹랑한 이야기를 소설이라는 이름으로 쓰고 그것에 「내 안의 왕국」이라는 제목을 붙이고 제목 아래 민관우라고 작은 글씨로 이름을 달았던 그때, 글의 끝에는 「끝」이라고 명기하고 그것을 다시 봉투에 넣고 봉투의 주둥이를 풀로 붙이고 대문을 밀고 나가 지붕과 처마가 잇닿은 집들을 지나 신발가게와 약방을 지나 내 친숙하고 낮익은 우체국에 가서 우표를 붙인 뒤 투입구에 봉투째 던져 넣었던 그것, 그리하여 그것이 우편행랑

속에 던져져 누군가의 눈에 읽히게 될 것임을 조바심하며 기다
리던 그것, 마침내 실패를 확인하고 절필을 생각하다 한 번만
더—라고 스스로에게 회유의 손을 뻗치던 그것.

　누구가 소설에다 인생의 해석이라는 터무니없는 수식어를 붙
이기를 좋아했던가? 누구가 소설을 가공의 진실이라는 그럴싸
한 이름으로 미화하려 했던가? 나는 이런 이야기들은 진실이라
는 미명 아래 추악과 비속의 그늘을 드리운 검고 악랄한 야수의
이빨같은 것이라 믿으며 다시는 그런 이야기들을 쓰지 않겠다
고 수십번 다짐하고 기도하지 않았던가.

　비자의 삼개월이 끝난 그 다음날부터 내게 거미줄처럼 감겨오
는 불안감을 씻기 위해 나는 옥치옥과 함께 브롱스로 퀸스로 네
소로 부루크린으로 차를 몰고 다니거나 워싱턴 광장의 오크나
무 아래 앉아 거리의 악사들이 치는 드럼 소리를 듣거나 로울러
스케이트를 타는 아이들의 즐거워 지르는 비명을 듣기도 했다.
루디아의 안내를 받아 제니의 아파트로 방을 옮긴 뒤에도, 옥치
옥의 택시를 받아 맨해튼의 옐로우캡 운전사 노릇을 시작한 뒤
에도, 쉬는 날이면 거리와 공원을 배회하거나 펜역 혹은 코아백
화점에 가서 에스컬레이터를 타고 역사(驛舍)와 백화점의 층계
를 오르내리기도 하고 그것도 시들해지면 제니의 소파에 기대
앉아 하릴없는 공상에 빠지기도 했다.

돌이켜 보면 그 한 때 나는 「불타는 영혼」이라는 말을 쓰기를 좋아했다. 무엇엔가의 열렬한 회원, 어디엔가로의 끊임없는 회귀의식, 보다 나은 내일에의 꿈, 이루지 못한 것들에의 연민과 애착, 그런 것들을 뭉뚱그려 부르는 말이 우연하게도 「불타는 영혼」이었겠지만, 나는 나 스스로를 불타는 영혼의 한 가운데 두기를 희망했고 내 스스로를 불타는 영혼 속으로 끌고 가기를 좋아했다.

나는 그런 희망과 염원으로 소년시절과 청년시절의 일부를 보냈다. 그런 연민과 애착으로 무수한 밤과 낮을 맞고 보냈다. 그런 회원을 위해 내가 택한 길, 그런 꿈을 위해 내가 투신했던 길이 나로서는 유일하게 접근해 갈 수 있는 글쓰기였다. 그리하여 글쓰기란 내가 떠나보낸 소년, 내가 떠나보낸 청년의 일부, 그 목마른 시절의 올과 날이 되었다. 이미 고백한 바 있거니와 그것은 그 시절의 나의 친구요 반려이기도 했고 마침내는 그 시절을 시들게 한 헤어날 길 없는 병이기도 했다. 글쓰기란 그리하여 내 소년과 청년의 일부를 탕진해 버린 가혹한 사랑, 내 소년과 청년의 일부를 죽지 째 찢어 버린 회오리바람이기도 했다.

그러기에 낯선 땅, 불편한 소파에 기대앉아서도 나를 몰아치는 회한과 불안을 세수시켜 잠재울 때면 느닷없이 뇌리 속에 급한 구름처럼 밀려와 떠나지 않는 것, 열번 스무번 실패한 그 글머리, 스물다섯번 서른번 낙방한 그 글 마디마디가 아린 상처가 되어 내 살을 파고 드는 것이다. 그것이 내 아린 상처이면 상처일수록 그것은 내 기억 속을 뒤채이며 나를 부르고 손짓하는 것이다.

지금 다시 그것들을 불러 헛된 전별의식을 갖는다 한들 그것의 한과 원이 풀릴 리야 있을까 마는 그것이 한 때 나의 따갑고 쓰린 상처, 혹은 발을 구르며 달려가고 싶도록 나에게로 몰려왔던 기쁨과 즐거움이었다면 나는 그것들의 낱낱, 그것들의 얼굴에 떠오르는 저녁빛같은 미소를 떠올려보는 것도 결코 무익하지는 않으리라.

나의 첫 글「잎새들의 노래」에서, 열다섯살, 애뙨 소년은 이렇게 썼다.

내가 잠자고 일어나도 잎새들은 잠들지 않는다. 저 잎새들은 밤과 낮을 가리지 않고 흔들리다가 어느 때가 되면 잠이 들까? 그것들은 영영 잠자지 않는 것일까? 아니다. 그것들은 내 눈이 닿으면 잠깨고 내 시선이 닿지 않으면 푸르게 잠을 잔다. 그러기에 어제는 내 키가 그의 어깨 쯤에 있었는데 오늘은 내 키가 그의 무릎 아래 있는 것이겠지?

내 첫 번째 실패, 내 첫 번째 사랑이었던 그 글의 서두는 그렇게 시작되었다. 1972년, 내가 그런 글을 쓰고 있을 때, 내 소년의 짝들은 대수(代數)와 기하에 매달려 밤잠을 놓치고 있었다.

시간이 지나 포플러 잎이 스무번쯤 피었다 진 지금, 그들은 이제 서른아홉번 실패한 나같은 낙방문사에게 따뜻한 손을 주려 하지 않는다.

그리고 나는 두 번째 실패작 「영하의 편지」에서 이렇게 썼다.

나는 언제 너에게로 가서 너의 그림자가 남아 있는 방에 내 더운 입김을 남길 수 있을까? 아카시아 향기같은 너의 벗어놓은 옷소매에 내 진한 눈물 한 방울을 묻힐 수 있을까? 오늘도 내 돌멩이에 부딪치며 돌아오는 길, 별이 푸른 밤에 불렀던 사랑노래, 전하여 주게 나의 맘을.....

그러나 네번째 실패작은 계절이 오기 전에 시들어 버린 개난초의 노래였다. 그때부터 나는 환희보다 비애의 색깔에 친숙하기 시작했다. 죽은 개난초의 노래, 「트라클의 병동」은 이렇게 끝을 맺는다.

죽은 트라클을 위해 살아있는 자들은 왜 한 마디 말도 없는가? 그의 못다한 젊음과 그를 앗아간 전쟁과 그의 손에 쥐어졌던 총과 그가 쓴 시를 위해, 병동의 별빛, 병동의 바람, 병동의 에테르 냄새, 병동의 적막을 위해, 병사들이여, 시인이여, 그대들은 다만 한 가지, 그가 살아서 맞았던 아침, 그가 살아서 가졌던 희망, 그가 만나지 못한 내일, 그가 종이 위에 찍던 마침표를

위해 이 세상의 가장 짧은 한 마디 말로 그의 생애를 기록해야
한다.

　이같은 십대의 기록을 너머 내 이십대의 기록들은 나의 열세
번째의 실패작이 된 「빙하의 계절」에 집약되어 있다.
　나는 이 시절을 물과 얼음이라는 이치적(二値的)사고에 고민
하면서 보냈고 끓어오르는 가슴 속의 불꽃을 얼음의 차가움으
로 식히고 있었다. 헤겔을 좋아하던 친구는 대학원을 가고 맥아
더를 좋아하던 친구는 장교가 되었다. 페스탈로찌를 좋아하던
친구는 정교사가 되어 시골로 떠나고 러셀과 비트겐슈타인을
자주 인용하던 친구는 신문기자가 되고 난 뒤 소식이 끊어졌다.
　그런데도 나는 내 열번째 실패작 「아름다운 이별」과 열한번째
실패작 「악마의 성」을 쓰고 그것의 실패를 확인하고 난 뒤에도
「빙하의 계절」을 써서 한 번 더 실패의 기록을 보탰다.
　그래도 나는 절망하지 않았다. 그때까지 나에게는 신춘문예의
병, 작가상 응모의 병, 무수한 투고의 병이 외교관 꿈을 꾸거나
변호사가 될 꿈을 꾸는 친구, 철학교수의 꿈을 꾸거나 신문기자
가 될 꿈을 꾸는 친구들은 가질 수 없는, 나만이 가질 수 있는
아름다운 꿈으로만 여겨졌고 그러기에 나에게는 무수히 무너져
내린 실패의 성채가 오히려 하늘로 올라가는 사닥다리로만 느
껴져 차라리 행복했다.

그리하여 나는 「빙하의 계절」 제2부에 이렇게 썼다.

고뇌하라, 너의 눈 위에, 너의 머리 위에, 너의 찬양해 마지않았던 날들 위에 마지막 너의 일기장을 덮을 때까지, 너는 언젠가 한 사람을 사랑하고 한 사람을 배반할 날이 올 것이다. 한 사람을 그리워하고 한 사람을 영영 네 마음 속 어두운 그늘 속에 매장하는 날이 올 것이다. 그때 너는 네가 불렀던 노래가 덧없는 낙숫물임을 알게 될 것이고 네가 바라보았던 하늘이 미친 바람에 나붓기는 찢겨진 기폭임을 알게 될 것이다. 네가 힐난하던 정치, 네가 화살을 쏘아대던, 네가 속했던 사회, 네가 아직도 네 고사리 같은 손으로 한 잎의 동전을 축내지 않은, 아직도 너의 것이 아닌 경제, 네가 찾아갈수록 멀어지는 돈, 그리고 네가 온몸으로 투신하여 사색하고 고민하는 소설과 시, 그것을 이름하여 문화와 예술이라 하는 자들이여, 논리여, 이성이여, 이젠 저 높은 첨탑에서 푸른 기를 내려라.

내 이십대가 쓴 이러한 절망적인 목소리는 아마도 시대가 던져준 어두운 그늘에 기인한 것이겠지만, 그래도 그 어둠에 결연히 일어서는 친구들은 성나서 웃고 미쳐서 거리로 뛰쳐나갈 수 있는 정열을 가진 사람들이었다. 그러나 나의 투지는 시대의 어둠을 떨치고 일어날 기력이 모자랐고 사람 가운데 휩쓸려 들기를 싫어했던 나는 드디어 시대의 거센 물살에 떠밀려 나온 한

가닥 지푸라기로 전락했다. 내가 절망적인 목소리로 실패가 노정된 열 줄의 글을 쓰고 있을 때 거리로 뛰쳐나간 친구들은 벌써 지사(志士)가 되어 대학가를 전전하며 시국강연을 하러 다녔고 더러는 사시(司試)에 합격하여 연수원을 들어가기도 했다. 나의 소심을 비난하고 나의 선병질적 체질을 비아냥거리던 친구들은 어느덧 운동권 문인의 핵심이 되어 그들의 발언이 문단의 주도세력으로 운위되고 있었고 섹스와 말초감각을 자극하는 시를 쓴 친구들은 어언 매스컴의 단골이 되거나 베스트셀러 시집을 가판대 위에 내다 꽂기도 했다.

그래도 나는 진흙탕 속에 허우적대면서 글을 썼다. 정치에 절망하고 사회에 절망하고 돈에 절망하고 캠퍼스의 공간을 함께했던, 나를 향해 내미는 손에 인색했던 그 친구들에 절망했지만 그러나 놀랍게도 하나 남은 글쓰기에만은 나는 절망도 포기도 하지 않았다. 그리하여 열아홉번째의, 스무번째의 글을 쓰고 스물여섯번째의 스물여덟번째의 글을 썼다.

그러나 나는 다음과 같은 글이 스물여섯번째의 글이었던지 스물여덟번째의 글이었던지는 분명히 기억하지 못한다. 나는 다만 그 즈음 무엇엔가 쫓기고 있는 느낌, 무엇엔가의 타는 듯한 갈구, 그리고 시시각각 찾아드는 비애와 낙망 같은 것을 맞아 그것에 취하고 그것에 젖으며 보냈던 나날을 기억한다. 그랬을 때 그것이 스물여섯번째의 글 「눈물의 제단」에 담긴 것인가 스물여덟번째의 글 「놀 속에 눕다」에 담긴 것인가는 그리 중요하지 않다. 나는 다만 내 가슴의 끓는 열망과 회한을 내 마음대로 쓰고 찢어버려도 험될 것 없는 백지 위에 낙서처럼 휘갈기고 있었던 것이다.

그래, 나는 아무 의도 없이, 아무 스스럼 없이, 그때의 그것을 지금, 「낙서처럼」이라고 말해 버렸지만, 지금 스스럼 없이 해버린 이 말처럼 그것은 기어코 낙서가 되어버리고 만 것이었음을, 그 기록이 지금 희미한 내 머리 속, 내 가슴 속에 재구(再構)할 수 없는 그림자로만 남아 있을 뿐, 내 책갈피, 내 내다버린 그날의, 부스러기가 되어버린 원고의 낱장에도 그것의 흔적은 남아있지 않다. 그러나 부스러기가 되어버린 그날의 글줄을 지금 기억하는 것은 그리 어렵지 않다. 나는 그 글의 주인공 송한식에게 키에르케고르의 『죽음에 이르는 병』을 건네주면서 이렇게 말한다.

한식아, 이제 네가 그토록 신봉하던 신, 내가 그토록 불러왔던 하느님은 우리에게 없다. 우리는 이제부터 우리의 힘으로 일어서고 우리의 힘으로 저 길을 걸어가야 한다. 우리는 지금까지 그것이 없는 삶을 생각하지 못했고 그것이 없는 생애를 꿈꾸지 않았다. 그것이 없는 생은 허무, 그것이 없는 삶은 죽음과 나락의 구렁텅이일 뿐임을 믿어왔다. 그러나 거리에 나가 보라, 신이 없는 사람들, 신을 놓쳐버린 사람들, 아니 신을 박차 거리 밖으로 내던진 사람들이 대지를 활보하고 있다. 신을 발로 박차 거리 밖으로 내던진 사람들일수록 권력을 손에 쥐고 육중한 리무진에 몸을 싣고 우리로서는 올려다 보기에도 외람된 궁궐같은 성채에 몸을 묻는다. 목숨을 앗긴 자는 불의가 되고 목숨을 앗은 자는 정의가 되는 사회에서 무리들은 앗은 자의 처첩(妻妾), 앗은 자의 신하, 앗은 자의 아유자가 되어 그 시중을 드느라 여념이 없다. 네가 찾아 헤매던 신, 내가 찾아 방황하던 하느님의 얼굴은 이미 여기에 없다. 가라, 노도의 바다, 풍우의 대지 위에서도 이제 네가 걸어가야 할 길은 오직 한 길 뿐, 너는 네 스스로가 네 목숨의 주인, 네 생애의 하느님임을 깨닫고 눈물과 통한이 얼룩진 저 길 위를 절름발이처럼 걸어가라. 그때 이 한 권의 책, 『죽음에 이르는 병』은 너의 새로운 주인, 너의 새로운 신이 될 것이다.

　이러한 글줄을 그때 나는 무턱대고 써대었는데 이런 독백조의 글들은, 그때의 나의 허무, 나의 실의, 나의 버리지 못한 목마른 갈구를 대신하는 자위행위에 불과한 것이었지만, 그것조차 나에게 금기가 되었다면 나는 아마 가뭄에 시들어가는 오이넝쿨처럼 열흘을 견디지 못하고 말라비틀어지고 말았을 것이다. 그런 점 나의 실패한 글은 나의 젖줄, 나의 감로수, 나의 이슬방울이 되었던 것이기도 하다.

서른이 넘고 서른다섯이 되면서 나는 그러한 어두운 글귀를 밀어던지고 오래동안 나를 누르고 있는 가면을 벗어던지며 화살처럼 날아오는 태양을 맞으려고 안간힘하며 발을 굴렀다.

왜 나는 이토록 어두운 글만을 써야 하는가? 무엇이 나를 이토록 우울과 회한의 길목에서 방황하게 하는가? 빛이 떠오르는 아침, 놀빛이 아름다운 저녁을 노래할 날은 아직 내게 멀기만 한 것인가? 나는 언제 초록처럼 푸른 소년을 노래하고 하늘빛처럼 푸른 젊음을 노래할 것인가? 왜 나는 서투르게나마 연두빛 오전을 노래하지 못하는가? 왜 나는 미완의 글일지라도 주홍빛 저녁을 노래하지 못하는가?

「초록불꽃의 여름 밤」「꿈을 낚는 사람들」「날이새면 언제나」「숲 속의 무지개」 같은 심상을 떠올려 놓고도 왜 나는 한 줄의 글로 그것을 옮기지 못하는가?

「은빛 추억의 노트를 펴고」「숨어 있는 섬」「내 안에 잠든 보석」「아이들이 자라는 도시」를 메모해 두고도 왜 나의 글은 연필을 들기만 하면 습윤하고 음울한 말만 허두로부터 쏟아져 나오는가?

입춘이 되면 희망을, 경칩이 되면 햇빛을, 청명과 한식이 되면 나들이를, 곡우가 되면 산빛을 그리워하고 입하가 되면 겹겹이 몸을 싼 걸레같은 덧옷을 벗어버리고 망종이면 씨 뿌리고 소서가 되면 바쁘게 김을 매는 태음력의 한 살이를 캘린더의 낱장을 떼어내면서 맞고 보내지만 그런 태음력의 낱장, 스무장 서른

장의 캘린더가 낙엽처럼 떨어져 내리는 소리를 맘속으로 헤면서도 나를 옭아매고 있는 우울과 실의를 나는 왜 이토록 내게서 떠나보낼 줄을 모르는가?

내가 이런 글을 쓰고 있는 동안에도 바깥 세상은 날마다 변해가고 있었다.

중동에 걸프전이 발발하고 미국이 이라크에 신예 전투기를 날리며 호크 미사일을 퍼부었다. 소련군이 칼 여객기를 격추하고 길 떠난 한국 정부의 외교팀이 아웅산에서 참변을 당한다. 책방에는 책들이 홍수처럼 쏟아져 나오고 『좀머씨 이야기』 『소설 동의보감』 『참을 수 없는 존재의 가벼움』 『무궁화꽃이 피었습니다』 따위의 책들이 부수를 늘리며 팔려 나갔다. 어떤 글장이는 행복은 성적 순이 아니라고 강변하고 어떤 글장이는 꼴찌에게 박수를 보내자고 애교있는 농담을 던져 사람들의 시선을 모으기도 했다.

대학에 들어온 젊은이들은 이미 지적인 엘리트가 되는 길을 포기한 채 민중이 되는 길을 택하고 남미에서 불어온 해방신학이 강도를 높였다. 동구권과 북한의 이론들이 대중의 인기와 호기심에 영합해 베스트셀러의 판도를 바꾼다. 미군이 점령군이냐 평화군이냐가 격론의 대상이 되고 한국전쟁은 남쪽에서 시작했느냐 북쪽에서 시작했느냐가 논쟁의 불씨로 타올랐다.

그러나 누구가 먼저 전쟁을 일으켰느냐는 중요하지 않다. 중요한 것은 한반도에 전쟁이 있었다는 사실, 한반도는 전쟁으로 사상 유례없는 인적, 물적 피해를 입었다는 사실, 미소가 치루어야 할 전쟁을 이 땅이 대신 치루었다는 사실, 거기다 더욱 놀라운 것은, 1951년의 한국전에의 중공군의 개입은 사실에 있어서는 중공군의 개입이 아니라 길림성에 사는 한민족의 개입이라는 사실, 모택동은 국군과 유엔군이 압록강까지 진격했을 때, 육십만이 넘는 중공군을 투입, 이른바 1.4 후퇴라는 한국전의 비극의 연장을 획책했는데 이때 압록강을 넘어온 중공군의 전초부대는 깡그리 연변에 사는 한국의 이민들이었다는 사실이 길림성 문서보관소에서 확인되었다는 사실, 그 나머지의 중공군이랬자 그것은 모두 모택동에 저항한 정치범이거나 종신수(終身囚), 내일이면 처형당할 사형수들이었다는 사실, 그러길래 6.25는 명실 공히 동족상잔이라는 사실들이 꼬리에 꼬리를 물고 부운처럼 명멸해 갔다.

그러는 사이에도 나는 내 허무의 옷을 갈아입기 위해 책상에 앉아 또 다시 실패의 회수를 보태고야 말 글나부랭이를 썼고 그 글은 어딘가로 가는 우편행랑 속에 던져졌다.

나는 이규보(李奎報)처럼 마침내 일만이천수의 시를 남길만한 재능도 없고 두보(杜甫)처럼 일천사백오십칠수의 주옥같은 시를 남길만한 재간도 없으면서 날이면 날마다 글을 썼고 카알 바르트나 하이데거처럼 백권이 넘는 저서를 낼 끈기도 없고 빅

토르 위고처럼 십오만 삼천팔백서른일곱 편의 글을 남기고 말 천늠(天凜)도 지니지 못한 채 그저 자신의 회한을 밑천으로 한 글발을 바람처럼 날리고만 있었다.

　나를 배반하고 떠나버린 나의 글, 나를 등지고 돌아서 버린 나의 글, 그것들은 이제 산지사방 흩어진 돌개바람 속의 먼지가 되어 어느 산, 어느 강가를 허허롭게 날고 있을 것이다.

　생각하지 말자. 그것이 비록 나의 애틋한 추억, 나의 전율 같은 사랑의 한 매듭일지라도 흘러간 구름은 흘러감으로써 아름다운 것임을, 꽃잎을 스치고 불어간 바람은 그것이 불어가 내게 없음으로써 그리워지는 것임을, 한 때의 나의 열망, 한 때의 나의 기도도 먼 날의 추억으로만 살아나는 초록빛 새싹임을.

　나는 지금 그것들을 떠나보낸 먼 땅에 와서 내일의 꿈과 설계도 없이 하루를 맞고 보냄을.

5

　오후엔 전에 없이 일찍 제니가 왔다. 그녀는 내가 왜 이렇게 일찍 퇴근했느냐고 묻는 말에 의외의 대답을 한다.

「관우씨가 쉬는 날이어서 일찍 돌아왔어요.」

　나는 그 말을 이해하지 못해 그녀를 쳐다보기만 했다. 그러는 나에게 그녀는 양복 윗주머니에서 극장 티켓 두 장을 꺼내 보이며,

「우리 이걸 보러 가요.」

한다.

「그게 뭐죠?」

「이건 브로드웨이 쇼, 미스 사이공 티켓이에요. 시간이 나면 가려고 벼르고 있었어요.」

브로드웨이 40가에서 50가 사이에는 극장이 즐비하다. 이 극장들에서 「켓츠」는 삼십년을 공연한 쇼였고 「레미제라블」은 오십년째 공연하고 있는 연극이다. 극장까지는 제니의 집에서 지하철로는 오분, 걸어서는 이십분이면 갈 수 있는 거리다. 공연은 오후 세시와 여덟시에 있는데 세시 공연은 너무 촉박하고 여덟시 공연이면 시간이 넉넉하다. 나는 제니에게 말한다.

「세시 공연은 너무 바쁘니 여덟시 공연으로 하면 어떨까요?」

「저는 괜찮아요, 관우씨 좋은대로 하세요.」

제니와 나는 아파트를 나와 거리며 공원주변을 걷기로 한다. 이젠 가로수들이 무성한 잎을 가지에 달고 바람이 불 때마다 물결처럼 넘실거린다. 이 길 위에선 아무도 궁핍을 모르고 이 거리 위에선 아무도 상처를 반추하는 사람이 없다. 풍요과 충일과 장려와 포만만이 이 길 위의 모습이다.

가도가도 늘어선 건물들과 밀고 밀리는 인파들은 지상의 낙원이 여기라는 듯, 희희낙락 소매를 펄럭이며 거리를 오가고 수많은 광고판과 쇼윈도우들은 인간이 만들어낸 최상의 기예가 이거리의 넘쳐나는 상품들 속에 있다는 듯, 지나가는 사람들의 눈길을 끌어들이기에 바쁘다. 쳐다보기에도 눈부신 빌딩들은 창마다 햇살을 받아 반짝이고 하늘에 뜬 에드벌룬들은 바다를 내려다보며 명상에 잠겨 있다.

공원 앞에서 마차를 타고 싶은 충동을 받았으나 아직 그런 제안을 하기에는 제니와 나 사이의 간격이 너무 멀리 있음을 느끼고 나는 그런 충동을 누른다. 나는 마차를 탄 이방인들이 웃음을 날리며 공원의 숲 사이로 사라지는 걸 보면서 이 도시에서는 낯선 사람, 떠내기 이방인들이 우굴거린다는 사실에 위안을 느낀다. 공원의 서쪽 길, 상수리나무 밑 벤치에 앉아 나는 제니가 사온 오렌지 쥬스를 마시면서 제니의 흰 얼굴과 흘러내린 콧날을 바라보고 그녀가 아침 저녁으로 잠옷 속에 감추었던, 제 무게에 처져 내리던 유방을 생각했지만 이내 그런 생각을 지워버린다. 터널 밑에서 바이얼린을 켜는 악사들, 성급히 옷을 벗어제키고 풀밭에 들어누워 일광욕을 즐기는 사람들, 시뻘건 땀을 흘리며 뛰고 넘어지고 일어나 달리는 럭비팀들, 내가 거리와 공원에 넘치는 사람들의 모습에 홀려있는 동안 벌써 해가 기울기 시작한다. 제니와 나는 천천히 일어나 극장 쪽으로 걸어간다.

극장에는 불빛에 반짝이는 네온들이 오늘의 공연을 광고하고 브로드웨이 복판에 있는 티켓 판매소에는 표를 사려고 몰려든 사람들이 겹겹이 줄을 지어 차례를 기다린다. 제니가 사온 티켓은 2층 남쪽 두 번째 줄이어서 나는 제니를 따라 자리를 찾아 앉는다.

미스 사이공, 베트남 전쟁에서 살기 위해 몸을 팔다가 뜻하지 않게 미군병사와 사랑을 나누고 그의 아이마저 갖게 된 사이공 처녀의 운명적 러브스토리.

처녀는 베트남의 패전과 미군철수에 이어 아이를 데리고 병사를 찾아 미국으로 가지만 병사는 처녀를 돌아보지 않고 아이만 빼앗아 가버린다. 아이를 빼앗기고 사랑에 배반당한 처녀는 권총으로 자살하지만 처녀가 숨을 거두면서 미군 병사에게 마지막으로 한 말.

나를 한 번만 더 안아줘요,—

는 관객들의 귀에 오래 이명으로 남는다.

극이 끝나고 사람들이 모두 일어나 극장을 나간 뒤에도 제니는 일어서지 않고 의자에 얼굴을 묻고 있다. 불이 켜지고 사이음악이 들리는 데도 제니는 자리에서 일어서지 않고 손수건으로 얼굴을 가린 채 울고 있다. 나는 울고 있는 제니의 어깨를 부둥켜 안아 일으켰다. 그녀는 내가 일으키는 팔의 힘을 느끼면서 자리에서 일어났지만 내 손이 그녀의 몸에 닿기는 이것이 처음이어서 내 손은 나도 모르게 떨리고 있었다. 그녀는 나의 인도대로 의자 사이를 빠져나와 2층 계단을 내려 극장을 나온다.

인간의 감정 가운데 가장 진실한 감정은 비애다. 웃음은 가장할 수 있고 분노도 거짓으로 꾸밀 수 있지만 슬픔만은 가장하거나 거짓으로 꾸밀 수 없다. 제니가 뮤지컬을 보고 자리에서 일어서지도 못하고 울고 있는 것을 보고 나는 무거운 감동을 받았다. 그것은 뮤지컬이 남긴 감동 보다 훨씬 큰 것이었다. 뮤지컬의 마지막 장면에서 슬픔을 느끼고 주인공의 자살에 대해 한없는 동정을 느끼는 것은 인종과 민족을 초월한, 누구나 가지는 공통적인 감정이겠지만 청중들이 모두 일어나 밖으로 나가고 난 뒤까지 자리에서 일어나지 않고 울고 있는 제니의 모습은 나에게 천근의 무게로 다가오는 무거운 감동 중의 하나였고 드디어 그것은 제니와의 마음의 벽을 허무는 촉매제가 되기도 했다.

밤은 열시반이 지나고 있었다. 제니는 술이 마시고 싶다고 했다. 나는 아파트를 나가 술가게에 가서 캔 맥주를 샀다. 그리고 치즈를 뜯으며 제니와 함께 사온 맥주를 마셨다.

「관우씨, 누구에게나 운명이라는 게 있나 보죠?」

술을 마시다가 제니가 한 첫 마디였다. 나는 그녀를 처다보았다. 그녀의 얼굴은 상기되었고 그녀는 많은 이야기를 하고 싶어하는 얼굴이었다. 그러나 나는 그녀의 기뻐하는 모습보다 슬퍼하는 모습을 더 오래 보고싶어 그녀를 위로해 주는 말을 찾지 않았다. 그것은 남의 슬픔을 보고 쾌감을 느끼는 나의 악취미 때문만은 아니었다. 그것은 오히려 슬픔이 자아내는 침잠과 고요, 진실과 솔직함을 보고싶어 하는 내 마음의 기대 때문이었다. 더욱이 여자가 술을 마시고 이야기를 하고 싶어할 때 그것은 예외없이 통속적 슬픔과 줏어담을 수 없는 서푼짜리 인생담이기 십상이고 그랬을 때 그 이야기 끝에 담기는 우수는 마침내

슬픈 노래이거나 신파조의 장탄식일 시 분명한 것이라, 나는 짐짓 그녀의 마음을 모르는 체했다.

나는 짧게 말했다.

「운명, 그것은 약한 자에게는 멍에가 되지만 강한 자에게는 거미줄 같은 것이지요.」

그녀는 그 말을 금방 이해하는 듯했다. 그래서일 것이 틀림없지만, 그녀는 내가 귀를 기울이기만 했다면 밤을 새워 이야기했을 긴긴 자신의 이민사를, 내가 귀를 기울일 마음을 보이지 않자 다음과 같이 짧게 토막지었다.

「나는 그리스에서 이민 온 뒤 살길을 찾아 한 미국인 남자를 만났고 그와 약속없는 사랑에 빠졌죠, 그러나 오래지 않아 그 남자는 내게서 떠났고, 나는 먹고 살기 위해 가톨릭 재단에서 운영하는 뉴욕교구 이민자 보호국에 가서 이민자 보호원으로 등록을 했지요. 나는 교구에서 알선하는 이 아파트를 무상으로 얻어, 이태리, 브라질, 스페인 남자를 삼년간 보호했고 그리고 지금의 관우씨를 만났습니다. 나는 생활이 불안정한 이민남자들을 보호한다는 명목으로 이민자 보호국으로부터 매월 일정한 생활비를 받습니다. 관우씨는 그런 점에서 내 생활의 보호자, 나는 관우씨의 보호자인 셈이죠.」

이미 내가 짐작하고 있었던 그녀의 생활의 일부, 그녀의 짧은 이민사의 일부는 나를 기쁘게도 슬프게도 하지 않았다. 나는 그녀의 생활사들을 그녀의 입으로 직접 들을 수 있으리라고는 생각지 않았다. 그렇다고 지금 그녀의 술잔에 묻은 탄식을 그녀의 애절한 인생고백으로 들어줄만큼 나에게 여유와 아량이 있는 것도 아닌 바여서 나는 그녀의 그런 이야기에 더 이상 귀를 주지 않았다. 그녀는 말했다.

「관우씨, 저는 이 집에 머물었던 이태리, 브라질, 스페인 남자의 생활보호자였을 뿐, 연인은 아니었습니다.」

「그런 건 아무 문제가 아닙니다.」

「그래요? 그렇다면 관우씨는 앞으로 저의 집에서 얼마나 머물 수가 있어요? 두 달? 다섯 달? 일년? 십년? 말해봐요, 나는 그 말이 듣고 싶어요.」

그녀는 그 말을 한 뒤 혼자 웃었다.

「글쎄요, 제니가 괜찮다면 나는 이 집에 오랫동안 머물 수밖에 없는 사람, 지금은 아무 말도 할 수가 없군요.」

제니와 나의 이야기는 갑자기 걸려온 전화 벨 소리로 여기서 끊어졌다. 그리고 나는 어질러진 빈 캔들을 쓰레기통에 집어넣은 뒤 내 방으로 갔다.

6

무릇 동물에는 성이 있다. 성은 종족보존의 불가결한 요소이고 삶에의 의욕과 의지를 환기시키는 원형질이기도 하다. 그러나 성을 바라보는 눈, 성의 평가, 성을 갈무리하고 보존해 나가는 방법, 심지어는 성을 향유하는 길은 사람마다 다르고 나라마다 다르다. 인종과 종족에 따라 성을 길들이고 나누는 방법이 다르고 집단과 나라마다 성을 갈무리하고 즐기는 풍속이 다르다. 성에 대한 인식, 성을 바라보는 시각은 서양과 동양이 다르고 유럽과 아시아가 다르고 미국과 한국이 다르고 스웨디시와 몽골리안이 다르다. 그것은 신앙에 의해 달라지고 종교에 의해 달라진다. 불교와 기독교가 다르고 캐톨릭과 유교가 다르다. 그것에의 가르침은 불경과 성경이 다르고 코란과 논어가 다르다. 원시종교와 현대종교가 다르고 무속과 과학이 다르다. 불교를 국교로 했던 고려조와 성리학의 이론을 중심으로 했던 조선조가 다르다.

요컨데 성을 종족보존과 유전을 지배하는 숭엄하고 필요불가결한 생의 원리로 보느냐 아니면 성을 단순한 유오(遊娛)의 대상, 쾌락의 수단으로 보느냐의 차이는 그것이 지니는 차이만큼 그것을 바라보는 눈도 지순과 지악의 양극으로 나뉘어진다는 사실을 증명한다.

사람이면 사람마다 지닌 성이건만 그것을 바라보는 시각의 차이, 그것을 구가하는 노랫말과 목청이 천차만별, 각인각색이라는 사실은 성이 단순한 지배원리에 조정되는 메카니즘이 아니라 창조원리에 의해 피어나고 소진되는 삶의 방식임을 말해준다. 그런 점에서 성이란 거룩하고 불가결한 생의 충동이요 의욕의 근원이 될 수도 있는 반면 비속하고 천박한 일회적 오락물로 전락할 수도 있는 성질의 것임을 알 수 있다.

성을 금기로 하고 해탈과 득도의 장애물로 보는 석가의 가르침과 성이란 인류보전과 생명의 유지에 필요불가결한 창생의 근원이라 본 성리학의 가르침이 또한 그것을 바라보는 시각의 차이에 있어서 극명히 다른 예가 되리라. 요컨대 욕망에서 떠나는 길과 욕망을 갈무리하고 부리어 이용하는 길은 같은 뿌리에서 난 다른 가지임을 말하는 것일 뿐이다.

모든 배움을 인간에게서 하지 않고 만상에 미만해 있는 자연에서 하라고 한 가르침과 사람과 사람 사이의 멀고 가까움, 사랑하고 미워함이 인륜의 고리인데 어찌 사람을 떠난 자연에게서만 진리를 찾을 수 있겠는가라고 한 반론이 여기서 멀지 않다.

나고 늙고 병들어 죽는 일생과 기뻐하고 성내고 슬퍼하고 즐거워하고 사랑하고 미워하는 마음을 털어버리고 인간이 가진 모든 번뇌에서 벗어나는 길이 참된 삶의 길임을 말한 불가(佛家)의 가르침과, 석씨(釋氏)는 아버지를 버리고 집을 나가 인륜을 단절하고 자신만을 위해 홀로 산 속에 살았으며, 군신, 부자, 부부의 도리를 져버리고 인륜을 파괴한 것은 다만 죽음에의 공포, 죽음에의 두려움, 삶을 탐하는 사리(私利)에 불과한 것이라고 비판한 유가(儒家)의 가르침 또한 여기서 멀지 않다.

오, 숭엄한 인류의 교훈, 그러나 우매한 중생으로서는 그 미추, 장단, 선악의 분간에 현훈과 미망만 불러일으키는 여말선초(麗末鮮初)의 대덕, 함허(涵虛) 기화(己和)와 삼봉 정도전의 입씨름을 우리는 다만 추억으로만 기억할 것인가?

그러나 한편 생각하면 인간이란 인간다운 정서, 인간다운 충동, 인간다운 욕망이 있어 인간으로 살 수 있다. 그런 연유로 보면, 꽃이 있어 벌을 부르고 향기가 있어 나비가 오는데 색깔과 향기를 왜 사악한 것으로만 말해야 하는가가 의문일 수 있다. 태전대사(太顚大師)가 살아 있다면 아직도 한유(韓愈)가 보낸 홍련(紅蓮)을,

「어찌하여 한 방울 조계의 물이 붉은 연꽃 한 잎 속에 떨어질 수 있으리오.」(何如一滴曹溪水肯墮紅蓮一葉中)

라 차탄하며, 단순호치(丹脣皓齒)의 뜨거운 입김을 얼음처럼 거절하고 그녀의 비단치마에 헛된 비유의 싸구려 향내가 나는 시 한 수를 써서 돌려보낼 수 있을 것인가?

만일 그렇게 할 수 있다면 그것도 비범한 자의 숭앙받을 만한 모습이긴 하나 모든 중생이 다 그렇게만 한다면 누가 아이낳고 자식을 기르고 종족을 보전하고 어머니를 어머니라 부르고 여자를 여자라 부를 수 있을 것인가? 그리고 어떤 여자가 몸을 가꾸고 머리를 검게 하고 눈을 맑게 하며 입술과 볼을 다듬고 누누대대 자손을 잇고 생업을 보전할 것인가?

생존하지도 않고 소멸하지도 않으며 때묻지도 않고 깨끗하지도 않으며 더해지지도 않고 덜해지지도 않는 진리만이 참된 진리라고 한다면 한 톨의 씨를 뿌려 백되의 곡식을 얻는 농부나, 암수 양성이 결합하여 생명의 씨를 얻고 사물과 산 것을 제 자리에 있게 하는 천지의 힘은 어찌 진리의 반쪽이라 폄시해 버릴 수 있단 말인가? 만상이 오지도 않고 가지도 않으며 더하지도 않고 덜하지도 않는다면 어찌 인류 뿐만 아니라 새와 짐승, 물고기와 자라, 두더쥐와 다람쥐들이 살기에 알맞으면 불어나고 가뭄과 홍수가 지면 줄어들거나 자취를 감추는 것이겠는가?

우주는 홍로(烘爐)와 같은 것이어서 때로 만물을 생성시키기도 하고 때로 만물을 말끔히 녹이고 태워버리기도 한다. 그런데 어찌 삶라는 줄어들고 불어남이 없다고 강변하며 만상은 피어나고 시들어짐이 없다고 강변하겠는가? 그러니 어찌하여 눈 뜨면 들리는 아름다운 새소리, 물소리, 교태스런 여자의 목소리에 귀를 막아야 하며 붉고 푸른 꽃, 풍성한 나뭇잎, 아리따운 여자의 볼과 입술에 눈 감아야 하는가?

왜 도(道)와 진리는 항상 인간에게 억압적이기만 하고, 바람 소리처럼 천진하고 구름 그림자처럼 부드러운 여자의 자태에는 눈 감아야 하는가?

나는 공항에 내리면서부터 넘쳐나는 성의 물결에 현기를 느꼈다. 고백하거니와, 보이고 들리는 것, 만져지고 냄새 맡는 것이 모두 성과의 결부를 전제로 한 나라의 분위기와 시간들은, 그것에 길들지 않은 관습을 그것에의 친화로 바꾸는 데까지는 무수한 자아의 방기와 일종의 체념이 필요했지만 시간이 지날수록 그것은 하나의 관습, 하나의 풍속의 장면 속에 나 자신이 함입되어 가는 것을 나는 경이롭게 보고 있었다. 나는 그러한 성에 대한 나의 관념의 치환을 스스로를 야유하는 마음으로 투시하기도 했다.

짐승의 그것에 비길만큼 폄하해 마지않던 내 관념상의 성에의 엄혹은 마침내 나 스스로의 견고한 성채를 무너뜨리고 나도 모르는 사이 그것에의 이완과 금기에의 해방, 성에의 친화를 불러온 셈이 되고 말았다. 서로간의 감정의 밀도를 은폐하지 않고 상대에게 전달하는 것을 미덕으로 하고 있는 이들의 풍습은 마침내 성을 수치로 알고 죄악으로 알았던 나에게 관념으로만이라도 성에의 새로운 인식, 새로운 눈을 뜨게 해 준 결과가 되었다.

나는 언젠가 옥치옥의 화실에서 『큐피드의 화살』이라는 책을 뒤적거린 적이 있다. 그리고 다른 자리에서 나는 『성과 권력』이라는 책을 본 일이 있다. 책은 이렇게 쓰고 있었다.

기독교 문화가 성립되기 전의 고대 그리스 사회에서는 성과 성행위를 금기의 대상으로 하지 않았으며 많은 그리스 철학자들, 이를테면 플라톤이나 아리스토텔레스, 크세노폰, 디오게네스까지도 성의 문제를 철학의 중심문제로 삼고 이를 적극적으로 해명해 보려고 했다. 비교컨대 일찍이 동양사회에서는 유가적 전통과 생활 습속에 의해 성이나 성행위에 대한 금기가 서양보다 엄격했던 것임은 사실이다. 그러나 성이나 성행위는 산 것의 본능이기 때문에 그것을 억압하면 억압할수록 가벼워지는 것이 아니라 더욱 농밀해지고 무거워지는 속성을 지닌다.

동양사회라고 해서 성이나 성행위를 무턱대고 터부시하거나 악으로만 규정했던 것은 아니다. 만일에 동양사회가 성이나 성행위를 절대적인 금기 혹은 절대적인 악으로만 규정했다면 오늘날까지의 동양 인류의 보전은 어떻게 가능했겠으며 서양사회보다 더많은 인구의 팽창은 어떻게 가능했겠는가?

　책의 설명에 따르면, 그리스의 남성사회에서는 성문제를 제한하거나 규제하기 보다는 오히려 장려했고 로마사회에서도 그것을 배척하기 보다는 그것을 고무했다. 그리스에서는 금욕의 모델로 「타안느의 마술사」가 곧잘 인용되곤 하는데, 「타안느의 마술사」는 한 번 정결의 서원을 한 다음 일생 동안 어떤 사람과도 성관계를 가지지 않은 금욕주의자의 모델이다. 그러나 당대 사회에서 모델이 될만한 금욕주의자가 나온다는 것은, 더욱이 그 금욕주의자의 금욕행위가 당대 뿐 아니라 후대에까지 인구에 회자될만한 모범이 된다는 것은 그 시대가 그만큼 성적인 문제에 있어서 개방적이었고 나아가 표출적이었음을 말해준다.
　그리스의 백과사전인 『수다』에는 지금 우리가 들어도 해괴하다 할만한 성행위의 예시가 구체적으로 제시되어 있다. 물론 그것은 금지와 주의를 환기시키기 위해 제시된 것이겠지만, 사전은 그것을 음식과 영양의 함수관계처럼 직접적인 것으로 설명한다. 그것의 설명은 결혼하고 아이를 가지기 좋은 나이, 성관계를 가지기 좋은 계절, 성을 위해 취해야 하는 것과 피해야 하는 일, 전희(前戲)의 허용범위, 바람직한 체위, 교합을 멈추어야 하는 적절한 시간 등을 소상히 밝히고 있다.
　책은 덧붙인다.

소크라테스가 성문제를 깊이 생각한 자취는 크세노폰이 엮은 『향연』에 보다 정확히 나타나 있고 아리스토텔레스도 그의 『니코마코스 윤리학』에서 인간이 절제할 수 없는 것 가운데 유일한 것으로 성문제를 들고 있다. 그리스 말에는 오늘날 우리가 쓰는 말보다 성관계를 나타내는 말이 더 많다. 수노우지아, 호밀리아, 믹시스, 오케이아가 다 그것에 관한 대용어이지만 이 말들은 현대어로는 번역되지 않는다. 어디 그 뿐인가? 디오게네스의 광장에서의 자위행위의 연출은 그 적극성과 표출성에 있어 가장 두드러진 예가 아닌가.

이런 설명들은 기실 성이란 가치판단 이전의 삶의 본질문제라는 말의 다른 표현들인데, 그것이 가치판단 이전의 것이라면 우리는 그것의 있음과 그것의 향유를 수용하거나 기릴만도 하다. 잉카나 마야문명은 고대 남아메리카 문명의 원형이지만, 고대 아랍문화나 인더스 문명권의 유적도 경우는 같은 것이다.

그들이 만든 목각인형들은 대체로 사람의 실제 크기와 비슷한데 거기서 간과할 수 없는 것은 목각인형의 아랫도리 부분이다. 그 목각인형들은 사람의 다른 부분은 모두 추상화하면서도 아랫도리만은 구체적으로 나타내고 있다. 그것은 구체적일 뿐만 아니라 보통의 인간이 가진 크기의 그것보다 더 과장되어 있는 것이 특징이다. 그런 묘사는 밭을 갈거나 배를 젓는 노동자들, 야위고 건조한 육체노동에 찌들린 남성들의 회화화된 모습을 보여주는데 그런 회화화된 남성들의 아랫도리에 유독 둔중하고 우람하게 발기한 남근을 보여줌으로써 익살스러운 목각인형을 갑자기 진지하고 숭고한 것으로 만드는 힘을 지닌다. 어떤 목각은 배를 타고 노를 젓는 열사람의 남성들이, 노를 젓느라 몸을 뒤로 젖힐 때 몸은 갈대처럼 뒤로 눕지만 열 개의 성기가 하늘쪽으로 장엄하게 일어서는 형상을 조각해 놓고 있다. 그런 점으로 보면 고대인들의 성기숭배사상은 현대인들에게서 보다는 비의(秘儀)나 신앙으로 나타났던 것인지도 모른다.

앗시리아, 굽타, 그리스, 로마, 인디아, 메소포타미아의 고대 유물들에 있어서도 이 점은 마찬가지다. 이들에 나타난 성과 성기의 묘사는 매우 적나라한 것이고 파푸아 뉴기니의 목각인형은 사람의 몸뚱이 보다 성기를 더 크게 부각해 놓아 여실한 성기숭배 사상을 나타내고 있다.

책을 보다가 나대로 이런 생각을 하고 있을 때 갑자기 전화벨이 울린다. 제니의 전화다. 제니는 전화에서 오늘도 세시쯤이면 귀가할 수 있음을 알린다. 나는 제니의 귀가에 대해 내 의견을 말할 처지가 아니다. 그리고 제니는 세 시에 도어벨을 울린다. 표정이 전에 없이 밝다.

「좋은 일이라도 있나요?」

하고 묻는 내 말에 제니는,

「요즘은 늘 기분이 좋아요, 하는 일도 잘 되고.」

하고 대답한다.

「다행이군요. 그런데 하는 일이 잘된다는 것은 무얼 말하는 건가요?」

「얼마 전 그리니치 플라워 디자인 콘테스트에 출품한 저의 제라늄앙상블이 입선을 했어요. 거기서 제 작품이 장려금을 받게 되었거던요. 그리고 주인한테서도 언제든지 필요한 때 사용하라는 특별 베케이션 보너스를 받았어요.」

「오, 잘 되었군요, 축하해요.」

「고마워요, 오늘은 제가 관우씨를 위해 한 턱 낼께요.」

「나야 뭐 늘 제니의 신세를 지고 있는 사람인데 별도로 한 턱 낼 것까진 없잖아요. 마음으로만이라도 서로 축하하면 되겠지요.」

「그렇지 않아요, 기쁨은 기려야 하고 슬픔은 나눠야 한다고 하잖아요. 우리 멋진 곳에 가서 식사도 하고 드링크도 해요.」

「멋진 곳이라면 어디를 말하나요?」

「허드슨 쪽에 가서 유람선을 타고 선상의 연주회와 파티에도 참석하고 돌아오면서 렉싱턴쪽에 가서 식사를 하고 와요.」

「좋겠군요, 하지만 그건 너무 거창해요. 그 대신 이렇게 하면 어떻겠어요? 허드슨까지 가는 것보다 제니와 내가 함께 마켓을 돌며 고기와 채소, 과일과 술을 사와서 함께 요리를 하는 것말예요. 내가 팔을 걷고 도마질을 하고 채소와 과일을 씻는 일을 다할께요. 다만 제니는 나에게 요리하는 순서만 가르쳐 주면 돼요.」

제니의 동의에 그녀와 나는 곧 아파트를 나와 에드워드, 킹컬렌, 월드바움 등의 수퍼마켓을 돌면서 메모지를 들고 요리감을 사들였다.

수퍼마켓에는 수많은 사람들이 손수레를 끌고 다니며 그들의 한 주일 혹은 열흘분의 음식을 사 모으느라 여념이 없다. 아이를 손수레에 태우고 식품가게를 도는 사람, 서로 손을 잡고 진열장의 여기저기를 열심히 살피는 젊은 부부, 해산물 코너에서 어느 고기가 더 맛있고 싱싱한가를 시식해 보는 중년부부, 치킨과 미트를 번갈아 수레에 담는 모자를 쓴 남자, 이들은 이들의 관습대로 시간만 나면 마당의 잔디를 깎고 풀밭에 나가 야구공을 던지며 자전거를 타고 공원을 돌고 집에 돌아와 샤워를 하고 텔레비를 틀어놓고 스포츠 중계나 오락 프로를 즐긴다. 주말이면 바다에 나가 보트놀이를 하거나 텐트 트레일러를 끌고 캠핑을 나서거나 그것도 아니면 가라지 세일이나 야드 세일을 돌며 오락기구나 장난감을 사 모은다. 쇼핑을 하거나 한주일치의 식품을 사서 차에 싣고 돌아오는 것도 이들의 즐거운 일과 가운데 하나다.

제니와 나는 그러한 사람들 중에 끼어서 고기를 사고 붉은 가재를 사고 치킨과 우유를 사고 그레이프와 멜론을 산다. 상추를 사고 양배추와 푸른 고추를 사고 당근을 사고 감자와 오이를 산다. 어느덧 그것들이 내가 끄는 수레에 하나 가득 담긴다.

「이것만이면 충분할 것 같아요.」

「그렇군요, 한꺼번에 너무 많이 사면 보관하기가 어려울지도 모르니까요.」

나는 제니의 플라워 디자인 콘테스트의 입선을 축하하기 위해 축하 케익을 하나 더 사서 수레에 얹고 아파트로 돌아왔다.

아직 오후 네시가 넘지 않았다. 저녁 식사 준비를 위한 시간은 아직 여유가 있다. 제니는 콧노래를 부르면서 요리를 준비하고 나는 그 곁에서 제니가 시키는 대로 과일을 씻고 채소를 다듬고 치킨과 미트를 칼로 자르면서 즐거운 저녁식사를 향해 재재빠른 손놀림을 멈추지 않는다.

일하다가 옆을 보니 제니가 보이지 않는다. 조금 기다리자 제니가 빠른 걸음으로 부엌으로 돌아온다. 제니는 빨아놓은 테라스 쪽의 앞치마를 가지러 갔다가 갑자기 급한 얼굴이 되어 대뜸 나를 안방으로 밀어넣는다.

「관우씨, 빨리 방으로 들어가요. 그리고 잠옷으로 갈아 입고 베개를 베고 침대 위에 누워요. 지체할 시간이 없어요. 서둘러요.」

전에 없이 다급한 얼굴이 되어 잠시도 틈을 주지 않고 말하는 제니의 거동이 수상해 나는 그녀의 힘에 떠밀려 방으로 가면서,

「갑자기 왜 그래요, 무슨 일이 일어나기라도 한 거예요?」

하고 묻는다. 그리고 내 방으로 들어가려고 방문의 핸들을 잡자,

「아니에요, 그 방이 아니고 제 방이에요, 제 방에 가서 제 잠옷을 입고 제 침대 위에 누워 있으란 말이에요.」

「그렇지만 어떻게 그럴 수가 있겠어요? 그리고 무슨 일이라

도 일어난 거예요?」

「그래요, 저기 아파트 아래 층에서 지금 이민국 조사요원으로 보이는 남녀 한쌍이 가방을 들고 이리로 올라오는 엘리베이터를 탔어요. 지난 번 스페인 남자가 이 집에서 잠자다가 그들에게 체포되어 간 적이 있어요. 일단 관우씨는 불법체류자가 아닌 저의 남편으로 가장해야 해요. 그리고 아주 익숙한 자세와 태연한 몸짓을 보여줘야 해요. 나머지 일은 제게 맡겨요. 관우씨는 지금부터 나의 남편인 거에요. 긴장하면 안돼요. 알았죠?」

그제야 나는 제니가 그토록 서두르는 이유를 알아채고 그녀가 시키는대로 그녀의 남편으로 가장한다. 나는 내 방의 잠옷을 가지러 갈 여유가 없어 몸에 꼭 끼이는 제니의 잠옷을 입고 제니의 침대에 누워 그녀의 베개를 끌어당겨 베고 누웠다. 처음 들어와 보는 그녀의 방이 포근하고 따뜻해 장미 정원에 들어온 느낌이다. 가슴은 답답하고 긴장에 조여 오지만 제니의 머리카락 냄새, 화장품 냄새, 제니의 살 냄새가 코에 스며 꿈결같이 아련한 기분에 젖는다.

내가 침대에 누워 천장만 쳐다보고 있을 때 제니가 들어와 바하를 틀어놓고 타이거릴리 한 송이를 머리맡에 갖다 놓는다. 일상적인 부부들이 지니는 모습을 그녀는 재빠른 솜씨로 꾸미는 것이다.

나는 아무 말없이 그녀의 기민한 행동과 손놀림을 바라보고 있다. 그녀는 잊었다는 듯 자신이 입고 있는 외출복을 벗어 방

바닥에 던지고 가방 속에 들어있는 잠자리 날개같이 속살이 내비치는 엷은 잠옷으로 갈아 입는다. 옷을 갈아 입는 그녀의 동작은 마치 수영선수가 출발 신호를 기다리는 초조와 민완이 있지만 그러는 그녀의 팔과 어깨 너머로 그녀의 희고 무거운 유방이 파도처럼 출렁거리는 것을 보는 나는 잠시 초조한 즐거움, 긴장된 흥분에 휩싸인다.

그녀는 소파에 있는 『큐피드의 화살』을 내 머리맡에 갖다놓으며 그것을 읽고 있는 시늉을 하라고 내게 일러주고는 밖으로 나가 현관문의 문고리를 찰칵 풀어놓고 방으로 들어와 화장대 앞에 앉는다.

내가 『큐피드의 화살』을 끌어다 눈으로 가져가려 할 때, 문밖에서는 둔탁한 발자욱 소리와 함께 타인의 방문을 알리는 벨 소리가 사나운 짐승의 울부짖음 같이 실내를 찢는다. 그때 갑자기 제니는 내가 누운 이불 속으로 몸을 던지며 내 팔을 들어 자신의 어깨를 감싼다.

나는 깜짝 놀랐지만 아까 그녀가 말한대로 모든 것을 그녀가 하는 대로 맡겨두기로 한다. 가장 위험한 찰라, 가장 민감한 부분에서 기지를 발휘하는 것은 언제나 여자 쪽임을 나는 믿고 있기 때문이다.

벨을 눌러도 방 안에서 반응이 없자 한 번 더 요란하게 벨을 누르는 소리가 들린다. 그제서야 제니는 침대에 누운 채 바깥을 향해,

「누구세요, 문이 열려 있으니 들어오세요.」

하고 소리친다. 바깥에서는 곧 둔탁한 구두소리와 함께 가방을 든 중년 남자와 한 젊은 여자가 마루로 올라와서 소파에 앉지도 않고 제니와 내가 누운 방문을 밀고 안으로 들어선다.

나는 읽던 책을 침대 위에 내려놓으며 몸을 반쯤 일으키고는, 당신들은 누구길래 남의 안방에까지 들어오느냐고, 그것은 무례한 일이 아니냐고 짐짓 놀라는 얼굴을 하며 그들을 쳐다본다. 그들은 그제야 움찔하며 남자는 모자를 벗고 여자는 스프링 코트를 벗어 침대 아래 있는 의자에 걸고 머리를 반쯤 숙이면서 의자에 나란히 앉는다. 내가 침대에서 일어나려고 하자 제니는 격정에 못이기는 몸짓을 하며 나의 가슴에 더욱 깊숙히 파고 든다. 나는 제니의 체온 때문에 일어날 수 없다는 듯 몸을 모로 하고 그들의 얼굴을 바라본다. 제니는 내 팔에 안긴 채 나에게 조르듯 말한다.

「허니, 무슨 일인지 물어보고 저들을 빨리 보내세요, 나는 당신과 떨어지기가 싫어요.」

「아냐, 빨리 일어나서 쥬스라도 좀 가져와요, 손님이 왔잖아요.」

우리가 그러고 있을 때 그들은 손을 저으며,

「아니 좋습니다. 그대로 계세요. 일어나지 않아도 됩니다. 다만 몇가지 묻는 말에만 대답해 주세요. 부인은 이반 제니, 서른 한 살, 그리스 태생, 이민 칠년째지요?」

「네, 그래요.」

제니가 누운 채 대답하자, 이번엔 나를 보고 중년 남자가,

「당신은 사개월 전에, 삼개월 만기 관광비자를 가지고 미국에 온 코리언, 민관우라는 사람이죠?」

나는 가슴에 전율이 오는 것을 가까스로 눌러 참으며,

「아니요, 나는.......」

하고 머뭇거린다.

「아니라고요. 그러면 당신의 이름이 뭐요?」

「나는 오까모토 마사유키, 토꾜 신주쿠 출생, 미국 유학 삼년 후 지금은 여기서 결혼생활을 하고 있는 일본인입니다.」

내가 일본 사람임을 말하자 그들은 서로의 얼굴을 쳐다보며 한동안 말이 없더니 손에 든 서류를 넘기며 몇 군데 싸인을 한다.

「또 물을 것이 있습니까?」

나의 재촉에 그들은,

「당신은 영업용 택시 운전을 하지요? 뉴욕 면허증을 소지하고 있습니까?」

「아니요, 나는 심심풀이로 친구의 차를 몰아본 일은 있지만 영업용 운전자가 아닙니다. 그리고 뉴욕 면허증도 가지고 있지 않습니다.」

또 한참 동안 침묵이 흐른다. 말보다 침묵의 두려움을 이처럼 절실히 느끼기는 이번이 처음이다.

「그리고 또 물을 것은 무엇이지요?」

「없습니다. 실례했습니다.」

그런 후 남자는 모자를 손에 쥐고 여자는 코트를 팔에 걸치면서 천천히 밖으로 사라진다.

현관문 닫기는 소리가 들리자 제니는 더욱 나를 세차게 끌어안으며,

「관우씨, 오늘은 참 운수가 좋은 날이에요, 그렇죠?」

한다.

나는 기쁨인지 설움인지 모를 격정이 한꺼번에 끓어넘쳐 이제까지 차마 바라보지 못했던 제니의 눈을 정면으로 바라보았다.

그러나 아무 말이 나오지 않았다. 제니와 나는 다만 눈과 눈을 마주 바라보며 오래 팔과 어깨를 감싸 안고 서로의 체온을 음미하고 있었다.

7

산 것들은 모두 제 이름을 지닌다. 사람도 동물도 새도 곤충도 살아있는 것은 무엇이든 제 이름을 지닌다. 그러니까 이름을 지니고 있는 동안은 살아있는 것이고 이름이 없어지는 순간부터 그것은 이 세상의 것이 아니다. 사람이 이 세상에 태어나면 곧 그 이름이 호적에 오르고 한 번 호적에 오른 이름은 그가 이 세상을 떠날 때까지 그의 가슴에, 목에, 머리에, 발꿈치에 붙어 다닌다. 이름 없이 살아간 사람은 이 세상에 한 사람도 없다. 사람이 산다는 것은 이름과 더불어 사는 것이고 이름이 사라진다는 것은 곧 죽음을 뜻하는 것이 된다. 어찌 사람만이랴? 짐승에게도 새와 곤충에게도 이름이 있다. 소와 말, 닭과 오리, 토끼와 너구리, 다람쥐와 오소리가 다 그것의 살아 있음을 증명하는 이름이라면 비둘기며 오리, 굴뚝새며 참새, 방울새며 휘파람새, 노고지리며 청호반새가 다 그것의 살아 있음을 증명하는 이름이다.

뱀은 뱀대로, 두더지는 두더지대로, 개구리는 개구리대로, 올챙이는 올챙이대로 그것이 살아있음으로 이름이 불리어지고 그것들이 땅 위에서 사라지면 곧 그 이름도 땅 위에서 사라진다. 그러나 사람과 짐승이 다른 것은 사람은 억조창생이 모두 제 각각의 이름을 지니고 있지만 짐승과 새, 파충류와 곤충들은 제 종족의 이름만 갖고 있을 뿐 제 하나하나의 이름을 가지고 있지 않다는 점이다. 설령 소에 이름이 붙여지고 강아지에 유난히 귀여운 이름이 붙는다 해도 그것은 강아지가 스스로에게 붙인 이름이 아니라 사람이 임의로 그것들에게 붙여준 이름일 뿐이다.

사람과 이름, 그것의 미묘하고 아름다운 차이,—

어찌해서 미국 사람은 미국 사람다운, 프랑스 사람은 프랑스 사람다운 이름을 지니며 일본 사람은 일본 사람다운, 중국 사람은 중국 사람다운 이름을 지니는지, 어찌해서 우리는 그 이름만 들어도 종족과 국가를 식별할 수 있고 지위와 신분을 구별할 수 있는지, 어찌해서 그것의 이름만 들어도 곧 사랑하고 미워하는 감정의 활동이 시작되는지? 이름이란 그런만큼 신비한 힘을 지닌 것이기도 하다.

나는 어제도 많은 사람을 만났고 내일도 많은 사람을 만날 것이다.

얼굴빛이 검은 사람과 흰 사람, 체구가 큰 사람과 작은 사람, 눈빛이 푸른 사람과 검은 사람, 머리카락이 곧은 사람과 곱실곱실한 사람을 만날 것이다. 어쩌다 그런 사람들과 첫 인사를 나누는 곳에서는 먼저 이름을 말하고 다음에 국적을 말할 것이다. 그랬을 때 그들이 말하는 국적은 한 번 들으면 곧 기억할 수 있지만 그들의 이름은 한 번 들어서는 기억하기가 힘든다. 중국, 일본, 멕시코, 콜럼비아, 프랑스, 엘살바도르라 하면 그 이름은 곧 기억할 수 있지만 루르데스, 링징, 후리아, 파비엥, 요시코라 하면 그 이름은 알아듣기도 힘들거니와 그 이름만으로는 그가 어느 나라 사람인지를 구별하기 힘든다.

루르데스는 콜럼비아 여자, 링징은 중국 여자, 후리아는 멕시코 여자, 파비엥, 아멜리는 프랑스 처녀, 라파엘라는 엘살바도르 중년 여자임을 한 번 듣고 곧 기억하기는 힘든다. 요시코와 하루코가 일본 여자임을, 김수자, 박정애가 한국 여자임을 쉽게 알 수 있는 것은 그 이름이 쉬워서가 아니라 우리가 늘 가까이서 그 이름을 듣고 쓰기 때문이다.

그러나 처음에는 혼란스럽기만 했던 낯선 이름들이 차츰 그것을 부르고 쓰는 동안 곧 순이며 자야처럼 익숙해지는 과정을 보는 것은 유쾌한 일이고 그런 이름들과 친근해지는 자신을 발견하는 일 또한 즐거운 일임을 나는 오래지 않아 느낀다. 치오영 혹은 시주린이라는 중국 여자 이름, 비르테 메이란트라는 독일 여자 이름, 요코 나카히라 혹은 이쿠코 안도라는 일본 여자 이름, 루시아노 리온티니라는 인도네시아 남자 이름, 옥사나 유리 아제바라는 우크라이나 청년 이름, 마리우스 욘토 혹은 마리나 페사리니라는 이탈리아 남자 이름, 부라보 곤잘레스, 헬리우스 산토스, 살바도르 토레스라는 멕시코 남자 이름이 그렇고, 에베라는 온두라스 여자 이름, 마리아 스풀레다라는 콜럼비아 처녀 이름, 콘스탄친 포큐엠이라는 러시아 청년 이름, 에르난도 니에 베스라는 스페인 신부 이름, 나아가 비잘이라는 인도 처녀 이름, 세이드 모하메드라는 이집트 청년 이름이 또한 그렇다.

그 이름들은 처음에는 귀에 사나운 바퀴소리처럼 들리다가도 차츰 나뭇잎 스치는 소리, 여울물 소리처럼 아름답게 들림을 알 칸이라는 터키 남자 이름, 밀턴 팔코나라는 에쿠아도르 청년 이름, 이반 드미트리라는 그리스 남자 이름, 넬손 아코스타라는 도미니카 여자 이름, 안드레이 콜렉이라는 폴란드 남자 이름, 나지마 나스마라는 파키스탄 여자 이름, 누신 이사디라는 이란 여자 이름 실비아 포코이니라는 슬로바키아 여자 이름, 블라디 미르 파세코라는 페루 남자 이름을 들으며 확인하는 과정은 확실히 싫지만은 않은 일이다.

그렇다고 이러한 아름다운 이름이 반드시 사람 혹은 동물에게 만 있는 것은 아니다. 그런 이름은 사람과 동물 외에도 나무와 풀, 산과 강, 거리와 마을에도 있고 바위와 들판, 거리와 기차,

집과 우물에도 있다. 금강과 낙동강, 북한산과 팔공산, 호남평야와 김해평야는 그런 점에서 한국인의 일생과 같이 할 이름들이며 또한 그런 점에서 사람들은 무수한 이름 속에 섞여, 이름과 함께 숨쉬고 살아가는 것이다.

명동을 알고 충무로를 알고 세종로와 을지로를 아는 사람이라도 스토니부룩은 모르고 스미스타운은 모른다. 향촌동, 동성로, 반월당을 아는 사람이라도 그렌코브 해협, 스테이튼 아일랜드는 모르고 산다. 그것을 모르고 산다는 것은 그것이 생활상 소용에 닿지 않기 때문이며, 그것을 모르고 살던 사람이 그것을 새삼 떠올리게 되는 것은 그것이 생활상 필요한 것으로 다가섰기 때문이다. 남산과 관악산, 덕유산과 가야산이 지구 상 어느 곳엔가에 있고 이스트강, 포토맥강, 미시시피강이 땅 위의 어느 곳엔가를 흘러간다. 그런 이름들도 모두 누군가가 어떤 필요에 의해 명명한 것임은 사람과 들판, 기차역과 마을이 누군가에 의해 불리어지고 기억되는 연유와 다를 바가 없다.

제니와 내가 침대에서 일어나 이민국 조사요원이 오기 전, 깎고 다듬고 자르고 헹구던 과일이며 채소, 고기며 생선들을 다시 데치고 굽고 양념을 바르고 소금과 설탕을 치면서 나는 참으로 오랜만에 즐거운 시간을 맞는다.

그것은 비록 짧은 시간이긴 하지만 잃어버린 꿈과 같이 달콤하고 놓쳐버린 풍선처럼 가뭇한 향기로 나의 전신을 싸고 맴돌 있다. 제니는 음식을 준비하고 찻잔을 씻으며 잠시도 나에게서 눈을 떼지 않는다.

빨간 껍데기 속에서 하얀 속살을 드러내는 구운 바닷가재를 손에 들고 향기나는 포도주를 찰랑거리면서 제니는 나에게 말한다.

「미국은 참 편리한 나라죠?」

「그런 것 같군요.」

「미국은 무어라 해도 타국의 이민자들, 장단기간의 불법체류자들에게 관대한 나라임엔 틀림없어요. 세계의 정치범, 흉악범들이 문제가 발생할 때마다 너, 나 없이 미국으로 몰려 오는 것은 미국이 그들에게 그만큼 관대하기 때문이에요.」

「그야 저네들의 조상이 탈주자였거나 불법 이민자들이었으니까 그런 것이겠지요?」

「그렇기는 해요. 그러나 이들의 이민이나 불법체류자에 대한 관대의 이유를 그것만으로 생각할 수는 없지 않겠어요? 이 나라에서도 이민자나 불법체류자에 대한 처리문제가 곧잘 정치문제로 대두되곤 하는 걸 보면요?」

나는 포도주 잔을 들어 입으로 가져가면서 그녀의 이야기를 듣는다.

「세계 각 나라의 불법이민자들이나 불법체류자들이 그렇다고 미국의 덕만 보는 것은 아니에요. 그들은 자기들의 살 자리를 찾는 동안 미국인들이 싫어하는 육체노동을 대신해 주고 나아가 이들이 거두지 못한 정신적, 예술적 영역까지 확대해 주는 일들을 하는 사람들이에요. 제가 이민보호원으로 등록을 한 이유도 그런 데 있어요. 물론 불법 체류자들 가운데는 악습을 가진 사람들도 있긴 하지만 그러나 선량하고 재능있는 사람들도 그 가운데는 많이 있다는 사실을 이 나라 사람들도 알고 있어요. 그들은 대개 자기 나라에서 뜻을 펴지 못해 정신적으로 가장 자유로운 나라인 미국으로 생활을 옮긴 거거던요. 그러기에 지금도 세계의 가난하고 핍박받는 예술가들이 그들의 자유로운 활동을 위해 끊임없이 이곳으로 몰려드는 것 아니겠어요. 이렇게 몰려드는 각국의 가난한 예술가들이 집을 얻고 일을 하고 예술활동을 하게 되면 미국인들이 버리고 떠난 죽은 거리가 다시 활기를 찾게 돼요. 그리니치니 소호니 하는 곳이 다 그런 곳이에요. 그러니까 미국인들은 가난한 예술가들이 살려놓은 거리의 집들에 세를 올려 다시 이득을 보는 거지요.」

가난한 예술가?

나는 가난한 예술가가 아니라 가난한 택시 운전사. 불법 체류자, 먼 나라의 이민보호원에게 신세를 지고 있는, 서른 아홉번 실패작을 낸 서푼짜리 글장이.

나는 들고 있던 잔을 내려놓으면서 자조의 웃음을 떠올린다.

「그러니까 우리가 미국사람들에게 필요 이상으로 저자세일 것도 없고 필요 이상으로 자만할 것도 없다는 말이군요.」

「그래요, 서로간의 이익을 주고 받는 관계라고 생각하면 돼요. 관우씨가 지금 어려운 처지에 있지만 그런 것으로 너무 상처받을 것은 없어요. 뉴욕에만도 불법 이민자, 불법 체류자가 사십만을 넘는대요. 관우씨가 당하고 있는 고통은 관우씨 혼자만의 것은 아니에요. 힘을 내세요.」

8

또 며칠이 흘렀다. 나는 몰던 택시를 옥치옥에게 넘겨줄까 말까를 생각하면서 이 며칠을 보냈다. 옥치옥은 지금 그림에 몰두하고 있으므로 내가 그의 택시를 넘겨주면 그날로 그것을 회사에 반납할 것이다. 그렇게 되면 소일거리로나마 내가 차를 끌고 밖으로 나가고 싶어도 그것은 불가능해진다. 그러므로 아직은 좀더 사태의 진전을 기다려보는 것이 나을 듯하다.

그러는 동안 나는 될 수만 있으면 나를 지배하고 있는 관념과 생활습관, 인습과 취미들을 다른 곳으로 바꾸어 놓으려고 애썼다. 나는 나도 모르는 사이 내게서 풍길 동양적인 품격, 내게서 풍길 약간의 현학취, 내 몸에 배어 있을, 고상이라고 말할 수밖에 없는 약간의 문화취미 따위를 조금은 대중적이고 조금은 통속적인 것으로 바꾸어 놓으려고 부심했다. 그것은 품격이며 현학취, 고상이며 문화취미가 나쁘다거나 싫어서가 아니라 어차피 내 나라를 떠나 남의 나라에 와서 발을 붙이고 살기 위해서는 그것이 고답적이고 장식적인 취미들을 제거하는 길이 필수적인 일이겠기 때문이었다. 고답적이고 장식적인 취미의 제거, 그것은 빠르면 빠를수록 좋은 것이었다. 거리와 공원을 벌거숭이로 뛰어다니고 스스럼없이 성인만화를 보고 걸어다니며 트로피컬 쥬스와 햄버거를 먹어도 흉이 되지 않는 땅에 와서 고상한 몸가짐, 문화취미 따위란 자신을 더욱더 비참하게 만드는 족쇄, 새로운 삶에의 발돋움을 저지하는 훼방꾼에 다름 아님을 나는 불현 듯 보고 있다.

나는 이른바 문화인 부류에서 벗어나 세속인으로 돌아가는 연습을 하기 위해 손에 잡히는 대로 사진첩이나 세속잡지들을 뒤진다. 그것은 내가 난삽하고 까다로운 사색의 길을 버리고 즉흥적이고 감각적인 길을 택하려고 하기 때문이다. 그것만이 무너져 가는 나를 어디엔가 붙들어 매는 끈이 되리라 생각하기 때문이다.

어제 오후 내가 일과를 마치고 옥치옥의 화실에 갔을 때 옥치옥이 나에게 했던 말,

「민형에겐 아직도 한국 냄새가 너무 많이 풍겨요, 하루 빨리

그 냄새를 제거하는 것이 이곳에 발을 붙이는 지름길이 됨을 이젠 아실만도 한데……」

「왜 그래요, 이젠 청바지도 하나 사 입고 스니커(운동화)도 한 켤레 신었는데요.」

「그렇긴 하지만 아직은 멀었어요. 적어도 그 냄새를 지우려면 앞으로 삼년은 족히 기다려야 할 겁니다. 그래, 오늘은 그 노란색 딱정이 차가 돈이 좀 됩디까? 점심은 굶지 않았어요?」

「설마 점심까지 굶어 가면서 일할라구요. 뉴욕 면허증도 못가진 처지에 백차들의 눈길이 무섭긴 하지만요.」

「조심해야 하겠지요, 참는 데까지 참아 보세요. 참는 자에게 복이 있다고 했잖아요. 그래 우리 저 윗 골목 까페에 가서 맥주나 한 잔 할까요?」

나는 옥치옥을 따라 워싱턴 스퀘어 쪽으로 걸었다. 거기엔 날이 어두워 오는 데도 한 떼의 젊은이들이 길 가운데 확성기를 틀어놓고 기타를 치고 드럼을 두드리며 광장을 가득 메우고 있었다. 그들의 연주는 음악이 아니라 굉음이었고 춤이 아니라 광란이었다. 흔들고 치고 찢고 구르는 그들의 행위는 얼핏보면 잡연과 무질서의 총화였다.

나는 한참 동안 그 광경을 지켜보다가 돌아서면서,

「미국의 젊은이다운 모습이군요.」

하고 옥치옥을 향해 말했다. 그렇게 말하는 나의 말 속에는 가시가 들어있었다.

「그럴거에요. 저런 모습에 익숙치 않으면 누구나 다 저런 모습을 미치광이 같이만 느끼니까요. 그러나 저런 것을 자꾸 보면 그 안에 악절이 있고 박자가 있는 것을 알게 되요. 남이야 어떻게 느끼건 저네들에겐 저것만이 음악이지요. 저네들에겐 저것이 아니면 음악이 아닌 것으로 느껴지지요.」

「한국도 저런 음악이 유행한 지는 오래에요. 아직은 클래식의 세력을 능가하지는 못하지만요.」

「그래요? 미국의 젊은이들은 언제나 복고풍 보다는 선풍적인 새 모델을 좋아하는 것 같아요. 저들의 음악, 저들의 춤은 대체로 그것에 행위를 연결시키는 양식을 취해요. 그것을 일컬어 퍼포먼스 혹은 행위예술이라고 하는 모양인데 이들의 행위예술은 그것을 연출하는 동안 잠시도 쉴 틈을 두지 않는 것이 특징이지요. 쉰다는 것은 바로 행위의 종식, 연출의 죽음을 뜻하는 거지요. 연출자 자신들이나 그것을 보는 관중들이 하나가 되어 숨 쉴 틈을 주지 않고 사람들을 몰아붙여 행위가 끝나기도 전에 관객들이 지쳐 나자빠져야 성공한 퍼포먼스가 되는 거지요. 이들의 행위는 내용이나 의미와는 무관한 거라고 봐야해요. 숨가빠 지속되는 행위와 연출들은 그것이 필연적인 내용과 맥락을 지닌 것이 아니라는 말이지요. 일상의 권태와 기계적인 생활의 반추에서 벗어나 행위하는 시간만이라도 도식적인 삶을 벗어던져 보자는 거지요. 거기에는 아름다움과 고상함, 섬세함과 단아함 따위는 발을 붙이지 못하고 행위의 끝에 남는 의미같은 것도 아무런 문제가 되지 않아요. 행위 도중의 쾌락과 향유, 내용없는 아름다움, 시간 위의 도취, 그런 것만이 문제지요.」

「아, 그렇군요. 이해할 것 같아요. 아무리 심오한 예술이라 하더라도 이들은 먼저 즐김이 있고 그 다음에 거기에 따르는 평가가 있다. 그러나 동양은 즐기는 것은 부차적이고 평가가 언제나 앞선다. 남이 나를 어떻게 볼 것인가, 내 작품을 남들이 어떻게 평가할 것인가가 선행되는 곳이 동양이다. 예술, 그것은 아무리 심오하고 엄숙한 것이라 하더라도 그것의 색깔에 맞는 향유, 그것의 내용에 맞는 즐김이 있은 후의 평가가 바람직하다. 옥형의 말씀을 그런 것이라고 이해하면 되나요?」

「그래요, 그러기에 나는 루디아의 재촉에도 불구하고 내 그림전(展)을 뒤로 미루고 있어요. 나는 그림을 그리는 동안의 나의 즐거움, 나의 도취, 나의 쾌락을 중요하게 생각하는 사람이에요. 작품을 위해 불태우는 정열, 창작 속에서 일어나는 가누기 힘드는 긴장감도 사실은 창작하는 사람만이 맛볼 수 있는 쾌락, 작가만이 누릴 수 있는 긴장된 즐거움 아니겠어요?」

「그런 옥형의 의중을 루디아가 눈치채기라도 하면 어떡하죠?」

「루디아도 약간은 눈치채고 있을 거예요. 그러나 루디아는 전시회를 가짐으로써 얻어지는 부차적인 이익에 더 관심이 있으니까 거기에 내가 끌려 갈 수는 없지요.」

「그렇군요. 그런데 저 젊은이들의 무대 뒤에 걸려 있는 대형 사진은 누구의 것입니까?」

「그것 말입니까? 그 사진이 바로 저네들이 늘 회상하고 그리워하는 존 레논과 링고스타 아니에요.」

「아, 그러니까 그들이 한 때 록계의 왕좌를 차지했던 비틀즈군요.」

「그렇죠, 폴 메카스, 조지 해리슨과 더불어 브리티시 음악의 사인방 비틀스, 저네들에겐 저들의 아버지 보다 존 레논, 엘비스 프레슬리가 더 소중한 존재지요. 저기 무대 한 가운데 서서 기타를 치고 있는 키 큰 녀석 말예요. 그 녀석이 부르는 노래가 바로 존 레논이 센트를 파크 옆, 자신의 아파트에서 자신을 흠모하던 팬의 총에 맞아 쓰러지기 직전에 불러 히트했던 「새 처럼 자유롭게」에요. 기타와 드럼을 치고 베이스와 리듬악기를 두드리면서 저네들은 정말 새처럼 자유롭게 살기를 원하는 젊은 이들인지도 모르죠.」

> 새처럼 자유롭게,
> 우리가 할 일은 오직 그것 뿐
> 집이란 가장 안전한 보금자리
> 비둘기처럼 날아 집으로 가리

나는 옥치옥이 가리키는 까페의 나무의자에 앉아서도 옥치옥이 설명한 거리의 악사들, 파도처럼 출렁이던 그들의 예술행위를 생각했다.

— 행위하는 시간만이라도 권태로운 삶을 벗어나 새롭고 충만

한 삶을 구가해보자는 행위예술, 아름다움과 고상함, 섬세함과 단아함은 아무런 문제가 되지 않는 예술 행위 —

그것이 참말 살아있는 예술행위가 아닐까 하고.

영원한 아름다움, 영원한 즐거움을 주는 예술 작품, 그리하여 인류의 스승이 되고 인류 역사의 고전이 될만한 예술작품, 그런 것이 어디 있으며 설령 그런 것이 있다손 치더라도 작가 스스로가 그것을 위해 작품을 제작한다고 떠벌인다면 그것은 예술이라는 미명 아래 허명이나 얻어보자는 두꺼운 명예욕, 자기를 기만하고 자기를 팔아 먹으려는 반예술적 행위가 아니고 무엇이랴.

그럴지도 모른다. 아니 틀림없이 그렇다.

원치는 않지만 잠시 눈을 돌려본다면 실로 꽉 차 있는 듯하면서도 텅비어 있었던 삶이 내가 살아온 서른여덟해의 삶이 아니었던가? 딴은 아름답고 고상하게, 딴은 섬세하고 단아하게 살려고 노력했던 삶이 돌이켜 보면 얼마나 허무맹랑하고 도식적인 삶의 껍질 속에 갇힌 쭉정이였던가. 의미 있는 체하면서 의미 없는 삶, 진실한 체하면서 거짓으로 윤색되었던 삶, 그것이 나의 서른여덟해의 달팽이 같았던 생애 아니었던가.

비유컨대 이제 나는 산과 바위, 나무와 꽃, 그리고 새 한 마리만으로 충분했던 동양화의 여백에 비록 뜻없는 선과 색, 물체와 형상일지라도 한 치의 여분이 없는 그림, 그것이 설령 그림이라는 이름을 붙이지도 못할 개발새발 환칠에 불과한 것이라 하더라도 나는 이제 그렇게 하는 데 주저하지 않으리라. 이제부턴 허울좋은 고상함, 이름 뿐인 진실함 따위를 헌 신짝처럼 버리고 강물에 뛰어드는 아이같이 발가벗은 나를 누구에게라도 보여줄 수 있는 삶을 살아야지.

그랬을 때 그것보다 더 고상하고 그것보다 더 진실한 삶이 또 어디 있겠는가.

그런 생각을 하고 있는 나에게 옥치옥은 또 다른 이야기를 던진다.

「민형, 한 시대의 전위가 된다는 것이 결코 쉽지는 않지만 그렇다고 결코 불가능한 일도 아닌 것 같아요. 진정한 전위가 되려면 자신이 살고 있는 시대의 관습을 깡그리 깨어부수고 조그만 흔적도 남기지 않는 것이 진정한 전위가 되겠거던요. 그리하여 신세대에게 조그만 사고의 찌꺼기도 남기지 말고 그들의 참으로 새로운 사고, 새로운 모색을 위해 자유롭게 출발할 길을 열어놓는 것, 어때요, 그것이 필요한 일 같지 않아요?」

나는 동의의 웃음을 카페의 나무의자에 남기고 옥치옥과 헤어졌다. 어제의 일이다.

9

제니는 오늘도 내 뺨에 입술을 찍은 뒤 꽃집으로 갔다. 나는 그런 제니가 싫지 않다. 이젠 그녀는 나의 손이 그녀의 무릎, 그녀의 머리카락, 그녀의 크고 탄력있는 유방에 닿아도 놀라지 않는다. 그런 때는, 참말 그런 순간만은, 나는 내가 버린 시간, 실패한 소설, 참담한 지난 날을 잊어버린다. 이처럼 짧고 강한 쾌락 위에 달리 지고(至高)한 삶이란 어떤 모습이어야 하는가?

오늘도 쎄븐 일레븐에 가서 빵 한 조각과 사과 쥬스 한 병을 사 가지고 아파트로 돌아와 온 종일 문을 걸고 『큐피드의 화살』을 뒤적거리며 시간을 보낸다.

『큐피드의 화살』은 이렇게 쓰고 있다.

섹스와 본능, 그것은 과학의 발전과는 아무런 관계도 없이 시간이 지날수록 더욱 원시 상태를 동경한다. 아무리 지능이 높고 아무리 위대한 업적을 남긴 천재라 하더라도 섹스에 있어서는 천년 전의 방법과 그 유현하고 깊은 강물 속에 발을 담그지 않을 수 없다. 깊은 사고, 해박한 지식을 가진 사람이라도 성행위의 연출 방식은 어둡고 유암하며 원시 지향적일 뿐, 첨단의 섹스 행위는 없다. 첨단의 과학, 첨단의 예술, 첨단의 학문은 있어도 첨단의 섹스 행위는 없다. 인간은 섹스에 관한 한 오천년, 칠천년, 일만년 전의 행위를 그대로 답습하고 있다. 그런 한 인간은 성의 감옥에 갇혀 영원히 헤어나지 못하는 수인(囚人)이라 할 수 있다.

『큐피드의 화살』의 논조에 나는 일언반구의 사족을 달만한 상식을 가지고 있지 못하다. 다만 나는 지금까지 성이란 말만 들어도 얼굴을 붉히던 죄의식에서 이제는 뻔뻔스럽게 사진첩이나 해설서를 들추어 보면서 성을 해부해 볼 수 있는 강심장이 되었다는 것이 변화라면 변화라 할 수 있을 뿐.

다시 나는 고대인의 성과 성행위 쪽으로 책갈피를 넘긴다. 책갈피는 또한 다음과 같은 설명을 부연한다.

동물들은 벌판이나 산기슭에서 교접을 하는데 사람은 따뜻한 방을 찾는 이유가 무엇인가? 사람이 동물보다 고상해서인가? 아니면 사람은 짐승보다 노출을 꺼려서인가?

　이론은 두 가지가 다 적합한 이유가 아니라는 것이다. 그러면서 이론은, 산 것들이 음식물을 노출된 장소에서 먹는 것과 같이 일종의 먹는 행위인 섹스행위도 본래는 노출된 장소에서 했다는 것이다. 그런데 아직도 짐승들은 노출된 장소에서 교접을 하는데 사람만이 섹스를 위해 따뜻하고 은폐된 공간을 필요로 하는 것은, 인간의 성행위가 성기의 활동이라기 보다 뇌의 활동이기 때문이라는 것이다. 뇌는 인간의 육체 중에서 가장 차가운 기관인데, 성행위 시에 발산하는 열기가 몸 밖으로 배출되고 거기다 더욱 몸을 차갑게 하는 정액의 배출까지 겹치게 되면 인간의 육체는 점점 허약하게 되기 때문에 인간은 성행위 시 따뜻하고 은폐된 공간을 필요로 하게 되었다고 그것은 표정도 없이 쓰고 있다.

　독자의 믿음을 위해 책은 유명 인사의 말을 인용하는 것을 잊지 않는다. 책의 인용은 히포크라테스의 증언을 들추어 온다.

　인용에 의하면 성행위는 불치의 병인 간질병의 일종이라는 것이다. 간질병과 성행위 때의 흥분은 의학이 치료할 수 없는 질병이라고 그것은 인용한다. 행위와 양태에 있어서 매우 비슷한 이 두 가지는 그러나 쾌락의 동반 여부에 따라 구별될 수 있는 성질이라는 것이다. 남녀가 포옹하면 혈액이 더워지고 더워진 혈액은 거품을 만들어 수정관을 통해 방출되며 남녀의 서로 다른 성기의 마찰에 의해 더욱 진하고 끈적끈적한 액체가 된 정액이 뇌와 척수를 통해 아래로 내려가 마침내 고환을 통해 음경에 이르러 몸 밖으로 사정되는 것이 섹스의 전 과정이라는 것이다.

이러한 과정이 현대인들의 찬반의 논란에 관계없이 이미 기원전 그리스의 의사나 철학자들에 의해 사실로 증명된 것은 첨단을 자랑하고 있는 자연과학의 발전이 인간의 본능과 섹스에 대해 아무런 수정도 가하지 못하고 있는 증거라고 그것은 강조한다. 『북회귀선』의 작가는, 인간의 최대의 희망과 욕구는 더 멋있고 더 진한 섹스를 하는 일이라고 썼고, 『부활』의 작가는, 그가 아무리 이름난 장군이거나 학자, 정치가이거나 예술가라고 해도, 그의 궁극의 욕구는 아름다운 여자와 성교를 하는 일이라고 썼다는 것, 데모스테네스는, 인간은 쾌락을 위해서 창녀를, 매일매일의 시중을 위해서 첩을, 후손을 위해서 아내를 얻는다고 썼다는 것을 그것은 웃거나 찌푸리지도 않고 설명한다. 그러면서 그것의 어떤 페이지는 성기를 하나의 사물처럼 해부하여 보여주기도 한다.

나는 종종, 의사가 환자를 치료할 때, 환자를 사람으로 다루지 않고 사물로 다루는 것 같은 느낌을 받아 불쾌해진 경험을 가지고 있다. 어떤 의사는 사람의 가장 민감한 부분을 치료하면서도 마치 동물의 그것을 다루듯 하는 경우가 있는가 하면, 어떤 의사는 봉합 수술을 하면서 수술에 사용한 가위를 환자의 살 속에 집어넣고도 눈 하나 깜짝하지 않는 경우도 있다. 약물 거부반응을 나타내는 환자에게 의사의 실수로 약물 투여에 오류를 범하여, 환자를 치사상태에 빠뜨려 놓고도 태연한 의사가 있는가 하면 심장 수술을 하면서 심장이 가슴 오른쪽에 있는 데도 배를 갈라놓고 몇 시간 동안을 가슴 왼쪽만 찾아 헤맨 의사도 있다. 그들에게는 그런 것 쯤은 별 문제가 되지 않는다는 듯한 인상이다. 그들은 우리가 쉽게 하는 말처럼, 의사가 휴머니티를 전제로 해야 한다면, 그리고 의사가 인술(仁術)을 전제로 해야 한다면 손이 떨려 집도를 포기해야 하는 형편에 이르고 말 것이라고 호언한다. 그러기에 그들은 인간의 신체 각 부위, 더욱이 스스로는 한 번도 햇볕 아래 드러내어 본 적 없는 성기를 매만지면서도 마치 동물의 그것을 다루듯 핀셋으로 이리 찌르고 저리 찌르는 불경(?)을 저지르는 것이다.

나는 기지개를 한 번 켜고 다시 책장을 넘긴다. 책은 이렇게 설명을 잇는다.

고환은 작은 달걀 만한 크기로 용적은 약 $3.7 \times 2.5 \times 2$cm 이고 무게는 약 10그램이다. 고환은 태반 속에 있을 때, 처음에는 배 위 쪽에 있다가 삼개월이 되면 골반 쪽으로 내려오며 구개월이 되면 고환 주머니에 도달한다. 고환이 고환 주머니에 도달하면 고환 주머니가 몸 밖으로 매달리게 되는데 이렇게 고환이 몸밖에 매달리게 되는 것은 그것이 유지해야 하는 온도, 섭씨 3~4도를 유지하기 위함이다. 이것은 몸 안의 정관과 연결되게 되는데 정관은 30~40cm의 길이를 가지고 가는 국수 정도의 굵기를 가진다.

　여성은—, 하고 말이 바뀌는 곳에서 나는 우선 뜨거운 커피를 한 잔 마시고 싶은 충동을 받는다. 내가 일어서서 커피 주전자에 물을 받고 있을 때, 갑자기 문 밖에서 벨 소리가 울린다. 나는 깜짝 놀라 문을 열어 줄 생각을 하기 전에 물을 받던 주전자를 놓고 제니의 방으로 뛰어가 그녀의 침대에 눕는다. 벨 소리가 지난 번 왔다가 허탕치고 돌아간 이민국 조사요원일 것 같은 예감에 나는 반사적으로 제니의 침대에 뛰어든 것이다. 만약 내 예감이 맞다면 나는 다시 제니의 침대에 누워 제니의 남편을 가장해야 하는 것이다.
　내가 문을 열어주지 않자 밖에서는 벨을 더 세게 누르는 소리가 들린다. 그래도 아무런 반응이 없자 밖에서,
　「관우씨 저에요, 제니에요.」
하는 소리가 함께 들린다.
　「아니었구나.」
　나는 곧 밖으로 나가 문을 열고 제니를 맞아 들인다.
　「아직 오전인데 벌써 웬 일이요?」
하고 내가 묻자,

「관우씨가 보고 싶어 견딜 수가 있어야죠. 그래서 집에 지갑을 두고 왔다고 말하고 이렇게 달려온 거에요」

제니는 말이 끝나기 바쁘게 내 가슴 속으로 파고 든다. 커튼을 닫아도 오전의 햇살이 방 안으로 들어온다.

침실이 환하다.

10

오후에 집을 나갈 때 그녀가 남긴 말대로 제니는 저녁 때 낯
선 남자 둘을 데리고 아파트로 들어섰다. 그녀는 나를 보고 놀
라지 말라는 시늉을 해보이며 그녀가 사온 은박지 뭉치를 풀었
다. 은박지를 풀다 말고 제니는 그제야 생각난 듯이,

「아 참, 관우씨, 인사해요, 이 분은 스테펜이라는 저의 친구이
고......」

내가 그 남자를 보며 손을 내밀 때까지 제니는 다음 말을 중
단하고 있다가 내가 그 남자와 악수하는 것을 본 뒤,

「또 이 분은 앤소니라는, 스테펜의 부인이에요.」

하고 두 남자를 나에게 소개한다. 내가 영문을 몰라 두 사람을 쳐다보고만 있는데, 제니는 미소 띤 얼굴로,

「관우씨, 두 분 모두 남자여서 그러는 거죠?」

내가 그렇다고 고개를 끄덕이자 제니는 작은 말로,

「여기는 그런 부부가 많이 있어요. 곧 그런 사정을 이해하게 될 거에요.」

그제야 나는 내 얼굴에 나타났을 놀라움을 씻어내려고 애쓰며,

「내 이름은 민관우, 코리언입니다.」

하고 인사 했다. 악수를 나누면서 보니 남편 스테펜은 어두운 피부를 한, 키가 크고 완력이 있어 보이는 백인 남자이고 부인인 앤소니는 얼굴빛이 창백하고 흰 자작나무 같은 몸매를 한 백인계 남자였다. 그들의 손놀림이며 웃는 모습, 말하는 목소리조차 스테펜은 남자답고 앤소니는 여자다웠다.

아, 이들이 바로 게이였구나.

사전 상식을 갖추지 못한 나로서는 기껏 그런 정도의 놀라움에 머물렀지만 그들은 웃고 재잘거리고 포도주를 마시면서도 조금도 불편해 하거나 어색해 하지 않는다.

「오늘은 한국식의 식사를 준비 해 볼까 해요.」

제니가 부엌의 싱크대에서 일을 하다가 나를 돌아보며 말한다.

「한국 음식이 이들에게 맞을 지 모르겠군요.」

「아녜요, 이분들께 물어보니 미국 음식보다 한국 음식을 먹어 보고 싶대요.」

「미국 사람을 청했으면 미국의 전통 음식을 대접해야 하는 것 아니에요?」

「미국의 전통 음식, 미국은 전통 음식이 없는 나라에요. 미국의 음식이란 거의 전부가 남의 나라 음식들을 모방했거나 그것들을 본따 만든 것이 전부이니까요. 이들의 고유 음식이란 굳이 말하자면 맥도널드 햄버거나 던킨 도너츠 정도죠. 팬 케익은 프랑스에서, 치킨이나 라이스는 중국에서, 마카로니나 핏자는 이태리에서, 카레는 인도에서, 팰레핀은 이집트에서, 포브라노는 멕시코에서, 카바시는 폴란드에서, 수시나 사사미는 일본에서 가져온 음식이죠. 심지어 홍차는 영국에서, 햄은 독일에서 가져온 음식, 허미스(일종의 크림 수프)는 이스라엘에서,풀케(음료)는 남미계 멕시칸들의 음식에서 가져온 것들이에요. 그래서 오늘은 미국 음식으로 하지 않고 관우씨의 나라, 한국의 음식으로 하기로 했어요.」

― 나의 나라?, 한국음식? 그것은 내가 버리고 온 나라, 버리고 온 음식인 것을, ―

나는 마음 속으로 그같이 중얼거렸다.

제니는 한국 가게에서 사 온 불고기와 양념들을 요리책을 들추어 가며 준비하느라 손이 바쁘다.

나는 잠시 스테펜과 앤소니를 바라보며 그들의 성생활을 상상한다. 저들은 같은 남자끼리인데 어떻게 성교를 할까? 부인남자의 체위가 밑에 있고 남편 남자의 체위가 위로 가는 정상적인

성교가 가능할까? 아니면 저들은 비정상적인 체위로 성적 만족
을 얻을까? 아니면 신체의 다른 부분으로? 오럴, 아니면 애널 ?
그것도 아니면?

　제니가 만들어 온 불고기와 김치를 먹으며 나는 오랜만에 한
국음식의 맛을 보지만 생각의 구름장은 쉬이 걷히지 않는다.

「어때요? 한국 음식의 흉내라도 낸 것인지? 한 번 먹어보세
요.」

　제니가 걱정하는 말에,

「이만하면 아주 잘 만든 음식이에요. 솜씨가 한국 사람 뺨칠
정돈데요.」

「고마워요. 두 분은 어때요?」

　제니가 스테펜과 앤소니를 쳐다보며 묻자, 스테펜은 그야말로
남자답게, 앤소니는 영낙없이 여자답게 웃으며,

「아주 맛있다.」

고 둘이서 함께 대답한다.

「젓가락질 하기가 어렵지 않은가?」

　내가 묻자,

「좀은 그렇다.」

고 그들은 손에 쥔 젓가락을 들어 보이며 대답한다.

「한국 음식을 먹어본 일이 있나?」

「별로 없다.」

「불고기를 먹어보니 어떠냐?」

「맛있다.」

「김치는 어떠냐?」

「맵기는 하지만 맛있다.」

나는 잠시 화제를 돌린다.

「미국은 부자나라지?」

나는 그들의 대답을 기다리며 포도주를 한 모금, 입속에 담는다. 남편인 스테펜이 대답한다.

「미국은 나라는 부자지만 개인은 가난뱅이들이다. 이대로 가면 오래지 않아 미국은 파산국가가 될 것이다.」

「왜 그렇게 생각하나?」

「미국은 모든 돈을 정부가 쓴다. 개인은 돈을 벌어 높은 세금을 정부에 내는데 정부는 그 돈을 개인을 위해 쓰지 않고 전쟁 무기를 만들고 외국에 군대를 파견하는데 다 쓴다. 그러니까 정부는 부자이고 개인은 가난뱅이일 수밖에 없지 않은가.」

「클린턴을 두고 하는 말인가?」

「그렇다. 그러나 전임자들도 마찬가지였다.」

「클린턴은 정치를 잘못한다고 생각하나?」

「그렇다. 그러나 부시보다는 낫다.」

「부시가 이라크 침공을 했기 때문인가?」

「부시는 이라크 침공에 미국돈을 탕진했다. 그러고도 그 후 아무런 소득이 없다.」

「클린턴도 전쟁에 개입하기를 좋아한다고 생각하나?」

「그렇다. 그는 니카라과에 군대를 파병했고 보스니아 내전에 깊이 빠져들고 있다. 그는 제2의 부시가 될런지도 모른다.」

「보스니아 사태는 성공적이라고 할 수 있지 않은가?」

「지금으로서는 그렇지만 더 두고 보아야 안다. 세르비아 사람들은 항상 말썽꾸러기들이다. 1차 대전 때도 그랬지 않은가?」

「부시 시대에 소비에트 공산주의가 무너진 것은 부시의 공적이 아닌가? 소비에트 공산주의가 무너진 것을 소비에트에 미국이 이긴 것이라고 보는가?」

「이긴 것이다. 그러나 그것은 미국이 소비에트에 이긴 것이 아니라 소비에트가 스스로 무너진 것이다. 이유는 경제 때문이다. 소비에트 역시 얼마나 많은 돈을 무기제조와 군사력 배양에 썼는가?」

「너는 비관주의자구나.」

「비관주의자일 수밖에 없지 않은가? 나는 지금 하루에 세 군데를 뛰면서 일하고 있다. 그러나 내 수입은 세 군데 다 합쳐도 한 달에 천오백불을 넘지 않는다. 이래 가지고는 일생동안 집 한 채 장만하지 못하고 괜찮은 자동차 한 대 가지지 못한다.」

「지금도 자동차를 가지고 있지 않나?.」

「지금 가지고 있는 자동차는 이백불도 받지 못하는 고물차다.」

「무슨 자동차를 가지고 싶나?」

「벤츠나 볼보, 크라이슬러, 비엠더블유, 다 좋다. 그러나 지금으로서는 토요타나 미쓰비씨를 갖고 싶다.」

「일본은 부자나라라고 생각하나?」

이번엔 스테펜 대신에 부인인 앤소니가 대답한다.

「그렇게 생각한다.」

「미국과 비교하면 어떻다고 생각하나?」

「미국보다 일본이 더 부자라고 생각한다.」

「어째서 그렇게 생각하나?」

「도쿄 은행의 연리가 아메리카은행의 연리보다 두배는 된다는 보도가 있다. 그들은 작년에도 미국 돈을 미국은행이 번 것보다 더 많이 긁어갔다.」

「그 말은 어떤 뜻으로 하는 말인가?」

「일본은 좋은 나라가 아니다. 그들은 2차대전 때 자기나라 방위를 미국에게 맡겨놓고 정작 자기들은 돈벌이에만 바빴다. 그러기에 2차대전이 끝나고 독일이 두 동강이가 났는데도 일본은 재빨리 경제를 수습해서 아직도 부자로 살고 있지 않은가. 그들도 자기 이익만 따지지 말고 세계의 가난한 나라들을 위해 돈을 쓸 줄 아는 나라가 되어야 한다.」

「한국에 대해서는 어떻게 생각하나?」

이번엔 다시 스테펜이 말을 받는다.

「한국에 대해선 잘 모른다.」

「한국에 대해서는 관심이 없다는 말인가?」

「그렇지는 않다. 내 지식이 부족해서 그렇다.」

「김영삼대통령이라는 이름을 들어보았나?」

「들어보았다. 그는 매우 권위있는 정치가지만 너무 오래 혼자서 정권을 잡고 있었던 독재자여서 유감이다. 그러나 지금은 그는 죽었다.」

「아니, 너는 지금 김영삼이 아니라 김일성을 이야기하고 있는게 아니냐?」

「오, 그렇군, 나는 김일성에 대해 이야기하고 있다. 김영삼은 잘 모른다.」

「남북한 문제에 대해 아는 것이 있나?」

「조금 안다. 나는 지금 상태로라면 언젠가 남북한 사이에 전쟁이 일어나리라고 생각한다. 그리고 전쟁이 일어나면 북한이 이길 것이라고 생각한다.」

「왜 그렇게 생각하나?」

「북한은 핵시설을 가지고 있고 지금도 핵무기를 생산할 수 있는 능력을 가지고 있다고 생각하기 때문이다. 미국은 그런 점을 주의깊게 보고 있다.」

「남한에는 핵이 있다고 생각하나?」

「주한 미군이 가지고 있다.」

「그러면 남북한 전쟁은 없지 않겠는가?」

「그것이 문제다. 관건은 미국의 의지다. 미국의 병사가 세계 여러 나라에 나가있어 그 군비 때문에 우리가 가난을 면치 못한다. 남북한 전쟁은 미국의 의지에 달려있다.」

이들은 미국의 정부와 미국의 정치를 욕하면서도 국제관계에 있어서는 어쩔 수 없는 미국식의 생각에 빠져있다.

이야기 도중에 가끔 부인 게이가 여자처럼 손으로 입을 가리며 웃는다. 나는 이들 게이들이 이렇게 정치문제에 깊이 관심을 가지고 있음에 놀란다. 미국의 젊은이들, 동양의 도덕관으로 말하면 패륜아에 가까운 이들 게이들이 사생활의 구속을 싫어하면서 사상의 자유, 정치의 자유, 사회문제의 자유로운 사고와 실행을 희원하는 일과, 그리고 얼핏보면 정상적인 생활을 하지 않는 것 같은 이들이 실지로는 사회나 정치에 대해 폭넓은 지식을 갖추고 있다는 일은 아무래도 놀라운 일로만 보인다.

누군가 나에게 대뜸,

니카라과 사태에 대한 당신의 견해는 어떤 것입니까? 라고 묻는다면 어떻게 대답할 것인가? 콜럼비아 마피아의 운명은 장차 어떻게 되리라고 생각하오? 라고 묻는다면 나는 무어라 대답할 것인가? 알바니아 대통령의 정치적 능력에 대해서 당신은 어떻게 평가합니까? 라든가, 불가리아 경제 사정이 아시아 국가들보다 낫다고 생각하오 못하다고 생각하오라고 묻는다면 나는 어떻게 대답할 것인가? 나는 정치나 사회문제에는 관심이 없소, 라고 말하거나, 신문을 보면 알 일인데 왜 그런 것을 나한테 묻소? 라고 얼버무릴 것인가?

— 대개 나라와 권세와 영광이 아버지께 영원히 있사옵니다. 아—멘

157

주기도문를 끼니마다 외우는 나라, 일용할 양식과 지은 죄를 사함과 시험에 들지 아니함과 악에서의 구함을 스스로의 힘에 의해서가 아니라 하늘에 계신 아버지께서 구하는 나라 사람들, 그래서,

나 외에는 다른 신을 있게 하지 말며,
하늘, 땅, 물속 어디에 우상을 만들지 말고 그것에 절하지 말며,
여호와의 이름을 망령되게 하지 말며,
살인하지 말며,
간음하지 말며,
도적질하지 말며,
이웃에 대해 거짓 증거하지 말며,
이웃집을 탐내지 말라, 그리고
안식일을 거룩히 지킬 것이며,
부모를 공경할 것이니라

라는 십계명을 지키도록 강요받는 나라, 열가지 계명 중 여덟가지는 하지말라이고 두 가지는 하라는 계율을 강요하는 나라, 모든 것을 스스로의 판단에 의해서가 아니라 계율에 얽매어 하거나 하지 않아야 하는 나라, 그렇다면 이 나라 청소년들이 할 수 있는 것은 무엇이며 해도 좋은 것은 과연 무엇인가?

— 네 이웃의 아내나 그의 남종이나 그의 여종이나 소나 나귀나 무릇 네 이웃의 소유를 탐내지 말지니라.

이 적나라한 성적 금지와 음산한 계율, 동양사회에서는 장유유서라 했고 부부유별이라고 완곡히 가르치기는 했어도 이렇게 직접적인 성의 비유로 훈계하거나 금기한 일은 없다. 네 이웃의 아내를 탐내지 말며 그의 남종이나 여종을 탐내지 말라—니, 이런 말들은 도덕과 계율이기 이전에 오히려 잠자는 성을 부추겨 일깨우는 어휘들이 아닌가? 이런 자극적인 어휘들을 아침 저녁으로 외우고 음송하는 사회에서 스스로 할 수 있는 일은 자기가 가진 몸뚱이, 자기가 가진 성의 유희, 자기가 가진 성의 방임 뿐이라는 생각은 일종의 청년들의 허무주의를 유발시킬 수 있는 계율에 속하지 않겠는가? 그렇다면 그 허무주의는 드디어 가치관의 전도를 낳고 가치관의 전도는 의지의 박약, 계율에 대한 이유없는 반항을 낳을 수가 있지 않은가?

서른 명의 저자가 구약(舊約)을 쓰고 아홉명의 저자가 신약(新約)을 썼다면 그 방대한 분량, 해박한 지식, 아름다운 문장이 초인적인 저서로 태어나지 않을 수 없는 것이겠지만, 예레미아서를 쓴 예레미아, 호세아서를 쓴 호세아, 사무엘서를 쓴 사무엘, 출애굽기, 레위기, 민수기, 신명기를 쓴 모세의 호방하고 웅장한 문체보다 시편을 쓴 다윗과 아가(雅歌)를 쓴 솔로몬의 섬세함과 아름다운 문장에 나는 더 감탄한다.

그러나 그렇게 풍성하고 해박한 지식의 저장소, 깊이 모를 신앙의 바다인 성서가 그것을 믿고 따르고 기도하는 이 사회의 젊은이들에게 안식을 주지 못하고 그들을 방황하게 하고 신이 내린 성 마저도 섭리대로 받아들이기를 거부하도록 만들었다면, 그래서 이 나라에 레즈비언 혹은 게이가 속출한다면 그 이유는 어디에 있다고 보아야 하며 장차 그 사회는 어느 쪽으로 흘러갈 것이라고 보아야 하는가? 그것으로 감히 서양의 몰락을 점칠 수는 없겠지만 그런 풍조가 만연하는 사회가 결코 건전한 사회로 발전해 갈 가능성은 희박한 것이 아닌가?

  게이와 레즈비언, 그들은 물론 사회의 관습과 성의 고정관념에 대한 반항아들일 뿐, 그들이 결코 저질문화를 양산하거나 그것을 전염시키는 박테리아는 아니다. 뉴욕이나 샌프란시스코에는 이 도시 인구의 20퍼센트가 넘는 레즈비언과 게이가 있다고 전한다. 어떤 통계는 미국의 인구 중 10퍼센트가 레즈비언이거나 게이라고 하기도 한다. 그러나 레즈비언 혹은 게이들이 스스로 레즈비언 혹은 게이라고 호적에 올리지 않는 한, 이들의 숫자가 정확하게 밝혀지지는 않는다. 어떤 주장은 위의 통계는 모두 과장된 것이고 미국의 인구 중 2퍼센트만이 레즈비언이거나 게이라고 반박한다. 그러나 이 말은, 미국 인구 2억 가운데 10퍼센트면 2천만, 2퍼센트면 4백만이 레즈비언이거나 게이라는 말이 된다. 어느 쪽을 따르거나 미국에 있어서의 게이나 레즈비언은 서울 인구의 전체 혹은 그 절반은 족히 되는 셈이다. 그런데도 미국 사회에서는 이들을 비난하거나 조소하는 사람이 없다. 만약에 누군가가 그들을 비난하거나 조소한다면 그들은 그날로 집단 항의사태에 직면하거나 법률에 의해 제재를 받아야 하는 형편에 도달한다. 게이나 레즈비언의 대부분이 정열이 있고 결집력이 있는 젊은이들이기 때문이다.

　성속(聖俗)은 구분하기 힘든 가치관의 문제다. 누구가 오늘 제니의 초대를 받은 저 게이 부부를 속된 자들이라 나무랄 것인가. 성은 성스럽게 사용하면 성스러워지고 속되게 사용하면 속되게 되는 양면성을 지니고 있다. 나는 이들 게이 부부와 함께 포도주를 마시면서 그들의 끓는 염원이 실현되지 않는 사회의 이모저모를 생각해 보았다.

　밤이 깊어간다. 이들 게이가 남기고 간 이야기며 신발소리는 오래 아파트의 벽이며 방, 거실이며 신장에 남아 나의 뇌를 흔든다. 게이와 함께 한 하루 저녁, 그것은 오랜 내 기억의 파편이 되어 때로 생각의 물살을 거스르며 내 의식의 파고 속에 부침할 것이다.

11

비 갠 오후에 또 택시를 몰고 나간다. 옥치옥에게 빌린 면허
증과 자동차로 대신하는 나의 운전이 그래도 아직 경찰의 단속
이나 제지에 걸려들지 않은 것은 사실 미국경찰들의 관대함 때
문이지만 그렇다고 내가 문제가 될 정도의 교통법규 위반을 하
지 않은 이상 그들이 나를 검문할 이유도 딱이 없는 요행을 나
는 분에 넘치게 4개월이나 누리고 있었던 것이다. 그러기에 이
제 나는 택시를 끌고 나갈 때에도 처음처럼 긴장하거나 조바심
을 내지 않는다.

비가 와서 오전엔 쉬고 비가 개는 것을 보고 택시를 끌고 나

온다. 파크에비뉴 쪽으로 접어드는데 한 여자가 택시를 잡는다. 여자의 손에 아직 우산이 들려있는 것으로 보아 여자는 아침 일찍 집에서 나온 것으로 보인다. 택시에 오르면서 그녀는 좀 멀리까지 갈 수 있겠느냐고 나에게 묻는다. 여자는 아직 서른의 중반쯤으로 보이는, 잿빛 피부를 한 여자이다. 몸피나 피부색깔로 보아 여자는 남미계로 보인다.

어디까지 가려느냐는 나의 물음에, 파이어아일랜드(불꽃섬)까지 가겠다,고 여자는 대답한다. 짤막한 대답이지만 대답 속에 섞인 여자의 영어는 비교적 정확하고 유창한 편이다.

「파이어아일랜드가 어디 있죠?」

하고 내가 묻자,

「아직 파이어아일랜드를 모르는가 보군요, 파이어아일랜드는 롱아일랜드의 동남쪽 끝에 있지요.」

하고 여자는 대답한다.

「거기는 한 번도 가 본 적이 없어 길을 모르는데요.」

하고 내가 난색을 표하자,

「내가 가리키는 대로만 가면 됩니다. 멀기는 하지만 좀 데려다 주면 고맙겠습니다.」

하고 여자는 「프리즈」를 연발한다. 그래도 내가 망설이자,

「시간은 여기서 약 두 시간, 퀸스를 빠져나가 내쏘를 지나 495번 프리웨이를 타면 됩니다. 거절하지 말고 좀 태워다 주세요.」

하고 그녀는 사정하는 투다. 나는 이미 차에 탄 사람을 내리라

할 수가 없어 그녀의 청을 받아들이기로 한다. 그리고 그녀가 가자는 대로 퀸스보로 터널을 빠져 롱아일랜드 쪽으로 차를 몬다. 퀸스를 빠져 플러싱을 지날 때까지는 거리가 우중충하고 집들은 기름때와 먼지에 얼룩져 어둡고 을씨년스런 모습만 눈에 들어온다. 그러나 495번 프리웨이를 타고부터는 풍경은 일변한다. 바람에 일렁이는 오크나무, 상수리나무들의 잎이 우거져 하늘을 덮고 숲 위를 날아오르는 비둘기, 갈가마귀의 날개가 차창에 그늘을 드리운다. 길 양편에 늘어선 졸참나무, 떡갈나무들의 그림자가 우산을 드리운다. 가끔 너도밤나무, 쥐똥나무, 이깔나무, 청단풍나무들이 가지를 잇대어 숲들은 서로 잎새를 부비며 저들끼리의 깊은 이야기에 취해 있다. 숲 안에는 태산목이 자라고 오리나무 썩은 잎새가 너구리들의 발목을 덮는다. 이들은 길 한 쪽 끝에 마천루를 지어놓고 다른 한쪽 끝에 천년 묵은 숲을 고스란히 지니고 있다. 길은 곧고 햇빛은 밝아 출구만 확인하면 가는 길은 어려울 것이 없다.

가는 길 군데군데는 노루가 뛰어나올 지도 모르니 운전을 조심하라는 경고판이 서 있고 우거진 숲과 나무들 사이로 난 길에는 가끔 가다가 너구리 오소리들이 차 바퀴에 치어 죽어 넘어진 것이 눈에 들어온다. 차를 달리다가 차 안으로 들어오는 지린내를 맡으며 나는 여자에게 묻는다.

「이게 무슨 냄새죠?」

「그것은 차 바퀴에 치어 죽은 스컹크 냄새죠.」

그리고 여자는 이어서 말한다.

「저기를 보면 해안이 보이죠? 거기가 존스비치에요. 그 쪽의 출구로 나가야 해요.」

나는 여자가 가리키는 대로 차의 방향을 잡는다. 싸인의 방향 쪽으로 핸들을 틀자 바로 앞에 바다를 가로지르는 긴 다리가 나타난다. 다리는 바다 위에 길고 둥근 타원형의 몸을 무지개처럼 틀어올리고 있다.

숲길에 둘러 싸인 프리웨이를 달리고 무지개처럼 몸을 튼 다리를 건너면서 바라보는 눈에는 끝없이 펼쳐진 바다, 흰 모래의 벌판이 아름다운 풍경화처럼 선명하게 들어온다. 바람 없는 바다는 마치 조용한 호수처럼 푸른 가슴을 펼친 채 뭍의 끝에 누워있고 그 위로는 하이얀 요트의 돛폭이 갈매기의 날개처럼 물살 위에 꽂혀 있다.

「아름다운 곳에 사는군요.」

「고마워요.」

「그런데 가는 곳은 어디죠?」

「아직은 좀 더 가야해요. 저기 보이는 숲 가운데의 타워를 돌아 그 뒤에 보이는 등대 쪽으로 가면 돼요. 너무 먼 곳이라 미안해요. 이 광장 끝 부분에는 차량 통제구역이 있어요. 거기서는 제가 통제원들에게 이야기해서 거기를 통과할 수 있도록 할께요.」

차가 광장을 돌아 솔숲이 있는 곳까지 갔을 때 거기는 제복을 입은 사내들이 핸드마이크를 들고 차량의 접근을 막는다. 여자는 차에서 내려 통제원들에게 다가가 무엇인가를 설명하더니 나에게 들어가라는 신호를 보낸다. 나는 사내들에게 손을 흔들어 보이고는 여자를 태우고 포장 안된 길을 먼지를 뒤집어쓰며 달린다. 싸리꽃이 피어 있고 쑥부쟁이, 바랭이풀들이 달리는 차바퀴에 넘어진다.

여자가 사는 곳은 불꽃섬의 끝, 남쪽 바다에 연한 초라한 바라크집이었다. 차가 여자의 바라크에 닿았을 때는 차는 먼지로 뒤덮여 잿더미 속을 뚫고 온 형상이다. 바다를 끼고 띄엄띄엄 늘어서 있는 초라한 지붕들은 햇빛 아래 처마를 드리우고 포장 안된 길 위에는 낡은 자동차 몇 대만 마을을 지키고 서있다. 여자의 집은 방파제가 마당의 끝에 닿아있는, 가끔은 방파제에 부서진 물방울이 처마에까지 튀어오르는 집이었다. 여자가 가리키는 집 앞에 다달았을 때, 여자는,

「이 집이 저의 집입니다. 먼 곳까지 오자고 해서 정말 미안합니다.」

하고 수첩에서 돈을 꺼내다가,

「당신은 어느 나라에서 왔습니까? 그리고 이름은 무어라고 하나요?」

하며 나를 쳐다본다.

「나는 코리언, 이름은 민관웁니다. 당신은 어느 나라에서 왔죠?」

「저는 도미니카 리퍼브릭에서 온 쏘피아에요. 미국에 온 지

이제 십칠년째지요.」

　여자는 손가락으로 17자 모양을 해 보이며 웃는다. 여자는 지갑에서 이십불짜리 지폐를 다섯장 꺼내어 나에게 주며,

　「돌아가면 곧 세차를 해야 할 거에요. 먼지가 많이 쌓였어요.」

한다. 나는 여자가 주는 다섯장의 지폐 가운데서 두 장을 집어 여자에게 돌려주고는 차를 돌린다. 그때 바라크 안 쪽에서 열명은 넘어 보이는 한 떼의 아이들이 여자를 향해 우루루 달려 나온다. 나는 갑자기 쏟아져 나오는 조무라기들을 보고 차를 멈추며 묻는다.

　「댁의 아이들인가요?」

　「예, 모두 제 아이들입니다.」

　「아이가 많군요, 모두 몇이나 되죠?」

　「열하나에요, 아들이 일곱, 딸이 넷.」

　「아버지는 직장에 가셨나요?」

　「아네요, 저는 남편을 갖지 않았습니다.」

　「이혼을 하셨군요.」

　「이혼이라뇨? 저는 결혼을 하지 않았습니다.」

　「결혼을 하지 않았다구요? 그러면 저 아이들은 어떻게?」

　「그게 궁금합니까? 그러시면 언젠가 한 번 저의 집에 다시 오세요. 그러면 모든 걸 알게 될테니까요.」

　나는 표정도 없이 아들이 일곱, 딸이 넷이라고 말하는, 결혼

도 하지 않고 아이가 열하나임을 자랑하듯 말하는 여자를 보며
할 말을 잊는다. 돌아오면서 나는 생각한다.

　결혼도 하지 않고 열하나의 아이를 가진 여자란 도대체 어떤
여자일까?

　남편도 없는 여자가 어떻게 그 많은 아이를 가졌으며 그나마
도 젊은 여자가 열하나의 아이를 가졌으면, 스무살부터 아이를
낳았다 해도 한 해에 하나 꼴의 아이를 낳은 셈이니 그러고도
몸을 지탱할 수가 있을까?

12

쏘피아와 헤어진 뒤 나는 다시 먼지 나는 길을 돌아 쑥부쟁이, 싸리밭을 지나 아까 들어온 길을 거꾸로 차를 몬다. 물살은 발 아래서 여전히 모래밭을 씻어내리고 갈매빛 바다 위에는 요트들의 돛폭이 한가롭다.

포장 도로가 나올 즈음, 아까 통과했던 차량 통제원들에게 손을 흔들어 주고 나는 통제소를 빠져나와 타워를 한 바퀴 돌아 차를 다리 위에 올린다. 다리는 무지개처럼 원형으로 바다 위에 떠있다. 다리 위를 건너가는 기분은 마치 경비행기를 타고 반공을 날아가는 느낌이다. 롱아일랜드와 그 새끼 섬 파이어아일랜드를 연결해 주는 이 다리는 아직 놓은 지 얼마 안돼 교각이나 상판이 힘이 없고 바다 위에 놓여 있어 먼지 하나 없는 산뜻한 다리다.

다리 아래로는 모래섬이 해안을 끼고 있어 해안은 처음으로 수영복을 입고 나온 여자의 허벅지처럼 하얗고 매끄럽다. 아직은 사람이 쏟아져 나오지 않아 리아스식의 물결이 만을 조용히 건드린다. 물 위로 가로놓인 다리를 건너면서 바라보는 해안의 광경은 한 폭의 풍경화다. 차를 몰며 바라보는 그 풍경화는 잠시 동안 구름여행을 하고 있는 느낌을 준다.

다리를 건너 북쪽 공원길을 타려고 차 머리를 돌리는 순간, 오른 쪽 도로 표지판에서 헌딩턴이라는 지명을 발견한다.

아, 저 쪽으로 가면 헌딩턴이구나. 거기에 가면 월터의 생가가 있다는데……

나는 헌딩턴이라는 표지판을 보고도 그곳을 들러지 못하고 다시 포장도로를 달려, 터널을 하나 빠져 나와 맨하탄으로 들어선다.

헌딩턴, 월터의 생가, 열하나의 아이를 가진 남편도 없는 여자, 쏘피아……

세차장에 가서 세차를 하면서도, 옥치옥을 찾아 화실을 가면서도 내 머리 속에는 줄곧 그런 생각으로 범벅이 된다.

옥치옥은 화실에 있었다. 나는 여자에게서 받은 돈을 모두 옥치옥에게 건네주면서 여자의 이야기는 하지 않고 월터의 이야기만 했다. 그리고 내일은 월터의 집엘 가야겠다고 옥치옥에게 말했다. 그러자 옥치옥은,

「월터라면 월터 휘트먼을 말하는 거죠?」

하고 내게 묻는다. 그렇다고 내가 대답하자,

「그렇다면 나도 함께 가고 싶은데요. 내일 나와 함께 갑시다」

하고 옥치옥은 나를 쳐다보며 말한다.

「화실은 어떻게 하고 거길 가려고 해요?」

「화실이야 뭐, 하루쯤 비워도 그만이죠. 아니면 루디아에게 잠시 맡기든지」

「그래요? 옥형이 괜찮다면 저야 더욱 좋습니다. 그러면 내일 열 시에 제가 옥형의 집으로 갈께요」

나는 옥치옥의 화실을 나와 천천히 아파트까지 걷는다. 차츰 거리와 집들에 불이 켜진다. 불이 켜지는 시간의 맨하탄은 화려한 의상을 갈아입고 수백개의 조명을 받으며 무대에 올라선, 전성기를 누리는 무희의 치마자락 같다. 빌딩들은 저마다 현란한 불을 켜고 마천루들은 고공을 향해 스펙트럼을 방사한다. 만상이 어둠 속에 잠기는 칠흑이라도 어둠을 이기고 제 실체를 대지 위에 드러내는 수천 혹은 수만의 첨탑들은 제 가진 방들과 제 지닌 몸매를 불빛으로 투영하며 아라베스크의 무늬들을 축제처럼 피워 올린다. 그들이 피워 올리는 찬란한 제전 속에 사람들

은 뛰고 굴리고 노래하고 춤 추며 밤의 향연 속에 묻힌다. 그러나 그 향연이 제 것이 아닌 사람들은 그것이 풍성하면 풍성할수록 더욱 쓸쓸해지고 그것이 화려하면 화려할수록 더욱 고독해진다. 나는 그 축제와 향연 속으로 다가갈 수 없는 이방인, 그 축제의 불꽃이 사위어지고 재만 남은 어둠 속에서 비로소 하룻밤의 편안을 얻는 나그네, 이름하여 동방에서 건너온 뉴욕의 불법 체류자.

그러나 어찌하리. 아무도 나에게 더운 손을 주려하지 않아도 나는 이곳에 발을 붙이고 살아가야 하는 이단자. 아무도 나에게 더운 가슴 주려하지 않아도 그것에 매달려 하루하루를 연명해야 하는 동방의 나그네.

이튿날 열 시에 나는 옥치옥과 함께 그가 새로 산 셰비를 타고 헌딩턴을 향했다. 헌딩턴은 롱아일랜드의 중간 지점에 위치한 조그만 소읍. 공원로에서 북쪽 방향으로 핸들을 꺾으면 바닷가에 연해 있는 작은 도시다. 이 도시를 끼고 있는 모든 들판은 밀밭길 아니면 포도밭길, 그런 한 이 곳은 뉴욕의 곡창지대, 시민들의 주식(主食)인 밀과 과일들의 공급지이기도 하다. 한 시간 여 차를 달려도 가끔 모습을 드러내는 것은 농가의 지붕 뿐, 나머지는 모두 밀밭과 포도밭, 그리고는 아직 개간도 하지 않고 방치해 둔 버려진 땅, 버려진 땅이라지만 계곡도 산봉도 없는 평원이다.

― 한국 사람들 같이 부지런한 사람들에게 이 넓은 평지를 제공한다면 그들은 금방이라도 그 땅을 개간하고 논밭을 일구어 부자가 될 수 있을 텐데, 그런 생각을 하는 동안 벌써 옥치옥의 차는 헌딩턴 시가지에 닿는다.

「민형, 다 왔습니다」

「네, 그래요?」

「여기가 민형이 보고 싶어 하는 헌딩턴입니다.」

눈을 뜨자 시골읍 같은 도시가 눈에 들어온다.

「차를 천천히 몰테니 월터의 생가 표지판을 찾으세요, 시가지 곳곳에 휘트먼의 집 표지판이 있다는 말을 들은 적이 있으니까요」

나는 옥치옥이 시키는 대로 표지판을 찾아 두리번거린다. 표지판은 어렵지 않게 눈에 들어온다.

「오른 쪽 싸인을 보세요. 거기에 휘트먼의 집이라는 표지가 있군요」

「아, 그렇군요, 그러면 오른 쪽으로 가 봅시다」

차가 오른 쪽으로 방향을 틀자 오분도 되지 않아 눈 앞에 휘트먼 몰, 휘트먼 극장, 휘트먼 스트리트가 나타난다. 스트리트 한 쪽 귀퉁이에는 휘트먼 까페, 휘트먼 레스토랑의 간판까지 보인다.

「이 동네는 완전히 휘트먼으로 포장된 동네군요」

옥치옥의 말에,

「한 시인의 이름을 이렇게도 기린다는 것은 부러워할 일 아니
겠어요?」
하고 나는 긍정과 찬탄의 말을 보탠다.

스트리트 끝 부분에 휘트먼의 생가 표지가 달린 집 한 채가
나타난다. 우리는 차를 골목에다 세우고 열려 있는 대문 쪽으로
발을 옮긴다.

3층의 목조 건물인 이 집은 이백평은 실히 되어 보이는 잔디
로 덮인 마당과 마당 가의 잣나무들로 그늘져 있다. 우리가 생
가의 현관에 들어서니 젊은 여자 안내원이 우리를 맞는다. 방문
객은 우리 두 사람 외에도 서양인 서너 사람이 더 있다. 안내원
은 방명록을 내어 밀며 우리더러 싸인을 하라 한다. 우리는 이
름을 쓰고 이름 뒤에 코리언이라고 썼다.

안내원은 코리언이라고 쓰는 우리를 보고,

「멀리서 왔군요, 휘터먼의 시를 읽어 본 적이 있나요?, 그리
고 휘트먼의 시를 좋아 하나요?」

내가 머리를 끄덕이자 안내원은 다시,

「그의 시의 형식에 대해 어떻게 생각 하나요? 내용은 어떻다
고 생각하나요?」
하고 쉬지 않고 질문을 던진다. 아마 동양서 온 방문객에게 대
하는 배려와 대접인가 보다. 우리는 그저 웃기만 했을 뿐, 아무
런 대답을 하지 않았다.

옥치옥이 안내원에게 묻는다.

「휘터먼의 생애에 대해 말해 주겠습니까?」

「월터는 목수의 여덟 아이 가운데 둘째 아들로 이 집에서 태어났죠. 그는 국민학교를 중퇴한 후 정규 교육을 받지 않았고 어릴 때부터 변호사 사무실의 급사, 신문사 식자공, 농부, 목수, 항만의 수위, 기자, 국민학교 교사, 등의 일을 두루 하면서 살았죠. 스무 살 때부터 신문의 제작에 착수하여 인쇄, 배달, 경영까지 혼자서 했으나 경영이 잘 안되어 실패하고 말았죠.」

그리고 그녀는 뒤에 놓여 있는 19세기식 인쇄기를 가리키며,

「이 인쇄기가 바로 월터가 『롱아일랜드 위클리』, 『데일리 이글』 등의 신문을 찍었던 인쇄기죠. 월터가 신문 제작에 착수한 것이 1839년이니까 저 인쇄기는 지금으로부터 약 백육십년 전의 인쇄기죠. 낡기는 했지만 아직도 인쇄는 가능하답니다」

그녀는 밝게 웃으며 어깨를 한 번 들었다 놓는다.

나는 생각한다. 1839년이라면 최남선이 한국에 첫 인쇄기를 들여놓고 『소년』이나 『청춘』을 찍던 1908년 보다 칠십년은 더 이른 것이구나. 활판에 묻어 있는 인쇄 잉크만 바꾸어 주면 지금도 인쇄가 될 수 있겠구나. 나는 보관대에 놓여 있는 수동식 인쇄기의 손잡이를 가볍게 만져본다.

그녀는 다시 설명한다.

약 사백 팔십편에 달하는 그의 시에 담긴 사상의 골짜는 자유

인으로서의 인간, 대중과 함께 있는 민주적 인간, 그것이라고 할 수 있지요. 그러기에 그는 연작시 「나 자신의 노래」에서 끊임없이, 자아는 우주의 중심, 나 자신은 우주의 총화라고 노래했지요. 이런 정신은 미국인의 개인 존중 사상과 민주적 시민의식에 직결되는 것이라고 할 수 있습니다. 그러기에 월터는 인간위에 인간이 있을 수 없고 모든 인간은 평등하다고 줄곧 노래했지요. 월터는 검둥이와 흰둥이를 구별하지 않았고 장군과 사병을 구별하지 않았으며 상원의원과 신문 배달꾼을 구별하지 않았습니다. 월터는 기독교의 신도 자연신을 능가하지 않으며 이세상에 절대적인 것은 없다고 노래했죠. 그러한 월터의 범신사상은 마침내 성기와 성행위의 찬양에까지 이르러 한 때 그의 시집이 판매금지 처분을 받은 일도 있습니다.

그러나 그의 시는 결코 외설이 아닙니다. 다만 그는 범신사상, 평등사상을 강조하려고 성기와 성행위의 찬양을 시에 담았을 뿐입니다. 그것은 그의 대표작들이 링컨대통령의 죽음을 애도한 시들에서 절정을 이루는 것만 보아도 확실한 거죠. 필요한분은 월터의 시 「지난 봄 라일락이 일찍 앞 마당에 피었을 때」를 읽기 바랍니다. 월터는…………
하는 그녀의 말이 옥치옥의 물음과 겹치자 그녀는 잠시 설명을 중단한다.

「월터는 결혼을 했나요? 그리고 아들 딸은?」

옥치옥이 묻자, 그녀는 잠시 생각에 잠기다가,

「월터는 결혼을 하지는 않았습니다. 그러나, 그는, 시와, 결혼을 했습니다.」

설명을 듣는 여러 사람이 함께 소리내어 웃는다. 옥치옥과 나는 방문객의 뒤를 따라 월터의 서재며 침실, 거실이며 신문 제작실 등을 둘러보았다.

옥치옥은 이층을 오르는 계단을 밟으며 나에게 말한다.

「민형, 월터는 결혼을 하지 않고 살았어요, 그는 호모였지요.」

「그래요? 호모라면 게이 아니에요?」

「비슷한 거지요, 그러나 게이처럼 정식으로 남자를 부인으로 데려와서 동거를 한 것은 아니니까 그저 호모라고 하는 것이 낫겠지요.」

옥치옥은 돌아오는 차 안에서 그가 산 휘트먼 시집을 나에게 넘겨주며 읽어 보라고 한다. 나는 무심코 한 페이지를 넘기다가 다음 시구에 눈이 멎는다.

월터 휘트먼
나는 살집 좋고 욕정이 넘치고 잘 먹고 잘 생산한다
방종하지도 않고 그렇다고 도학자도 아니다
나는 가끔 듣는다, 별들이 짝 짓는 소리, 자궁과 정자가 만나는 소리
성과 욕정의 소리, 성교는 내게는 추악하지 않다
나는 성욕과 식욕을 버릴 수 없다
반투명의 나의 모형, 정액, 그것이 나다

탄탄한 보습날, 그것이 나다
생식 충동을 이루는 모든 것이 나다
남의 젖가슴에 몸을 부벼대는 젖가슴, 그것이 나다
부드러운 음부로 얼굴을 간지려 주는 바람
내가 쥔 손, 내가 키스한 일이 있는 얼굴
내가 일찍이 그 살 속에 파고 들어간 일이 있는 인간
그것이 나다
거기에 네가 있고 여기에 풍부한 나 자신이 있다.
그것은 모두 감미롭다

　나는 이 구절을 운전을 하고 있는 옥치옥의 귀에 대고 읽어주
며,
　「참으로 솔직하고 용감한 사람이군요, 자신을 이렇게 숨김없
이 나타내는 걸 보니」
　「그렇군요,그렇다고 월터가 반드시 색정주의자는 아니에요,
그는 링컨을 그토록 존경했고 링컨의 죽음을 그토록 슬퍼했음
을 보면요.」
　「그 시는 어디 있지요?」
　「뒷 면을 좀 더 넘겨 보세요, 그러면 그의 시『지난 봄 라일락
이 일찍 앞 마당에 피었을 때』가 나올 거에요.」
　뒷 면을 넘기면서 나는 옥치옥이 읽어라는 시를 소리내어 읽
는다.

지난 봄 라일락이 일찍 앞 마당에 피었을 때
그리고 밤에 큰 별이 일찍 서녘 하늘에 질 때
나는 서러워했다.
그리고 여전히 서러워하리라, 해마다 돌아오는 봄과 더불어

13

　나는 서른 네 번째의 실패작 「그들의 청동시대」에서 이렇게
썼다.

　그녀는 작고 어여쁜 입술을 가지고 있다. 그녀는 반짝이는 눈
과 장미꽃 잎새를 닮은 귀를 가지고 있다. 나는 엘리베이터도 없
는 그녀의 작은 아파트 4층을 오르내리며 안개처럼 그녀에게 스
며들었다가 바람처럼 그녀의 방을 빠져나온다. 내가 그녀의 아파
트에서 돌아오는 길에는 얼마전까지는 파밭과 옥수수밭이었다가
지금은 집터로 비워둔 공터가 있다. 공터를 지나면 새로 생긴 실

내 수영장과 아직 짓지 않은 우체국 부지가 있고 우체국 부지를 지나면 뒷 편으로 들깨꽃이 듬성듬성 피어있는 호숫가의 둑이 나온다. 봄날이면 연두빛 잎을 헐미처럼 드러내는 수양버들이 호수 위에 긴 가지를 드리우고 아직 사람이 다닌 흔적이 없는 새벽길은 풀섶에 이슬 방울이 맺혀 풀숲길을 지나는 발을 적신다.

그녀는 나를 기다리지 않는다. 그러나 나는 때로 그녀에게 간다. 약속없는 만남은 오히려 설레이고 커튼 안의 맨살의 부딪침은 저녁놀같이 황홀하다. 그녀가 가진 서른네살의 향연은 터져버린 강둑같이 범람한다. 그 설레는 익애의 밀실에서 나는 내 가망없는 청동시대를 꿈꾸기도 했다.

내가 이런 글을 썼던 것은 그것 자체가 실패를 위한 반복 연습에 불과한 것이었지만, 친절(?)하게도 실패한 원고를, 「잘 읽었습니다. 더욱 정진하시기 바랍니다」라는 쪽지와 함께 반송해 주는 신문사 문화부의 배려로 서른네번째의 실패를 확인한 후 나는 그것의 실패를 위한 축배를 들고 싶은 기분이 되었다.

그것은 실패에 대한 대상 없는 저항이라든지, 실패를 향해 날리고 싶은 저주의 화살 따위는 아니었다. 내가 이런 실패에 대한 축배의 잔을 들고 싶은 이유는, 어쩌면 그것마저 사치요 장식일는지도 모르지만, 저 따위 감각적인 문장, 저 따위 부질없는 이야기, 일천이면 일천의 글장이들이 이미 다 써먹어 버린, 남루하고 파렴치한 통속물을 내가 신인이라는 이름을 달고 그

것을 대동하고 나간다면 나의 문학은 나의 주인이 아니고 나의
노예, 나의 성전(聖殿)이 아니고 나의 비천한 사랑방의 췌음술
에 불과한 것이 되기에 알맞은 것이겠기 때문이었다.

나는 팔백장의 실패한 원고를 불태워버리려고 반송된 원고를
들고 집을 나가 산 밑, 호숫가 둔덕으로 가는 택시를 탔다.

나는 실패한 원고를 매일 정오가 되면 종소리를 딸랑거리며
들이닥치는 청소차의 쓰레기 속에 집어 던질 수도 있고 가위를
집어 갈기갈기 그것을 조각내어 연탄불 위에 올려놓을 수도 있
었지만 그러나 그것을 불태우는 데도 약간의 의식, 그것에 들인
내 정성에의 위무를 위한 약간의 절차는 있어야겠다는 생각이
들었기에 나는 그것을 곧장 쓰레기차에 던져버리거나 연탄불
위에 올려놓지 않고 그것을 가슴에 끌어안고 모종의 의식을 위
한 외출을 감행했던 것이다.

그러한 나의 외출은, 나의 그것에 대한 부끄러운 애정, 그것
에 대한 못난 애착 때문이기도 하지만, 그 실패로 말미암아 붓
을 던지겠다는 결연을 스스로 갖추지 못한 그때의 나로서는 그
것을 쓰레기나 연탄불에 올려놓는 잔인보다 그것에 대한 짤막
한 의식을 통해 나의 다다르고자 하는 다음 번 관문에의 결의를
다지는 계기로 치환하고자 하는 의도가 승했음을 나는 지금도
기억한다.

나는 그것을 불태워 없애는 장소를 산 밑의 호숫가로 정하고
성냥을 호주머니에 넣고 택시를 탔다. 그것은 아무리 실패한 원

고, 실패가 오히려 경하스런 속되고 저열한 원고뭉치라 할지라
도 나의 팔개월 동안의 집중, 팔개월 동안의 초조와 뇌려(惱
慮), 팔개월 동안의 시름시름 앓은 병증의 기록, 팔개월 동안의
내 근심덩이의 편철(編綴)이었기 때문이었다.

택시는 어지러운 집들과 길들을 지나 내가 가자는 호수 쪽으
로 거침없이 달린다. 혈색이 좋고 몸집이 실해보이는, 그것으로
보아 성격이 급하고 과격할 것으로 보이는 젊은 운전사는 특공
대의 탱크처럼 목표를 향해 거침없이 달린다. 나는 택시가 바퀴
를 굴리기 시작한 지 십분도 못가 곧 택시를 탄 것을 후회했지
만 달리는 택시 안에서 그것을 수정할 수도 제지할 수도 없어
모든 것을 운전사에게 맡기기로 한다. 나는 운전사를 바라보며,
조금만 천천히 달려줄 수 없겠느냐,고 묻고 싶었지만 그 말이
되레 운전사를 화나게 만드는 말이 될까하여 일으킨 몸을 다시
등받이께로 가져간다.

택시는 실개천이 놓인 다리를 건너 굽은 골목을 서너번 돌아
다시 상추밭과 깨밭이 있는 공터를 지나 밤이면 포장마차가 길
양켠으로 성시를 이루는 둑길을 돌아 시위를 떠난 화살처럼 쉴
새 없이 달린다. 택시는 아슬아슬하게 골목을 지나 공터를 돌면
서도 조금도 주저하거나 속력을 늦출 기미를 보이지 않는다. 나
는 한번 더 운전사에게,

「조금만 천천히 갈 수 없겠습니까?」

라고 말하려고 몸을 앞으로 기울인다.

그때 내 눈 앞에 전봇대 하나가 나타났는가 했는데 그 이후의 사태에 대해서는 나는 전혀 아는 것이 없다. 내가 기억하고 있는 것은 내 눈 앞에 전봇대가 나타나자 무언가 세찬 소리가 딱— 하고 차의 범퍼를 치는 소리를 들은 것 같은 느낌 뿐이다. 순간적이었고 예상하지 못했던 일이었다.

우리를 둘러싸고 있는 사물들과 환경들은 우리에게 순응적이고 화해적이기도 하지만 때로 그것은 우리의 적이 되거나 흉기가 되기도 한다. 우리의 적, 우리를 해치는 흉기로서의 사물, 그것은 밖에도 있고 안에도 있다. 산과 강, 들길과 안방, 부엌과 서랍에도 있다. 구두와 장갑, 볼펜과 수저에도 그것은 있다. 잊지 말아야 할 것은 가장 친근한 물상이 때로 가장 무서운 적이 될 수 있다는 것, 가장 편리한 사물이 때로 가장 큰 흉기가 될 수 있다는 일이다.

몇 시간이 지났을까?

내가 눈을 떴을 때는 나의 몸은 외과병원의 침대에 누운 채였고 에테르 냄새가 옷이며 머리카락이며 손바닥까지 아찔하게 코로 스미는 늦은 밤이었다. 가운을 입은 의사와 간호원들이 끄는 슬리퍼 소리가 내 머리맡을 스치고 있었고 침대의 머리쪽으로는 누가 갖다 놓았는지 안개꽃 속에 묻힌 장미가 한 다발 놓여 있었다. 나는 천장을 바라보면서 긴 숨을 몰아 쉬었다. 그때 곁에 있던 간호원이 미소를 띠며,

「정신이 좀 드세요?」

하고 말했다.

「여기가 어디죠?」

「여기는 삼진외과예요. 하마터면 큰 일 날뻔했어요.」

「내가 어떻게 여기까지 왔지요?」

「네, 차츰 알게 될거에요, 안정이 필요하니까 잠을 푹 자도록 하세요.」

나는 폭음을 한 다음 날 아침처럼 속이 메스껍고 머리가 무거운 것을 느끼고는 찬물을 한 컵 달라고 청했다. 간호원은 물 주전자를 내 머리맡에 갖다 놓으면서,

「이것은 어느 아가씨가 전해 달라면서 여기 두고 간 거에요. 저 장미꽃과 함께.」

하고 말했다.

나는 간호원이 건네주는 쪽지를 받았다.

— 관우씨, 이만함도 큰 다행이라고 생각하세요. 그리고 봉투에 든 원고는 혹시 분실되기라도 할까봐 제가 가져갑니다. 또 오겠습니다, 수미

나는 다시 잠을 잤다. 내가 다시 잠에서 깨어났을 때는 이튿날 정오쯤, 머리를 짓누르는 통증도 없었고 심한 운동을 하고 났을 때처럼 저리고 뻐근한 팔 다리의 진통도 없어 나는 더 이

상 병원에 머물 필요를 느끼지 않았다. 나는 병원 측에서 한 이
틀을 더 기다렸다가 퇴원하는 것이 좋을 거라는 권유를 듣지 않
고 집으로 돌아왔다.

　나의 서른네번째의 실패작 「그들의 청동시대」는 그렇게 하여
나로 하여금 고통스런 축제를 강요한 쓰라린 기억을 남기고 말
았다. 그것은 그것이 가진 팔백장의 무게만큼 나에게 제 분신
(焚身)의 몸값을 요구한 것이었고 그 팔백장의 원고 안에 담긴
십육만개의 글자들은 나를 향해 노기등등한 목소리로,

　— 너는 천치다. 너는 네 정신의 알맹이들을 헛된 시간의 사
막 위에 흩뿌리고 다니는 반푼이. 너는 우리를 네 마음껏 혹사
하고 조종하다가 네 스스로가 너를 감당하지 못하고 쓰러져 버
린 낙방생. 우리는 너를 향해 외치노니 너는 영원히 실패를 자
행해야 할 저능인간, 글을 쓴다는 것을 핑계삼아 너 스스로의
생을 속이는 비겁자, 일고의 가치도 없는 룸펜. 우리는 이제 너
와의 결별을 기뻐하노니 너는 다시 우리를 불러 너의 지푸라기
같이 텅빈 뇌수와 너의 가화(假花)조각 같은 노트 위에 우리를
징용하거나 강제동원하려 하는 어리석음을 저지르지 말라. 우
리는 너와의 결별을 축하하노니 한 번더 우리는 너의 감은 눈
위에 너의 실필(失筆)을 위한 축배의 잔을 든다.

고 외친다.

내가 불태워버리려고 한 그 원고, 내가 팔개월 동안의 애증(愛憎)을 아쉬워하며 쓰레기차에 던져버리지 못하고 푸른 산속, 맑은 호숫가에서 일단의 의식을 치르고 향불같이 사를려고 했던 그 글뭉치는 나의 의도와는 상관없이 그렇게 하여 한 여자의 서랍 속으로 들어갔다. 그 여자는 아직도 신문사에서 반송된 그대로의 봉투를, 주둥이만 찢긴 채 잉크 흔적도 선명한 그 원고뭉치를 그녀의 책상 위에 올려놓고 몇번 질시의 눈으로 바라보다가 마침내는 어느 벽장 구석에 쳐박아 넣든지 아니면 커피를 마시면서 그것의 첫 구절,

　— 우리의 청동시대는 봄볕살 같은 것이 아니었다. 우리의 청동시대는 청자빛 추억의 그늘 속에 묻힌, 들추어 볼수록 아름다운 연두빛 일기장 같은 것이 아니었다. 우리의 청동시대, 거기엔 눈물보다 진한 회한이 있고 결별보다 아픈 상흔이 있다. 칼날 같은 잔인이 있고 뇌우같은 엄혹이 있다, 그것은 사랑이기 보다는 증오, 복음이기 보다는 저주의 빛깔을 띤 우리의 병력(病歷), 남들은 푸르다고 말하는, 나에게는 회색빛이기만 한 스물의 회한, 바람 센 날들의 기록이 있다.—

를 예정없이 읽을런지 모른다.

　다시 오겠다고 쪽지를 남기고 간 그녀는 내가 하루 낮과 밤을

보낸 그 병원으로 다시 오지 않았고 내가 집으로 돌아온 후 한 주일이 지나도 나에게 안부를 묻는 전화 한 번 하지 않았다.

나는 해일이 지나간 바다처럼 썰렁하고 고즈넉한 날들을 맞으면서도 마음 속에 일어나는 수많은 생각의 종잇장들을 산지사방 바람에 날려보내는 날들만 맞고 보냈다. 어떤 친절한 얼굴도 나의 공허를 메꾸어 줄만한 힘을 가진 사람은 없었고 어떤 따뜻한 말도 나의 허망을 채워줄 수 있는 복음은 없었다. 배고프면 밥 먹고 잠 오면 잠을 자는 나날을 나는 짐승처럼 맞고 보냈다.

그런 시간이 또 한 주가 지나갔다. 해 그리메가 창의 동쪽에서 서쪽으로 잔광을 남기며 사라지는 것을 손뼘으로 재며 나는 하루에 열 발자욱도 걷는 일 없이 눕거나 앉아서 두 주를 보냈다. 그러던 어느 날 오전, 두 주의 침묵을 깨고 책상 위에 놓인 전화가 벨을 울렸다. 그것은 전화라기 보다 제가 아직 죽지 않고 살아 있다는 발악 같았다. 나는 전화를 받을까 말까 망설이다가 벨 소리가 세 번째 울릴 때 나도 모르게 손이 수화기에 닿았다.

「민관우씹니까?」

「예, 그런데요.」

「여기는 허상균변호사 사무실입니다. 선생과 몇가지 상의할 일이 생겼으니 사무실로 좀 나와 주시면 좋겠습니다.」

「저와의 상의라구요?」

「예, 그렇습니다.」

「상의의 내용이 어떤 것인지를 전화로 말해주실 수는 없을까요?」

「예, 직접 만나서 이야기해야 할 성질의 것입니다. 될 수 있으면 빠른 시간 안에 저의 사무실로 나오시는 것이 좋겠습니다.」

그러고는 전화가 끊겼다.

변호사 사무실로, 될 수만 있으면 빠른 시간 안에, 도대체 무슨 일일까? 나는 나에게서 일어날 수 있는 몇 가지 일, 변호사 사무실에까지 가야할 사안의 발생을 허구처럼 떠올리고 추리했으나 감에 잡히는 것이 없었다. 그때까지 나의 머리에는 검사며 변호사, 검찰이며 법원 따위의 말들은 사전적으로만 존재할 뿐, 그것이 이 세상에 있는 실체인가는 전혀 미지의 것으로 있었다. 그러나 오늘 실지로 허상균변호사 사무실이라는 이름으로 전화가 온 것이다. 나는 내 안에서 일어나는 궁금증에 이끌려 곧 사무실로 갔다. 나를 맞은 사람은 변호사 사무실 서기였다.

「무슨 일로 나를 보자고 하셨습니까?」

나는 대뜸 서기에게 그렇게 물었다. 그때 곁에 있던 사무원 아가씨가 서류함에서 한 장의 봉투를 서기 앞에 갖다 놓았다.

「한수미라는 여자를 압니까?」

서기는 차갑게 물었다. 서기의 입에서 흘러나온 한수미라는 말이 나에게는, 언젠가 한 번 내가 만져 본 사물, 돌멩이나 나무 껍질 같은 것으로 다가왔다.

「압니다.」

「그 여자의 문젭니다.」

「그 여자가 어쨌다는 겁니까?」

「그 여자가 선생을 고발하겠다는 겁니다. 이것은 그 여자가 우리 사무실에 의뢰한 소장(訴狀)입니다.」

서기는 봉투를 가리키며 그렇게 말했다.

「좀 더 자세히 말씀해 주실 수 없겠습니까?」

「더 자세한 이야기는 없습니다. 한수미씨의 소장은 선생이 쓴 소설이 자신의 사생활을 그대로 베낀 것이라는 것입니다.」

그제서야 나는 모든 사태를 이해할 수 있게 되었다. 나는 웃으며 말했다.

「아니, 나는 글 쓰는 사람입니다. 아니 글을 쓰려다가 실패한 사람입니다. 내가 쓴 글은 내 상상에 의한 것일 뿐, 그것을 어떻게 읽고 어떻게 받아들이느냐 하는 것은 전적으로 그 사람의 자윱니다.」

「무슨 말인지 압니다. 그러나 그 여자의 태도는 단호합니다. 그리고 선생의 글이 그 여자의 사생활, 심지어는 그 여자의 알몸의 묘사임이 분명한 구절이 수도 없이 많다는 것입니다. 만약 그렇다면 그런 문제는 법적 사유가 될 수도 있음을 감안해야 합니다.」

「글쎄요, 여자가 사는 방, 여자의 알몸이란 게 다 비슷하다면 비슷한 것인데 무엇으로 그녀는 내 글이 꼭 자신의 것이라고 하는지 나는 잘 모르겠는데요.」

「선생이 쓴 이런 구절, 그 여자의 문에는 사백육호라는 아파트 번호가 검은 글씨로 쓰여 있고 그 아래는 그 여자의 손이 찍었음직한, 살이 없는 손자욱의 흔적이, 손가락의 길이만큼 희미한 반점으로 남아 있는 것을 볼 수 있다. 그녀의 목재 장롱은 낡아 험집이 많고 손잡이 아래는 열쇠를 잃어버려 칼과 쇠꼬챙이로 자물쇠를 열면서 파놓았음직한 열쇠 크기의 험집이 나있다. 또는........」

서기가 내 글의 몇 부분을 읽을 때 나는 쓴 웃음을 날리지 않을 수 없었다. 서기는 읽기를 계속했다

「그녀의 코와 윗 입술 사이에는 까만 점이 하나 있고 그 점과 꼭 같은 점이 배꼽의 오른 쪽 위에 또 하나 있다. 그녀는 평소에는 긴 치마를 즐겨 입는데 그 이유는 그의 왼쪽 무릎 아래 천연두 자국만한 화인(火印)이 있어 짧은 치마를 입으면 그 화인이 겉으로 드러나기 때문이다, 는 등이 자신의 적나라한 묘사라는 겁니다. 그리고 선생의 글이 자기자신의 묘사임이 확실한 것은 주인공 이름이 한수미, 바로 자신이며 자신과 선생이 나눈 대화, 선생과 자신이 가진 세 번째의 잠자리가 그대로 묘사되어 있다는 겁니다. 두 분만의 비밀스런 잠자리 장면까지야 우리가 진위를 가릴 수가 없겠지만요.」

「소설가의 상상으론 그런 정도의 묘사란 얼마든지 가능한 겁니다. 입술에 반점이 있거나 배꼽 밑에 반점이 있는 여자가 어디 한두 사람이겠습니까?」

「그건 저 한테 할 이야기는 아닙니다. 그 여자의 배꼽 아래의 반점 유무는 그 여자나 선생만이 알 일, 문제는 그 여자의 마음과 태도입니다.」

「설령 그렇다고 해도 그 글은 당선되어 발표된 것이 아니고 낙방되어 발표되지 않은 것입니다. 더욱이 나는 그 원고를 불태워버리려고까지 한 것이기도 하고요.」

「그 여자는 이미 신문사 문화부나 심사위원이 그 글을 여러 부 복사해서 읽었고 원고는 반송되었으나 복사본이 어디엔가 남아 있다는 겁니다. 그리고 그 원고를 자기가 못보았으면 모르거니와 자신이 본 이상 문제로 하지 않을 수 없다는 겁니다. 우리가 보아 여자의 소(訴)와 청원의 사유는 성립된다고 봅니다.」

「그렇다면 어떻게 하는 것이 좋겠습니까?」

「글쎄요, 당사자들의 태도여하가 문젭니다. 저는 한수미씨에게, 아직 노출되지 않은 일을 들추어 내어 소에 붙인다 해도 두 사람 모두에게 덕이 될 게 없지 않느냐하고 고소의 취하와 화해를 권유했습니다만, 그녀는 자신의 생각을 굽힐 기세를 보이지 않았습니다. 선생이 그 여자를 한번 만나보는 것도 좋은 방법이 될 듯합니다.」

「알겠습니다.」

나는 곧 변호사 사무실을 나와 집으로 돌아왔는데, 그 후 나는 그 여자를 만난 일도, 변호사 사무실에 다시 전화를 걸어본 일도 없이 골방 속에 묻혀 해를 넘기면서 또 다시 다섯 번의 실패의 기록을 쌓은 뒤 삶을 낯선 나라로 옮긴 것이다.

그 원고는 아직도 그 여자의 서랍 속에 들어있을 것이고 그 여자는 언젠가는 그 원고를 들고 또 변호사 사무실을 찾을런지도 모르는 채.

14

옥치옥과 함께 월터의 집을 다녀 온 지 나흘이 되는 날, 나는 제니의 아파트에서 오전을 보내고 오후 늦게 소호에 있는 옥치옥의 화실엘 들렀다. 옥치옥은 진한 기름물감으로 얼룩진 작업복을 입고 캔버스 앞에 서서 무언가 열심히 생각하고 있는 모습이었다. 그가 작업 중인지라 그냥 돌아설까 하는데 인기척을 들은 옥치옥이 나를 불러 세웠다.

「민형, 왜 그러고 있어요? 이리 와 앉지 않고?」

「작업 중이시라 방해가 될까 해서요.」

「괜찮습니다. 가끔은 쉬기도 하고 가끔은 게으름을 피워도 보는 게 환쟁이들의 근성 아닙니까, 앉으세요.」

　자리에 앉으려다가 그가 그리고 있던 그림이 눈에 들어와 나
는 잠시 그의 캔버스에 얹힌 그림을 본다. 그림은 백호 쯤으로
보이는 유화인데 아직도 에스키스 상태를 벗어나지 못한 초벌
단계로 그 윤곽과 형상이 어디서 많이 본 듯한 것이었다.

　「옥형, 이 그림의 윤곽이 눈에 익은데요.」

　「그래요? 민형의 눈이 대단한 관찰력을 가졌군요, 아직 나도
형체를 어떻게 구체화시킬까 궁리하고 있는 중입니다만.」

　「이 그림은 지난 번 우리가 워싱턴스퀘어 광장을 지날 때에
보았던 젊은이들의 거리의 연주 광경으로 보이는데요.」

　「그렇습니다. 그렇지만 아직 실루엣만으로는 앞으로 어떻게
그림이 진전될 지를 확실히 말할 수가 없습니다.」

　「그 젊은이들의 거리의 연주 광경이 인상이 깊었던 거군요.」

　「그렇습니다. 나는 이 그림을 단순히 연주하는 젊은이들로 국
한시킬 것인지 아니면 불루칼라들의 노동현장으로 메타몰퍼즈
할 것인지를 생각하고 있는 중입니다.」

　「주제가 무겁군요. 좋은 그림이 되길 바랍니다.」

　그런 말을 주고받는 도중 옥치옥과 나의 이야기는 자연 한국
의 청년문화로 이어졌다.

　「옥형은 여전히 미국식 해체보다 한국식 테마톨로지에 매몰
되어 있군요?」

　「꼭 그런 것은 아니지만 내가 민형을 만나고부터 다시 한국적

195

인 사고로 돌아간 것 같은 느낌입니다. 이것을 회향(回鄕)의식
이라고 해야할 지, 아니면 복고의식이라고 해야할지.」

「회향이라 해도 괜찮고 복고라 해도 상관 없겠지요, 작가에게
중요한 것은 그 작가의 감정의 거울에 비친 현실의 모습 아니겠
어요? 그 현실의 모습을 얼마나 정직하고 충실히 반영하느냐
가 문제지요.」

「그래요, 그동안 나는 서양사람들이 하는 퍼포먼스나 탈구조,
대상으로부터의 떠나기 작업도 몇 번 흉내 내어 보았지만 그것
은 붓을 놓고 바라보면 언제나 내 그림이 아닌 것 같은 느낌이
들어 쑥스럽기만 하더군요. 그러니까 자연 그림이 테마를 갖게
되고 메시지를 향하게 되더군요.」

「나쁘지 않습니다. 정진하십시오.」

「그런데 나에게 아직도 자꾸만 걸리적거리는 것이 하나 있어
요.」

「걸리적거리는 것?」

「예, 그것은 불루칼러 혹은 성난 젊은이들의 형상을 화폭에
담는 것인데 그렇게 되자면 미국의 노동자들 혹은 미국의 젊은
이들을 담는 게 아니고 한국의 노동자들 혹은 한국의 젊은이들
을 담아야 하거던요. 그런데 나의 감각에는 미국의 젊은이들은
사실적으로 다가오지만 한국의 젊은이들은 자꾸만 추상화되기
만 한단 말이에요.」

「그거야 옥형이 지금 미국에 있으니까 그렇겠지요.」

「그런 이유도 있겠지요. 그러나 내 머리 속에 부각되어 있는 한국의 젊은이 혹은 한국의 노동자들이 노동문화를 사랑하고 노동문화에 애착을 느끼는 것은 실천적이라기 보다 관념적이었다는 느낌으로 내게 다가서거던요. 내 느낌으로는 한국의 젊은이들이 노동자나 노동문화를 관념으로만 이해하고 관념으로만 사랑하거나 연민을 느낀 것이나 아닌지 하는 생각이 자꾸만 들어요. 그 생각이 걷히지 않는 한 나는 이 그림을 밀고 나가기가 매우 힘겨워요.」

「왜 그런 생각을 하게 되었을까요?」

「딱이 나도 그 이유를 모르지만, 곰곰 생각해 보면 이래요. 내 생각으로는 한국의 젊은이들만큼 노동을 구호로 삼은 나라도 그 예를 찾기가 힘들지 않나 싶어요. 그러나 한국의 젊은이들 이 외쳤던 노동자 혹은 노동문화는 실천적인 것이기 보다 그야말로 명분을 위한 구호가 아니었나 하는 생각이에요. 그 말은 한국의 젊은이들만큼 노동을 외치면서도 노동을 폄시하고 노동을 구가하면서도 노동을 싫어하는 젊은이도 없다는 생각이지요.」

「판단이 잘 안서는데요.」

「대학을 졸업하고 교문을 나서도 취직자리가 없는 젊은이들, 대학에서는 노동을 찬양하고 노동운동을 제창한 젊은이들이 졸업을 한 뒤 노동자가 되는 사람이 거의 없다는 사실, 창원공단이나 울산공단에 해마다 노동직 채용광고가 나가도 고등교육을 받은 사람이 선뜻 그 자리에 응모하는 사람이 없다는 것, 공단의 여성 근로자 모집에는 희망자가 없으면서도 백화점 세일즈우먼 모집에는 대학 뿐 아니라 대학원 출신의 여성까지 모여들어 일백대일이 넘는 경쟁률을 보인다는 사실 같은 거 말이에요.」

「나도 언젠가, 우체국 집배원 모집에 대졸 경쟁자가 오십대일이 넘었다는 말을 들은 적이 있긴 합니다. 그러나 관념적으로나마 노동자나 노동문화를 사랑한 것은 젊은이들의 충정이고 애정 아니겠어요? 다만 관념이 실천으로 나아갈 시간의 마련이 필요한 거겠지요. 기다리다 보면 관념상의 사랑이 비축된 힘으로 승화되는 날이 올지도 모르니까요.」

「그렇게 되길 나도 바래요. 그러나 내 생각으로는 그것은 비관적이에요.」

「그러면 한국의 젊은이들이 사랑하고 노래했던 노동문화, 노동자에의 사랑은 허구였다는 겁니까?」

「내 생각으로는 그렇다고 할 수 있습니다.」

「옥형의 생각과 내 생각은 조금 다른데요. 한국의 젊은이들에게 입으로는 노동을 외치면서도 실지로는 육체노동을 싫어하는 현상이 있음은 동감입니다. 그런데 그렇게 된 이유가 어디에 있느냐 하는 것에 대해서는 옥형은 말씀을 하지 않는군요. 한국의 젊은이들이 육체노동을 싫어하는 이유는 여러 가지로 생각할 수 있을 것입니다. 그 가운데 가장 중요한 이유로는, 한국인에게는 전통적으로 사대부 근성이 있다는 것, 이를 달리 말하면 먹물근성이라고 할 수 있겠지요. 노동을 천시하고 공상(工商)

을 폄시했던 우리네 조상의 인습이 아직도 한국의 젊은이들 마음 속에 잠재해 있다는 것이지요. 그러나 오늘의 젊은이들이 실지로는 노동을 기피하고 노동자가 되기를 싫어하면서도 관념상으로나마 노동문화, 민중문화를 기린 직접적인 이유는 전통과 인습보다 더 가까운 데에 있는 것이 아닌가 합니다. 그것은 그러한 신세대에게는 허물어버리고 싶은 벽을 기성세대가 구축해 놓고 있었다는 것입니다. 기성문화의 폐쇄성, 성인 문화의 배타성은 그들 신세대에게는 적이요 무너뜨리고 싶은 성채일 수밖에 없는 우상 같은 존재일 테니까요. 그들에게는 마음껏 사랑할 대상이 없고 마음놓고 울어볼 공간이 없는 셈이지요. 그들은 감정적으로는 여리고 정열은 불꽃 같고 힘은 넘치고 사랑은 작열하는데 그러한 정열, 힘, 사랑을 쏟아부을 대상과 공간이 없다는 것 말예요. 그들은 비록 작고 초라한 곳이라도 마음 붙이면 곧 거기에 뿌리를 내릴 애정과 토착성을 가지고 있지만 기성세대, 성인세대가 그들의 힘, 그들의 정열, 그들의 사랑을 쏟아부을 대상과 공간을 마련해 주지 않고, 촘촘하고 완강한 제도의 그물을 만들어 그들의 자유를 옭아매어 온 것이지요. 제도란 항상 타율적이고 주형화된 틀로 존재하는 것 아니겠어요? 기성세대는 이미 자기가 구축한 틀을 부수기를 두려워하고 자기에 익숙하지 않은 변화를 두려워 하는 거지요. 기성세대는 변화가 오면 거기에 적응하는 훈련을 다시 해야하고 그 훈련에서 자칫 올지도 모르는 낙오를 겁내는거지요. 젊은이들은 어디든 숨 쉴만

한 공간을 필요로 하고 기성세대는 비좁지만 자기가 차지한 공간, 자기가 확보한 자리를 고수하려는 상반된 의식을 가지고 있다는 것, 기성세대와 신세대는 이같이 서로 상반된 요구와 필요성을 갖게 되고 이 상반된 요구와 필요성은 급기야 상호 반목과 불신에 이르기까지 한 것 아니겠냐는 생각 말예요.」

「좋은 생각이군요. 그러니까 그러한 기성세대와 신진세대의 갈등, 이해관계에 얽힌 의식의 과잉상태가 몰고오는 가학증의 징후로 나타나는 것이 연례행사처럼 도지는 대학들의 분규, 공단마다 터지는 해묵은 노사갈등에까지 이를 수 있다는 말이군요.」

「그렇습니다. 그러나 그것을 반드시 대학들의 분규나 공단의 노사갈등으로 결부시킬 것은 아닙니다. 나는 지금 일반적으로 드러나는 젊은 세대들의 의식현상을 이야기하는 것일 뿐, 그것의 사회운동 혹은 그 배경을 말하려는 것은 아닙니다. 이를테면 불루진 같은 거 말예요. 한국의 젊은이들이 불루진을 입는 것은 미국인들과 같이 남녀노소할 것 없이 그것을 일상복으로 입는 관습과는 다르다는 거지요. 돌이켜보면 한국처럼 의복에 대해 민감했던 민족도 없지 않아요. 한국은 예로부터 의식주라고 하여 옷을 밥과 집보다 먼저 생각했고 대문 밖을 나갈 때는 언제나 의관을 정제했지 않아요. 그때의 의관은 바로 그 사람의 신분과 지위를 말하는 것이었거든요. 의관은 체면유지의 관건이고 체면유지는 목숨 다음 가는 처세학 아니었습니까. 죽을 먹고도 이빨을 쑤셔야 하고 밥을 굶고도 의관은 정제해야 하는 것이 우리네 조상들의 삶의 방식이었잖아요. 백만장자도 의복이 남루하면 문전박대를 당하고 거지라 해도 양복을 걸쳐 입으면 나으리 대접을 받았던 나라가 한국 아니었어요? 그러니까 기성세대는 빈틈없이 조여져 남의 입김이 틈입할 여유가 없는 맞춤옷을 필요로 하고 젊은 세대들은 몸에 꼭 맞는 양복, 가슴이 조여드는 와이셔츠, 어깨 넓이, 목둘레, 소매 길이가 제 몸에 한 치도 틀리지 않게 지어진 맞춤옷 같은 것은 숨이 막혀 입지를 못한다는 것, 반듯한 넥타이, 원색 양복, 발가락 길이까지 잰 구두를 필요로 하지 않는다는 것 말예요.

그들은 신이 크면 끈을 조여 매면 되고 신이 작으면 끈을 헐렁하게 풀어놓으면 된다고 생각하니까요. 걸터앉기가 불편한 양복, 음식 국물이 튀어갈까 걱정스런 화이트 칼러를 그들은 원치 않고 어디라도 앉을 수 있고 어디라도 뒹굴 수 있는 일상복이나 실용복을 좋아한다는 것, 말하자면 나는 그런 생각으로 젊은이들을 보고 있습니다.」

「민형의 생각은 충분히 이해하겠습니다. 그러면 이 그림에서도 정밀한 구도나 정치한 세부 묘사 같은 것은 사상(捨象)하고 주제가 될만한 부분만 클로즈업시키는 방법을 택해야겠군요?」

「저로서는 그렇습니다. 그런 그림이라면 저는 만족합니다.」

저녁 무렵 내가 아파트로 돌아왔을 때는 아직 제니가 오지 않았다.

나는 그녀를 기다리면서 테라스에 나가 아파트의 정문이며 거리의 간이 찻집, 담배가게와 푸드스토아들을 내려다 보고 있었다. 그런데 그것을 내려다 보고 있는 내 눈에 지난 번 들이닥쳤던 이민국 조사요원에 틀림없어 보이는 중절모자를 쓴 중년 남자와 스프링 코트를 입은 여자가 급하게 아파트를 들어서는 것이 들어왔다.

　나는 깜짝 놀라 현관문을 걸어 잠그고 다시 제니의 침대에 가서 누웠다. 베개를 베고 시트를 끌어당겨 입술까지 덮었는 데도 귀는 활짝 열려 바깥의 발자욱 소리마저 다 들린다. 나는 그들이 지난 번의 그 조사요원이 아니기를 바라지만 그들이 조사요원일 것임에는 의심의 여지가 없음을 내 직감은 가리킨다. 나는 고슴도치처럼 긴장한 채 침대 위에 새우처럼 등을 꼬부리고 누워 귀를 바깥으로 보내고 있었다. 이번에는 그들이 나에게 무엇을 심문할 것이며 나는 그들에게 어떤 대답을 할 것인가? 만약 일이 잘못된다면 나는 어떻게 될 것인가? 제니는 언제 올 것인가? 이 사태에 제니가 나타나는 것이 도움이 될 것인가 안될 것인가?

　나는 혼자 조바심의 눈뭉치를 굴리고 있는데 7층에서 엘리베이터 멎는 소리가 금속성 여운을 끄을며 내 귀에 들어왔다.

「틀림 없구나.」

　나는 거의 자포자기 상태로 몸을 침대 위에 걸레처럼 걸쳐놓은 바 되었다. 이제는 내 힘으로는 아무 것도 할 수 있는 게 없다. 그들이 무슨 말을 하더라도 나는 변명할 힘도 여지도 없다.

그들이 나를 체포하겠다면 나는 그들이 하는대로 체포되어 가리라. 그 밖에는 내가 할 수 있는 게 없다. 내가 그러한 절망의 그림자 앞에서 자학으로 뒤채이고 있을 때 안쪽을 향해 울리는 벨소리가 두 번 여운을 끈다. 나는 몸을 떨었다. 벨 소리는 나의 귀에는 마치 나를 향해 지르는 호령처럼 들렸다. 그것은 분명히 나의 불법체류를 단죄하는 고함소리로 들렸다.

나는 일어나지 않았다. 일어나지 않고 누워서 운명의 오랏줄을 기다리는 편이 나으리라고 생각하고 있었다. 벨 소리가 이번에는 길게 두 번 울렸다. 그래도 나는 일어나지 않았다. 그러자 밖에서는 주먹으로 현관문을 쾅쾅 치는 소리가 들렸다. 그 소리는 좀더 세게 치면 대문 한쪽이 부서질만한 것이었다. 나는 이를 악물었다. 시간이 지나갔다. 아무 소리도 없다. 어떻게 된 걸까? 현관 밖의 발자욱 소리도 벨 소리도, 주먹으로 쾅쾅 치던 문소리도 들리지 않았다.

나는 누운 채 그대로 잠을 청했다. 차라리 괴로운 상상들과의 싸움보다 생각의 물구비를 밀어내 버리고 잠이 드는 것이 편할 것 같아서였다. 그러나 잠이 오지 않았다. 귀는 줄곧 바깥의 발자욱 소리에 가 있었다. 한 시간 쯤 지났을까? 이번엔 제니의 발자욱 소리가 분명한, 하이힐 뒷굽이 시멘트 바닥에 부딪치는 소리가 들렸다.

「관우씨, 제니에요.」

하는 목소리를 듣고도 나는 곧 일어나지 않았다. 두 번째 제니의 목소리를 듣고 나는 가까스로 일어나 밖으로 나가 문을 열었다. 문을 열고 나가는 나를 보자마자 제니는 내 목을 끌어 안는다. 나는 아직 몽롱한 상태에서 그녀에게 묻는다.

「오늘은 무슨 좋은 일이 있었나요?」

「지난 번 플라워디자인 입상에서 받아놓은 보상 휴가를 내일부터 사용하겠다고 주인에게 이야기했어요. 우리 내일부터 여행을 떠나요. 응. 어때요?」

「그것 잘 되었군요. 그런데 여행을 간다면 어디로, 얼마 동안 가는 거죠?」

「기간은 두 주, 어디든 가고싶은 곳으로 가면 되요. 망서릴 것 없어요. 휴가 보너스도 두둑히 받았어요.」

나는 제니가 좋다. 그리고 제니에게 감사하는 마음이다.

여행지도를 꺼내놓고 여행 계획을 짜느라 분주한 제니에게 나는 물었다.

「언제 떠날 건가요?」

「내일은 바깥에 나가 여행에 필요한 물건들을 준비해야 하니까 모래 아침에 출발하기로 해요. 그런데 관우씨가 가 보고싶은 곳은 어떤 곳이죠?」

「나야 뭐 어디든 다 처음 가보는 곳 아니에요, 제니가 가자는 곳이라면 어디든 상관 없어요.」

「알았어요. 그러면 이번 여행은 모두 제게 맡기는 것으로 할께요. 내일 아침에는 일찍 일어나 우리가 타고 갈 자동차를 점검해야 해요. 아마 관우씨가 일어나기 전에 저는 자동차 정비소에 갈 거에요. 관우씨 필요한 것은 관우씨가 알아서 준비하세요.」

이튿날 아침 눈을 뜨니 제니는 자동차를 끌고 정비소엘 가고 없었다.

나는 여행을 떠나기 전에 꼭 해야 할 일이 두 가지가 있다. 그 하나는 옥치옥에게 택시를 반납하는 일이고 다른 하나는 지난번 택시를 몰고 갔던 파이어아일랜드를 한 번 더 다녀오는 일이다. 파이어아일랜드에 가서 열하나의 아이를 가진 미혼모, 소피아를 만나는 일을 빠뜨릴 수 없다. 내가 파이어아일랜드까지 가기 위해서는 옥치옥의 택시를 사용해야 함으로 두 가지 일 중 순서를 거꾸로 할 수밖에 없다. 소피아를 만나고 와서 택시를 옥치옥에게 넘겨주는 것이다.

나는 택시를 끌고 지난번 빠져나갔던 퀸스보로터널을 지나 플러싱과 프리웨이 495번을 지나 롱아일랜드의 동쪽으로 달렸다. 로즈타운과 존스비치를 거쳐 다시 비치 가운데 있는 광장과 타워를 돌아 솔숲 입구의 출입통제소에까지 길을 놓치지 않고 차를 몰았다. 통제소 앞에 이르러서야 나는 통제소에서 일반인의 출입을 금한다는 팻말이 있음을 상기할 수 있었다. 나는 통제소 요원들에게 사정을 이야기하고 출입 허가를 받기로 작정하고 그들에게 다가갔다. 그들은 나를 보더니 아는 체를 했다. 다행이구나, 내 얼굴을 알아본다면 이야기하기는 훨씬 수월해지겠구나.

내가 이번에도 급한 사정으로 섬 안으로 들어가야 한다고 말하자, 그들은,

「섬으로 가려면 프리웨이를 타고 패쵸그로 가서 부두에서 배를 타고 가야 하는데 왜 이리로 왔소.」

라고 말했다. 나는,

「그 길을 잘 모르고 또한 지난번 그 여자가 앓고 있어 일이 급하다.」

고 대답했다. 그랬더니 그들은 의외로 순순히 바리케이트를 열어 주었다.

내가 소피아의 집에 도착했을 때는 오전 열 시 경. 그녀는 노란색 택시가 집밖에 멎는 것을 보는 즉시 바위에 튕긴 돌멩이처럼 내 쪽으로 달려왔다. 내가 온 줄을 알아차린 것이다. 택시의 문을 밀고 밖으로 내려서는 나를 보고,

「관우씨, 반가워요. 당신이 꼭 한 번 오리라 믿었어요.」

그녀는 오래 사귀었던 친구처럼 나를 반기며 그녀의 바라크 집 한 가운데 있는 안방으로 나를 안내했다. 방에 앉아 밖을 내다보니 느린 바다 물결이 방파제 위 쪽으로 물이랑을 끌고 와 부딪치는 것이 보이고, 갈매기 두 마리가 물결 위에 날개를 터는 모습이 보일 뿐, 그것마저 없다면 마을은 온통 정적 일색일 뻔 하였다.

그녀는 내가 방 가운데 있는 소파에 앉자 문밖에 나가 아이들

을 방앞으로 불러 모은다. 그녀가 아이들의 이름을 부르자 순식
간에 열하나의 아이들이 방 앞으로 와르르 몰려든다. 그리고 그
녀는 아이들을 모두 내가 있는 방으로 데리고 와서 나에게 한
사람 한 사람 인사를 시킨다. 첫 번째 계집아이에서부터 열한번
째의 사내 아이까지가 모두 방 안으로 들어왔을 때는 방 안이
가득해 한 사람도 더는 들어올 수가 없을 정도가 되었다.

나는 아이들 하나하나의 얼굴을 차례로 바라보았다. 그런데
이게 웬일인가? 열하나의 형제, 남매들은 단 하나도 닮은 아이
가 없다. 그들이 형제와 남매라면 눈이나 코, 이마나 턱 어느
한 부분이라도 닮은 데가 있어야 할텐데도 이 열하나의 형제,
남매들은 한 아이도 서로 닮은 데를 찾을 수가 없다. 아이들의
피부는 회색이 넷, 검정 색이 셋, 흰 색이 둘, 그리고 황색이 둘
이었다.

내 눈은 일곱 번째와 열한 번째의 황색 아이에 오래 머물고
있었다. 열하나의 아이들이 모여선 모습은 마치 전시(戰時)의
외인촌에 세워진 작은 교실에 온 듯한 착각을 불러일으켰다. 나
는 하나하나 아이들의 손을 잡아 주었다. 아이들의 이름은 리디
아, 좀, 나메, 콘커, 수잔, 킹슬리 등이라고 여자는 소개했지만
나는 막내를 제외한 여섯 아이 이후의 이름은 기억할 수가 없
다. 아이들은 모두 제 방으로 돌아갔다.

소피아는 쟁반에 망고와 레몬쥬스를 담아 내 앞에 갖다 놓고
밖으로 나갔다. 나는 혼자 벽에 붙어 있는 아이들의 사진을 쳐

다보고 있었다. 그것은 이제 열다섯쯤 되어보이는 첫 아이, 리디아로부터 막내 에미까지의 사진이었다.

에미는 소피아가 안고 와서 인사를 시킨, 두 손으로 우유병을 움켜쥐고 있는 젖먹이였다.

나는 야릇한 충격에 머리가 혼미해짐을 느꼈다. 나는 그러한 혼미 속에서 정리되지 않은 생각들을 머리 속으로 굴리며 소파에 몸을 기댔다.

그때 그녀는 촛불을 켠 은촛대를 두 손으로 받쳐들고 방으로 들어와 벽걸이 아래의 선반에 촛불을 얹어놓으며,

「관우씨, 잠시만 기다리세요. 제가 샤워를 해야 하니까요.」

라고 말하고 밖으로 나갔다.

나는 깜짝 놀랐다. 손님을 안방에 혼자 앉혀놓고 샤워를 하러 가다니, 나는 해괴한 생각에 아무 말도 하지 못한 채 그녀를 쳐다보기만 했다. 잠시 후, 벽을 사이에 한 옆방 샤워실에서 물 쏟아지는 소리가 벽을 뚫고 들려왔다. 나는 그 쪽으로 귀가 쏠렸다. 물 쏟아지는 소리는 그쳤다 들려오고 들려오다가 그치기를 여러번 되풀이하더니 곧 잠잠해졌다. 내가 소파 앞에 놓인 레몬쥬스를 마실까 말까 하고 병쪽으로 손을 내 밀다가 도로 제 자리로 갖다놓고 문쪽으로 눈을 돌렸을 때, 거기엔 기이한 일이 벌어지고 있었다.

여자는 속살이 완연히 내비치는 망사 같은 천으로 몸을 감고 젖은 머리채를 타월로 감은 채 맨발로 방을 들어서고 있었다.

그러더니 여자는 내가 앉은 소파 앞에 놓인, 흰 천으로 만든 방석 위에 다소곳이 앉으며 말했다.

「관우씨, 저는 많은 아이를 가지는 것을 소원으로 하는 여잡니다. 아직은 열하나, 제 소원은 스물둘의 아이를 가지는 것입니다. 저는 지금까지 백인과 흑인, 황색인과 회색인의 아이를 가져 보았지만 코리언의 아이를 가져 본 일은 없습니다. 바라건데 오늘은 저에게 코리언의 아이를 가질 수 있는 기회를 베풀어 주세요.」

나는 그녀가 하는 말 소리가 사람의 말소리가 아니라 일종의 주문(呪文) 같이만 들렸다. 나는 알 수 없는 힘에 이끌려 나도 모르는 신비한 문으로 걸어가는 듯한 착각에 빠졌다.

여자는 잠시 후부터 몸에 걸친 베일을 윗쪽에서부터 하나하나 걷어내기 시작했다. 처음에는 그녀의 가리워진 목이 보였다. 그리고는 목 아래의 어깨뼈가 보였고 다음에는 풍만한 가슴이 보였다. 그녀의 몸은 연한 잿빛, 그녀의 가슴은 날개 돋은 비둘기의 몸빛이었다.

여자가 옷을 벗어 내리느라 몸을 움직일 때마다 가슴이 출렁거려 그녀의 젖무덤은 마치 바다 위로 솟구치는 싱싱한 연어의 등어리 같았다.

나는 여자에게 물었다.

「당신은 왜 하필 스물둘의 아이를 가지려 하나요?」

「그것은 저의 신앙이에요. 저는 도미니카 리퍼브릭 출신, 엘살바도리언이었던 저의 어머니는 스물하나의 아이를 가졌었지요. 저의 어머니는 될 수만 있으면 많은 나라의 아이를 가지는 것이 꿈이었어요. 저의 언니는 차례로 프랑스계, 슬라브계, 아랍계의 딸들이었고 저는 남미계에요. 그러나 우리 어머니는 동양계의 아이를 가져보질 못했었지요. 저의 어머니의 소원은 동양계의 아이를 얻는 것이었지만 그 꿈을 실현하지 못했어요. 저는 어머니의 못다 이룬 꿈을 이루긴 했지만 아직 코리언의 아이를 가지지는 못했어요. 관우씨는 저의 소원을 들어줄 수 있는 유일한 사람이에요.」

나는 오랫동안 여자를 바라다 보았다. 그리고 물었다.

「왜 그토록 많은 아이를 원하나요?」

「그것은 저의 신앙이라고 했잖아요. 신앙에 무슨 이유가 있겠습니까? 저는 이런 신앙을 저의 어머니에게서 물려받았습니다. 저의 신앙이 투철함을 보이기 위해서는 제가 어머니보다 단 하나의 아이라도 더 가져야 한다고 믿고 있습니다.」

「아이를 많이 가지는 것이 신앙에 투철한 거라고 믿고 있나요?」

「예, 저는 이 세상에 태어나면서부터 여자인 제가 할 수 있는 일이라고는 아이를 낳는 일밖에는 없다고 생각했지요. 그리하여 아이를 낳는 일도 다른 여자보다 많은 아이를 낳는 것이 훌륭한 여자라고 믿게 되었어요.」

「왜 그렇게 생각하게 되었나요?」

「설명할 수가 없어요. 그저 그렇게 믿는 것 뿐이에요. 저의 첫 번째 아이의 아버지는 도미니칸이었고 두 번째 아이의 아버지는 인디언이었지요. 세 번째 아이의 아버니는 아메리칸, 네 번째 아이의 아버지는 브라질리안, 일곱 번째 아이의 아버지는 차이니스, 열번째 아이의 아버지는 저팬이었어요. 저는 동.서양의 여러 남자를 만나면서 이들의 아이를 고루 가지게 되면 머지않아 제가 지구인의 어머니가 될 수 있겠구나 하는 생각을 하게 되었어요. 지구인의 어머니, 얼마나 멋져요? 그렇게 되면 저의 가족은 곧 세계인의 가족이 되는 게 아니겠어요? 동양과 서양, 유럽과 아메리카, 도미니카와 차이나의 피가 저를 통해 하나가 된다면 마침내 세계인의 피가 하나로 되고 세계인의 씨가 한 형제, 한 가족이 된다는 생각 말예요.」

「음―」

나는 깊은 숨을 들이쉬면서 그녀의 이야기를 들었다.

「스물두 나라의 아이가 제 몸에서 태어나면 저의 아이들은 스물두 나라의 남자를 아버지로 가지게 되는 게 아니겠어요? 그 스물두 나라의 아버지와 스물두 나라의 아이가 혈육이 된다면 지구상에서 일어나는 크고 작은 분쟁, 나아가 나라와 나라 사이에 일어나는 전쟁마저도 막을수 있으리라는 믿음을 저는 가지게 되었어요.

생각해 봐요. 저와같은 여자가 백명만 나온다고 하면 이천이백명의 세계인의 아이, 천명만 나온다고 하면 이만이천명의 세계인의 가족이 나오지 않겠어요? 거기다 그 아이들의 아버지까지 합치면 그 수는 곱절이 되지 않겠습니까? 이만 이천명의 아이, 혹은 사만 사천명의 아버지와 아이가 혈육으로 맺어진다면 그 힘은 세계를 한 가족으로 만들고도 남을만한 힘이 되지 않을까 해요.」

「그러면 소피아는 저 열하나의 아이의 아버지를 죄다 기억하고 있습니까?」

「예, 기억하고 있습니다. 아이의 아버지들이 지금 어디서 무엇을 하면서 살고 있는 지를 저는 다 알고 있습니다. 그러나 그들에게 저는 생활비나 아이의 양육비 같은 것을 요구해 본 일이 없습니다. 다만 아이들의 아버지가 지구의 어느 곳에 살고 있다는 사실을 잊지 않기 위해 기억을 새롭게 하고 가끔씩 수소문을 해보기도 합니다.」

「아이의 아버지에게 양육비를 요구하지 않는다면 저 많은 아이들을 어떻게 키웁니까?」

「그건 어려운 일이 아니에요. 미국은 아버지가 있건 없건 이 땅에서 태어나는 아이들의 양육비는 주정부에서 모두 지불해 주니까요.」

「그 아이의 아버지들에게서 열하나의 아이를 가질 때 애정을 느낀 적이 있습니까?」

「애정? 애정 같은 게 무슨 상관이에요? 애정 같은 것은 잠시 빌려 입은 무도회의 의상에 불과한 거죠. 하긴 첫 아이의 아버지와 다섯 번째 아이의 아버지는 나를 몹시 사랑하긴 했지요.

그러나 제가 바라는 것이 애정 같은 데 있지 않다는 것을 안 그들은 며칠씩만 저에게 머물고는 다 제 갈 길을 간 사람들이에요. 저는 막내 아이가 열살이 넘을 즈음이면 첫 아이의 아버지로부터 열한번째 아이의 아버지까지를 찾아 나설 거에요. 도미니카로 인디아로 아메리카로 브라질로 차이나로 저팬으로.」

「성(聖) 여자!」

나는 나도 모르는 사이 탄성이 솟아오름을 억제할 수 없었다.

「저는 한 여자가 반드시 한 남편을 가져야 한다든지 한 남자가 반드시 한 아이를 가져야 한다는 관습에는 순응할 수 없어요. 인간의 근본적인 악(惡)은 가족제도로부터 온다고 저는 믿어요. 하루 빨리 인간이 깨뜨려야 하는 관습이 바로 가족제도라고 믿습니다. 가족제도가 완강하면 할수록 인간과 인간 사이의 시기, 질투, 사기, 협잡이 늘어나고 이기(利己), 착취, 분쟁 나아가 전쟁이 계속되리라고 생각해요. 가족이 없으면 아무 것도 시기할 것 없고 아무 것도 질투할 것 없으며 아무 것도 착취할 것도 없고 서로 피를 흘리며 싸울 것도 없다고 저는 믿어요. 그러니까 하루 빨리 인간의 악의 뿌리인 가족제도를 없애야 한다고 저는 믿어요. 일만 명이 한 가족이 되고 십만명이 한 가족이 된다면 지구상의 분쟁과 재앙은 점차 사라지는 것 아니겠어요?」

「그러니까 가족제도를 없애는 방편으로 지금같이 많은 아이를 가졌고 또 앞으로 더많은 아이를 가지러 하는 거군요.」

「그렇게 믿어주신다면 고맙겠습니다. 내 아내가 따로 없고 내 남편이 따로 없다. 내 아이가 따로 없고 내 아버지, 어머니가 따로 없다. 모두가 내 아이이고 모두가 내 아버지와 어머니다. 그렇게 된다면 분쟁의 이유가 없어진다는 것을 저는 믿고 있을 뿐이에요.」

「아하, 소피아, 당신은 훌륭한 사람입니다.」

「아니에요. 저는 훌륭하고 아니고의 분별 따위가 필요치 않다고 생각하고 있어요. 그저 저의 어머니가 그렇게 했고 나도 그렇게 하고 싶어서 하는 것 뿐이에요. 그런 저를 이해하신다면 저에게 당신의 아이를 가지게 해 주세요.」

나는 그녀의 손을 잡았다.

그러나 그녀가 성(聖)여자라는 생각이 들고부터는 나의 감정은 얼어붙고 나의 남성은 움직임을 멈춰버렸다. 나는 그녀를 안아다 침대에 눕히고는 돌아서서 방문을 밀고 밖으로 나왔다.

내가 옥치옥의 화실로 택시를 가지고 간 것은 오후 네시가 넘어서였다. 옥치옥은 아직도 지난번 그리던 그림 앞에서 서성거리고만 있었다. 얼핏 쳐다보니 그 그림에 그는 아직 한 번도 붓을 대지 못하고 있는 듯했다. 나는 옥치옥이 자리에 앉는 것을 보고 오늘 있었던 일을 죄다 이야기했다. 이야기를 듣고난 옥치옥은 큰 소리로 웃으며,

「민형, 너무 감동하지 마십시오. 그런 여자는 이 미국 땅에 수도 없이 많으니까요.」

하고 오히려 나에게 철모르는 아이 쳐다보듯한 시선을 던진다.

「미국 땅에 그런 여자가 수도 없이 많다구요? 그러면 미국 땅에 그런 성 여자가 수도 없이 많다는 겁니까?」

「성 여자? 민형은 참 순진한 사람이군요. 그 여자는 성 여자이기는커녕 속되기 짝이 없는 여자예요. 듣고 보니 그 여자는 속되기 짝이 없을 뿐만 아니라 자기의 속됨을 호도하고 장식하는 변론술까지도 능한 여자인 듯하군요. 그래 그런 여자의 알몸을 손도 대지 못하고 성 여자로 신비화해 놓고 이 속세로 도망쳐 왔다는 겁니까? 아깝기도 하지, 쯧쯧쯧.」

「옥형, 어떻게 말을 그렇게 함부로 할 수가 있어요? 그 여자는 단순히 남자에게 섹스를 구하는 그런 여자가 아니란 말예요. 그 여자의 말, 그 여자의 표정, 그 여자의 마음이 혼연일체가 된 신비한 모습을 나는 내 감각으로 읽었어요. 그것은 마치 주술 같은 것이었어요. 그 여자는 교묘한 말, 교묘한 몸짓으로 남자를 호리려는 여자가 아니었어요. 그 여자는 분명이 성 여자였어요.」

「미국은 아이를 많이 가지면 많이 가질수록 웰페어(보상금) 혹은 가족수당이 많아지는 나라예요. 그 여자는 가족수당을 많이 받기 위한 연극을 그같이 한 거예요. 다른 연극이면 모르되 아이를 낳는 연극은 제 아무리 훌륭한 연기자라 해도 남자 없이 제 혼자서는 못하는 거 아니겠어요?」

「옥형 말대로 그 여자가 가족수당을 많이 받기 위해서 그런 연극을 했다면 그 여자는 지금의 열하나의 아이만 해도 먹고 살

만큼의 수당은 받을 거예요. 그러나 여자의 깊은 속마음, 그 여자의 충정을 나는 분명이 보았고 느꼈어요. 아무리 연극을 잘하는 여자라 하더라도 남자 앞에서 발가벗은 몸으로 거짓 연극을 할 수야 있겠어요? 더구나 섹스에서의 연극은 있을 수 없는 거예요. 이 세상에 섹스만한 진실이 또 어디 있겠어요? 창녀가 아닌 여자가 어찌 섹스를 연극으로 할 수 있단 말입니까? 그 여자는 성 여자임이 틀림없어요.」

「옥형이 그렇게 믿는다면 그건 어쩔 수 없겠지요. 그러나 그 여자가 중남미계이고 거기다 도미니칸이라면 내 얘기가 적중할 것이 틀림없어요.」

「어째서 그렇지요?」

「민형, 내가 민형보다 먼저 이 땅에 왔다고 뽐내는 것은 결코 아님을 이해하리라 믿습니다. 나는 여기 온 지 오년이 넘은 세월 동안 세계의 약 일흔개 나라 사람을 만나고 악수하고 술 마시고 노래해 왔어요. 그 가운데서도 중남미계를 가장 많이 만나고 술도 마셨어요. 중남미계라면 대체로 멕시코, 콜럼비아, 도미니카, 하이티, 과테말라, 온두라스, 코스타리카, 니카라과, 페루, 베네주엘라, 볼리비아, 우루과이, 파라과이, 칠레, 쿠바 등을 말하는데 이들은 나라는 달라도 공통되는 성질을 많이 가지고 있어요. 그 가장 큰 공통점은 언어예요. 이들의 언어는 모두 스페인 말, 즉 이들은 모두 스페니시라는 것이지요. 언어가 같으면 자연히 생활습속, 사고방식도 같아지는 거거던요. 이들

은 모두 더운 나라 사람들이고 또한 모두 가난한 나라 사람들
이예요. 기후가 덥고 가난한 나라 사람들이니까 사계절이 뚜렷
하고 먹을 것 많고 잘 사는 나라 미국으로 이민을 오려고 이들
은 경쟁이예요. 이들이 서로 미국으로 이민을 오려고 다투는
바람에 자기 나라에 대한 애착이 없어지고 자국민 끼리도 반목
하고 질시할 뿐만 아니라 약삭빠르기가 이루말할 수 없는 사람
들이 되었어요. 지금도 제2영어교실(E.S.L)에 가 보세요. 거기에
는 전신만신 스페니시들이예요. 지금은 중국인, 한국인도 많지
만요.」

「그렇다는 것과 도미니카 여자와는 어떤 관계가 있다는 겁니
까?」

「내가 겪은 바로는 이곳에 사는 수많은 나라, 수많은 인종 가
운데서 가장 약삭빠른 사람들이 폴리시와 우크린, 인디아인과
콜럼비안 그리고 도미칸이에요. 그러니까 유럽인으로는 폴란드
사람과 우크라이나 사람, 아시아인으로는 인도 사람, 남미계로
는 콜럼비아 사람, 도미니카 사람이라는 거죠. 그러니까 가장
미국을 선호하고 미국 이민을 원하는 사람들이 바로 그런 나라
사람들이죠. 그 이유는 그 나라들의 정치적 혼란과 가난이죠.
그 나라 사람들이 극성으로 미국으로 밀려들어 오니까 미국에
서는 시민권을 주는 조건을 점점 까다롭게 만들고 있잖아요.」

「조건? 어떤 조건입니까?」

「첫째, 18세 이상인 자, 둘째, 최소한 미국에 5년 이상 거주했

거나 3년 이상 미국인과 결혼해서 산 자, 셋째, 영어를 읽을 줄
알고 쓸 줄 알며 말할 줄 알고 기초영어를 이해할 수 있는 자, 넷
째, 미국의 기초 역사와 정부 조직, 헌법을 이해하는 자, 다섯째,
미국에 충성을 서약할 수 있는 자 등의 조건인데, 가관인 것은 그
러나 이 다섯 가지를 충족시킬 수 있는 자라도 일정 기간 미국에
유해한 일을 하지 않은 자라는 단서가 붙어 있어요. 그것은 바로
위에서 말한 미국이민을 원하는 몇몇 나라 사람들 때문에 그렇게
된 거예요. 그 주요한 대상 가운데 하나가 히스페니올라에요.」
　「히스페니올라라면?」
　「도미니카리퍼블릭과 하이티를 합쳐 부르는 이름인데요, 이
들 히스페니올라는 동양인을 깔보거나 동양인에 대한 우월의식
을 가지고 있지는 않지만 좀은 비굴하고 남루한 사람들이지요.
이들은 그야말로 시골스러운 순박함도 없고 도시 사람처럼 세
련된 맛도 없는, 피부빛깔은 희지도 검지도 않은 회색빛을 띤
사람들이지요. 이들은 비교적 미국말을 빨리 배우는데 그 이유
는 그들이 머리가 좋아서가 아니라 빨리 미국에 정착하고 빨리
일자리를 얻으려 하기 때문이에요. 도미니카는 다른 중남미 국
가들과 같이 오랜 스페인의 식민지 체험을 가지고 있는 나라고
거기다 식민주의자 산토 도밍고 이후 라파엘 레오니다스, 후아
킨 발라가르 같은 군부 독재정치가들의 족벌정치 때문에 국민
경제가 라틴아메리카 국가들 가운데서도 최하위로 떨어진 나라
이고 실업률이 60프로에 이르는 나라이므로 그들의 높은 인구

밀도와 함께 이들이 미국을 동경할 만한 이유는 충분한 거지요. 같은 중남미 국가이면서도 멕시코가 1820년에 스페인으로 부터 독립을 했고 엘살바도르가 1823년에 스페인의 식민지를 청산했는데 비해 도미니카는 1821년 이후 20년 동안 하이티와의 전쟁 때문에 1844년에 와서야 스페인으로부터 독립을 하게 되었지요. 도미니카는 전형적인 농업국가이지만 농산품은 기껏 사탕수수, 코코아, 커피, 담배 같은 기호식품이 고작이고 경제성장에 이바지할만한 공산품은 거의 없는 나라, 국토는 영호남을 합친 정도의 크기에 일천만이 넘는 인구가 모여사는 나라죠. 그런데도 이 나라 사람들은 일하기 싫어해서 오래도록 가난을 씻어낼 줄 모르고 살아온 사람들이죠.

모르긴 하지만 민형이 오늘 만난 그 여자도 그런 사람임에 틀림없을 거예요. 일하지 않고 편하게 사는 방법이 자기가 가진 몸을 팔거나 아니면 아이를 많이 낳아 가족수당을 많이 타는 길밖에 없다는 생각을 그들은 충분히 할 수 있는 사람들이지요.」

나는 다시 한 번 생각의 혼란에 빠졌다. 도대체 어느 편이 옳은 것인가?

나는 다시 한 번 옥치옥에게 반문했다.

「그렇다면 모든 스페인의 식민지 체험국가가 다 그래야 할텐데 어째서 도미니카 사람들만 유독 그렇게 나태하고 일하기 싫어하며 아이를 많이 낳아 수당이나 받아먹고 살자고 생각하게 된 사람들이라는 겁니까?」

「그 점에 있어서는 스페인 식민지 체험국가들이 다 비슷해요. 그러나 정도의 차이는 있다고 봐야지요. 멕시칸들도 비슷하기는 하지만 비교적 멕시칸들은 악의가 없고 낙천적인 기질이 있는 것 같아요. 그것은 아마 아즈텍문화의 유산일지도 몰라요. 아즈텍문화는 더운 지방의 문화라 할 수 있는데 이들의 전통적 조각이나 미술품들은 흙과 나무를 별다른 조탁이나 가공없이 쌓거나 붙여서 만든 것들이지요. 그것은 유럽의 조각처럼 철이나 구리로 만든 것이 아닐 뿐 아니라, 인공이 많이 가해지고 끝이 창살처럼 뾰족하고 날카로운 것이 아니지요. 다시 말하면 그것은 공격적이지 않고 유화적이며 배타적이지 않고 친화적이라는 거지요. 그런 점은 멕시코인들의 생활이나 성격을 말해주는 것으로 멕시코인들의 유유하고 완만하며 자족적이고 낙천적인 성격과 맞먹는 거라고 할 수 있지요.」

「옥형은 멕시코 찬양자시군요?」

「천만에요. 멕시코도 도미니카나 여타의 남미계가 가진 결점을 다같이 가진 나라예요. 그들은 그만큼 큰 영토를 가졌으면서도 바다를 건너오느라 지쳐빠진 코르테즈의 군대를 이기지 못하고 16세기 초반에 스페인의 식민지가 되었고 그나마도 3백년 동안이나 식민지 생활을 청산하지 못하고 살아온 무능한 나라지요. 그들은 아직도 제 나라 말을 쓰지 않고 스페인 말을 쓰면서도 그것을 부끄러워할 줄도 모르는 사람들이예요. 그들은 텍사스 같은 거대한 석유생산지를 미국에 빼앗기고도 분노할 줄도 모르는 반편들이에요. 그러고도 지금 그들은 정신적으로는 완전히 미국의 식민지가 된 거나 다름 없어요. 그들은 먹고 노는 일 외에는 하고싶어 하는 것이 별로 없는 사람들이에요. 나는 멕시코 찬양자가 결코 아닙니다.」

「먹고 노는 것―, 일하지 않고도 먹고 살 수만 있다면 누구가 그것을 마다 하겠습니까?」

나는 옥치옥의 논리에 맞설만한 상식을 갖고 있질 못해 농조로 한 마디 던진다.

「그렇지요. 누구든, 먹고 놀기를 싫어하는 사람이 어디 있겠어요? 그러나 잘 살면서 잘 노는 것 하고 못살면서 놀기만 잘하는 것 하고는 다른 거지요. 잘 사는 사람이 잘 노는 것은 흉이 되지 않지만 못사는 사람이 놀기만 잘 하는 것은 흉이 되는 거거던요.」

「한국을 두고 말하는 겁니까?」

「한국도 그런 비난을 받을 만한 나라라고 나는 생각해요. 그러나 나는 꼭 한국만을 두고 말하는 것은 아니예요. 그보다 오히려 세계 속의 가난한 나라들 모두를 두고 하는 말이지요.」

「잠시 본 거긴 하지만 미국 사람들도 노는 데는 한국 사람 못지 않은 것 같던데요. 온 도시가 홍등가고 온 바다가 유람선이고 온 거리가 유흥가고 골목마다 술집이고 말예요.」

「그건 그래요. 이들은 법적으로 도박을 인정하고 있는 나라니까 노는 데도 남보다 더 열심히 잘 노는 나라라 해야 되겠지요.」

「법적으로 도박을 인정한다구요?」

「아, 그건 특수한 지역에 국한한 거지요. 이를테면 라스베가스라든지 아틀란틱 시티라든지 말예요. 그러나 중요한 것은 이들은 노는 것도 무턱대고 노는 것이 아니라 일을 위한 휴식, 내일을 위한 휴식을 갖는다고 보아야 하겠지요. 공휴일만 보더라도, 이들 미국인이 갖는 공휴일은 한국보다 훨씬 많으니까요.」

「훨씬요?」

「이들이 갖는 법정 공휴일은 모두 20일, 한국의 16일 보다 나흘이나 더 많은 셈이죠. 거기다 이들은 금요일 오후부터 위크앤드가 시작되므로 1년 중 쉬는 날이 150일에 가까워 일하는 날은 고작 215일밖에 안되요. 한국은 아직 일하는 날이 대체로 삼백일은 되는 셈이지요? 그렇대서 일 많이 하는 한국이 일 적게 하는 미국보다 더 잘 사는 나라라고는 아무도 생각하지 않잖아요? 그런 것으로 보면 부지런히 일하고 적절히 쉬는 것은 잘 살고 못 사는 것과는 관계가 없는 일이라고 할 수가 있지 않겠어요?」

「그렇겠지요. 많이 쉴 수 있다는 것은 먹을 것이 충분하다는 방증 아니겠어요? 그러나 게으른 것과 잘 논다는 것은 근본적으로 성질이 다르다는 말씀, 이해할 수 있습니다.」

「그렇습니다. 노는 것을 나무랄 게 아니라 일을 안하는 것, 게으른 것을 나무라야 되겠지요.」

나는 자리에서 일어서면서 옥치옥에게 말했다.

「옥형, 그동안 많은 신세를 졌습니다.」

「무슨 말이죠?」

갑작스런 나의 인사치레에 옥치옥은 영문을 모르겠다는 얼굴을 하면서 나에게 묻는다.

「제가 내일부터 여행을 떠나려고 합니다. 그래서 옥형의 차를 이제 반납해 드리려고 왔습니다.」

「예, 나는 또 무슨 말인가 했지요. 그래 얼마 동안이나 여행을 하려고요?」

「잘 모르겠습니다. 두 주가 될지 아니면 그 이상이 될지?」

「왜요? 저 한테 뭐 말못할 사정이라도 있는 겁니까?」

「아뇨, 그런 건 없습니다. 다만 이번 여행이 나의 계획에 의한 것이 아니라 제니의 계획에 의한 것이고 나 역시 이번 여행을 떠나면 다시 이곳으로 돌아올 수 있을는지 어떨는지에 대한 확신이 없는 상탭니다.」

「아니, 그간 내가 내 일에 쫓겨 민형을 도와드리지 못한 것을 미안하게 생각은 합니다만 혹 그것 때문에 그러시는 건 아니겠지요?」

「원, 옥형도 참, 옥형은 저의 이곳 생활의 보호자, 은인이었습니다. 옥형이 아니었다면 제가 지금 이 자리에 발을 붙이고 서 있을 수나 있겠습니까?」

「과찬이시고, 그런데 왜 그같이 애매하고 섭섭한 말을 하는 겁니까?」

「그저 제 마음을 말씀 드린 것 뿐입니다. 그러나 어쩐지 다시 이곳으로 돌아올 것 같은 느낌이 점점 희박해지는 건 사실입니다.」

「그러지 말고 두 주 동안 신혼여행(?) 기분 내면서 잘 다녀오세요. 다녀 오면서 여기 남아 오일페인트에 찌들리고 햇볕도 없는 응달에서 붓이나 붙들고 있는 나를 위해 보드카나 한 병 사오세요.」

옥치옥과 나는 손을 잡고 흔들면서 안부와 건강을 서로 빌었다.

15

내가 옥치옥에게 차를 반납하고 아파트로 돌아왔을 때는 이른 저녁이었다. 제니는 나를 몹시 기다렸다는 얼굴로,

「오늘은 제가 쉬는 날인데 왜 이렇게 늦었어요? 무슨 일이라도 생겼으면 어떻게 하나 하고 걱정했어요.」

「미안해요. 여행을 떠나기 전에 정리할 것이 몇 가지 있어서 그렇게 되었어요. 옥형에게 택시도 반납해야 하고…….」

「그렇군요. 그래 정리할 일은 다 했나요?」

「예, 그런 대로는요. 그런데 우리가 타고 갈 자동차 정비는 잘 되었어요?」

「잘 되긴 했지만 정비원들의 말에 의하면 저의 소형차를 가지고 대륙횡단을 한다는 것은 무리라는군요. 배기량 천씨씨 이하의 자동차, 더욱이 사용한 지 이십년이 넘은 노후차로는 장거리 여행은 불가능할 거라고 그들이 만류하더군요.」

「그렇다면?」

「그래서 계획을 바꾸기로 했어요.」

「어떻게요?」

「일단 차를 두고 비행기를 이용하는 길을 택하는 것으로 말예요. 현지에 가서는 어디든 카 렌트가 가능하니까요.」

「그것도 괜찮을 것 같군요. 그런데 비행기는 예약이 되어 있질 않아서 갑자기 출발하기는 어렵지 않을까요?」

「그래서 오후 내내 관우씨를 기다린 거에요. 아무리 기다려도 관우씨가 오시질 않아 제 혼자 비행장에 나가 우리가 타고갈 비행기를 예약해 버렸어요. TWA 편으로요.」

「잘 했군요. 그러면 언제 떠나나요?」

「내일 오후 한 시 비행기로 덴버로 가는 거에요.」

「덴버라면?」

「록키 마운틴, 옐로우스톤 국립공원 쪽이죠.」

여행 날짜를 받아놓고 머무는 시간은 지루하고 초조하다. 짐 꾸러미들을 마루 끝에 내어 놓고 비행기 표만 만지작거리는 시간은 지루하기 보통 때의 열 배는 되는 시간이다. 커피를 마시고 음악을 듣고 텔레비젼을 틀어 날씨를 보곤했지만 그것으로 지루함을 메꾸기에는 역부족이다. 그러나 하루 밤, 하루 나절을 바장이면서 보낸 것과는 달리 정작 공항에 나가는 시간은 오히려 바쁘고 촉박하여 경황이 없는 시간이 되고 말았다.

공항은 오늘도 수많은 사람, 수많은 인파로 넘실거리고 얼굴 빛이 다른 사람들이 자기들의 방식대로 서로 껴안고 입맞추며 만나는 기쁨, 이별하는 슬픔을 나누고 있다.

나는 제니를 따라 비행기의 뒷좌석에 자리를 하고는 줄곧 창밖을 내다보았다. 구름이 반대 켠으로 흘러가고 도시가 가끔 첨탑들을 공중으로 밀어올리는 것이 보일 뿐, 비행기 안은 조용하다. 내가 창밖을 응시하고 있는 동안 제니도 나에게 말을 걸어오지 않아 나는 덧없는 생각에 잠기며 덴버에 도착했다.

우리가 덴버에 도착했을 때는 오후 다섯 시, 아직도 해는 중천에 떠 있다. 해가 많이 남았는데 벌써부터 호텔에 들기는 시간이 아깝지 않느냐며 제니가 렌트해 온 차를 타고 우리는 곧 록키를 향한다.

록키는 평원 가운데 서있다. 그야말로 평지돌출이다. 록키는 미국의 중부와 서부를 갈라놓은 경계선이 된다.

록키를 중심으로 동부로는 곡창지대, 서부로는 목장지대로 나뉘어지기 때문이다. 비행기나 자동차를 타고 오면서 끝없이 펼쳐진 중부의 옥수수밭을 보다가 갑자기 풀밭에 입을 대고 서있는 소와 말, 염소떼들을 보면 거기가 록키의 근방인 줄을 알게

된다. 록키는 그런 점에서 대륙의 등뼈 역할을 한다. 남부의 석유, 중부의 농산물 혹은 목축과 낙농, 동부의 문화, D.C의 정치가 한데 어우러진 미국은 그런 점에서 잘 조율된 한 편의 관현악에 비길 수 있다. 이런 곳에서 이 나라 사람들은 여름만 되면 텐트 트레일러를 끌고 휴가나 주말여행을 나선다. 가는 곳마다 캠핑 지역이고 가는 곳마다 코아(KOA) 설치 지역이다. 이들이 끌고 다니는 텐트 트레일러는 그 안에 냉장고, 텔레비젼, 침대, 주방기구, 자전거, 손전등, 심지어는 아이들의 장난감이나 운동기구까지 갖추고 있는 그야말로 움직이는 집이다.

땅이 넓어 이들은 비워둔 땅을 이용하는 방법으로 푸른 초원에 골프장을 만든다. 한국 같이 좁은 땅에 개미떼같이 많은 인구가 몰려 사는 나라라면 소꿉같은 세간 하나 들여놓을 땅 얻기도 힘드는데 골프장은 무슨 사치스런 소리냐고 볼멘 소리를 터뜨리겠지만 끝도 없이 넓은 땅에 있는 것이라곤 텅텅 빈 벌판뿐인 이 대륙에서라면 거기에 골프장이라도 만들어 버려진 땅을 이용하려는 생각은 가상한 일인지라 미국에서는 골프장이 비난의 대상이 아니라 오히려 권장사업이 된다. 그러기에 이들은 스포츠도 아니고 놀이도 아닌 골프라는 기묘한 오락을 만들어 세계에 수출하고 있다. 기묘한 오락, 그러기에 나는 골프놀이를 볼 때마다 아이들의 구슬치기와 땅따먹기를 연상한다.

해질 무렵, 제니와 나는 록키의 중턱, 애지(愛地, 러브랜드)의 호텔에 사흘 낮과 밤을 예약한다.

호텔은 숲으로 둘러싸여 바람과 물소리를 내보내고 흡수한다. 호텔은 깨끗하다. 카펫이며 장신구며, 벽장이며 물컵들도 모두 새로 만들었거나 산 것으로 보인다.

　밤이 깊었으나 아직 잔디밭 가운데 만들어 놓은 풀의 문은 열려 있다. 저녁 식사를 마친 뒤 제니는 가방에서 수영복을 꺼내주면서 더위도 식힐 겸 풀에 가자고 한다. 나는 수영복 위에 가운을 걸치고 제니를 따라 풀로 간다. 한 떼의 사람들이 풀에서 나와 식당으로 가는 것이 보이고 길 건너에서 비쳐오는 불빛, 가끔가다 귀에 들려오는 디스코텍의 음악소리가 있을 뿐, 호텔과 풀은 조용하다.

　아이를 데리고 나온 백인 여자가 수영을 마치고 타월로 아이의 몸을 닦아주면서 방으로 들어가고 난 뒤에는 풀은 제니와 나뿐이다. 제니는 나보다 먼저 풀에 뛰어들어 작은 물살을 일구며 나를 들어오라고 손짓한다. 나는 가운을 벗어 비키니 의자에 걸쳐놓고 제니를 따라 물 속으로 들어간다.

　제니는 풀을 몇 바퀴 돌다가 우뚝 서서 나를 바라보며 웃는다. 나도 따라 웃는다. 제니는 수영을 하다가 가끔 나에게로 와서 입술을 살짝 문지르고 반대 켠으로 미끄러져 나간다. 나는 말없이 그녀의 입술을 받는다. 그리고는 나도 그녀를 따라 천천히 물결을 젓는다. 제니의 살이 물 속에서 미끄러운 물고기처럼 나를 스칠 때면 나는 황홀해진다. 그 감미로운 촉감에 흠뻑 젖어 나는 그녀의 옆과 뒤에서 그녀를 쫓는다. 내가 물살을 헤치며 천천히

앞으로 나아가고 있는 동안 제니는 물 속으로 잠수했다가 어느
새에 나에게로 다가와 나의 허리를 껴안는다. 나는 그녀의 팔이
내 허리를 껴안는 부드러운 촉감을 즐기며 그녀가 하는 대로 몸
을 내맡긴다. 그녀는 물 속에서는 한 마리 인어가 된다.

「수영을 잘 하는군요?」

「제가 크레테 출신이라는 걸 모르셨어요?」

「크레테라면?」

「그리스 반도의 남쪽 섬, 크레테 말예요. 제 고향이 거기거든
요.」

아름다운 한 마리 인어가 나에게로 와서 나의 등과 허리를 매
만지고 사라지는 감미로움을 그녀와 나는 오래 즐긴다. 물 속에
서 그녀의 등과 허리는 물 밖에서 보다 더욱 풍윤하고 부드럽
다. 그녀의 손은 내 등과 허리를 만지다가 차츰 가슴을 만진다.
나는 감정의 융기를 느끼며 그녀에게 나를 방임한다. 그녀는 내
등 뒤로 와서 제 알몸을 내 등 위에 올려놓는다. 그녀의 가쁜 숨
소리가 귀에까지 울리고 숨을 쉴 때마다 움직이는 그녀의 아랫
배의 움직임이 죄다 내 몸에 전달된다. 내 어깨는 그녀의 부드
러운 유방의 맨살에 묻혀 전율이 일어난다. 그녀는 뜨거워진 입
술을 내 귀바퀴에 가져와 신음같은 소리로 말한다.

「빨리 방으로 가요.」

록키의 산과 숲, 언덕과 캐년을 보는 데만 사흘, 여행의 첫 기

착지를 떠나 우리는 차의 핸들을 북으로 잡는다. 가도가도 먼지만 날리는 사막길을 열시간, 옐로우스톤은 그 끝에 있다. 록키가 남성의 상징이라면 옐로우스톤은 여성의 상징이다. 돌올하게 치솟은 록키의 산높이와 잔잔한 미소를 머금은 옐로우스톤의 숲이 그렇고 여름인데도 꼭대기에 눈이 쌓인 록키의 기상과 가는 곳마다 짐승을 품에 안고 더운 온천수를 뿜어 올리는 옐로우스톤의 자애로움이 또한 그렇다.

옐로우스톤은 남으로는 콜로라도, 북으로는 몬타나, 서로는 아이다호를 끼고 있는 3개주의 분기점이다. 골은 깊어 수목이 우거지고 물은 맑아 수많은 짐승들과 새들, 물고기들이 여기에 서식한다. 흐르는 물은 구비칠 때마다 계곡을 이루고 바위를 씻을 때마다 작고 큰 폭포를 이룬다. 바람이 불 때마다 푸른 나무들이 일제히 몸을 흔들어 율동없는 춤을 추고 춤추는 나무 뒤에서 물소리는 수백의 현(絃)을 켜 무운률의 음악을 연주한다.

하늘에는 수를 헤아릴 수 없는 새들이 날고 길가에는 이름 모를 꽃들이 저마다 제 빛깔과 향기에 도취해 한낮을 밝힌다.

어디선가 산노루 울음이 들리고 독수리가 그 큰 날개를 펴고 있는 하늘 밑에는 토끼와 다람쥐, 살쾡이와 너구리들이 풀숲을 뛰어다닌다. 가도가도 산이고 가도가도 숲길이지만 게걸스러운 것은 눈이라 눈은 한 폭의 골이라도 더 보고싶다고 더딘 발길을 재촉한다. 산 속으로 산 속으로 파고드는 길이 지겹지 않다. 골을 들면 새로운 풍경, 기슭을 돌면 또다른 정취들이 눈을 유혹

해 이 산과 이 골이 끝날 때까지 촌분도 지루할 여가가 없다.

가다보면 언뜻 검은 그림자가 숲을 스치는 것이 눈에 들어온다. 한 떼의 사람들이 검은 그림자를 따라 우루루 몰린다. 군거(群居)를 벗어난 버팔로 한 마리가 갈대숲 속을 어슬렁거리며 풀숲 속을 가고 있는 것이다. 배가 고파 잠시 군거를 이탈한 것일까? 아니면 천지에 미만한 풀들로 배를 채운 뒤 심심해서 혼자 낮잠이라도 즐길 곳을 찾는 것일까? 그것도 아니면 식후의 사랑을 위해 신부감을 찾아 대열 바깥으로 뛰쳐나온 것일까?

가다가 물소리 끊어진 곳에 갑자기 불탄 숲이 나타난다. 불탄 숲, 그것은 차라리 서있는 숯검뎅이라 하는 것이 나을 듯하다. 서 있는 숯검뎅이, 그것들은 이미 삶과 죽음의 경계를 초월하고 더는 물과 햇빛을 기다리지 않는 적막의 분신으로 산과 골을 지키고 있다. 곧게 뻗은 가문비나무들의 숲이란 백만의 군사와 창궐하는 군기(軍旗)의 열병식을 보는 듯하지만 불에 타서 죽은 전나무, 잣나무들의 열병 또한 그에 못지 않은 장엄함을 과시한다. 불탄 나무들은 살아있을 때의 푸른 열망를 포기한 채 수천만 그루의 죽음으로 산을 덮고 있다. 1976년의 산불이 수목들을 이처럼 처참하게 불태운 것이다. 얼마나 큰 산불이었으면 세시간을 달려도 끝나지 않는 불탄 나무들의 그림자 뿐일까?

그러나 산불 이십년, 이제는 검은 숯검뎅이 아래로 다시 초목이 돋고 향기로운 꽃들이 다시 싹을 밀어올려 산불의 참담함을 잊어라 한다. 골을 적시는 물이 흐르고 푸나무들이 꽃과 잎을 밀어울리는 곳에는 어디든 짐승들이 살기 마련이다. 이곳에 서식하는 희귀한 동물들, 새와 곤충들이 수십종임을 군데군데 서있는 표지판이 알린다.

버팔로, 코요테, 긴뿔 사슴, 바위염소, 붉은 깃노루, 불곰, 꽃사슴, 큰뿔 염소, 땅다람쥐, 흑곰, 펠리칸, 아기기린들은 이곳이 아니고는 볼 수 없는 동물들이다. 그것들은 제 스스로가 희귀한 존재인 줄 아는 듯, 사람들이 줄을 지어 저들을 쫓아가면 가끔씩은 제 아름다운 목덜미와 긴 뿔, 천리 밖 우뢰소리를 들을 수 있는 손부채 같은 귀, 너무 맑아 오히려 슬픔이 어린 눈을 들어 카메라를 든 사람 앞에서 포즈를 취해 준다.

산이 그들의 집인지라 그들은 잠자리 걱정이 없고 골에 가득한 풀이 그들의 양식인지라 그들은 먹이 걱정을 하지 않는다. 철따라 길어나고 빠지는 털이 옷인지라 추위 더위를 막을 옷을 짓지 않아도 계절을 이길 수 있고 자연에 순응하면서 살 줄 아는지라 자연이 시키는 대로 새끼 배고 낳고 자라고 죽는 것이다. 이보다 어질고 순한 삶이 어디 있으랴? 그것들은 이 산의 명물인 유황온천과 더불어 이 산의 주인으로 자리할 것임에 틀림없다.

이틀밤을 숲 속의 캠프에서 지낸 뒤 제니는 나에게 묻는다.
「다음은 라스베가스에요, 괜찮으시죠?」
나는 고개를 끄덕여 그녀의 제의에 동의한다.

「라스베가스는 여기서 얼마나 걸리나요?」

「여기서 네바다주까지는 비행기로 두 시간이면 갈 수 있어요.」

「두 시간이면 가까운 거리군요. 예약 없이 곧바로 비행기를 탈 수 있을까요?」

「걱정하지 마세요. 제가 여기에 도착하자 마자 라스베가스행 비행기표를 예약해 놓았으니까요.」

「벌써 예약을 해놓았다구요?」

나는 제니의 기민함에 한 번 더 감탄하면서 그녀를 가볍게 안아 준다.

「라스베가스는 일년 내내 관광객이 끊이지 않는 도시인지라 미리 예약해 놓지 않으면 표 사기가 힘드는 곳이거던요. 그래서 미리 예약을 한 것 뿐이에요.」

「몇 시 비행기죠?」

「오전 열한시, 곧 출발해야 해요.」

우리가 잭슨 공항을 출발하여 라스베가스 맥카렌 공항에 닿았을 때는 오후 한 시가 조금 지난 시간이었다. 줄곧 사막 가운데로 비행해 왔는데 갑자기 눈 앞에 화려한 도시가 펼쳐진다. 공항에서 리무진 버스를 타고 다시 시내로 들어가는데 삼십여분, 시내는 벌써 오후의 관광객 물결로 열기가 오른다. 버스 안에서 제니는 나에게 말한다.

「라스베가스의 특징이 무언지 아세요?」

「무엇이죠?」

「술, 도박, 여자, 호텔, 권투.......」

「매혹, 화려의 극치?」

「아니에요. 그것보다 중요한 특징이 있어요. 이곳은 사람들이 생각하는 만큼의 우범지역이 아니라는 거에요. 이곳은 술이 있고 도박, 권투가 있지만 살인이나 강간이 없는 도시라는 거에요. 아직 이곳에서 총기사고나 강간사건이 일어난 일은 거의 없대요. 술주정뱅이나 노름꾼의 도시이긴 하지만 무모한 싸움이 없고 흥행은 있으나 강도사건이 없는 도시래요.」

「어째서 그럴까요?」

「강도를 할만한 강심장을 지닌 사람이라면 차라리 카지노에 가서 도박을 하는 편이 낫고 강간을 할 만큼 절박한 사람이라면 도시 전체에 넘치는 여자들을 제 것으로 하면 되는 곳이니까 그런 끔찍한 일들이 일어날 리가 없죠.」

「장삿속으로 만들어낸 이곳 사람들의 선전문구가 아닐까요?」

「아니에요, 세계의 거부, 세계의 치한들이 여기에 와서 돈 보따리를 풀어놓고 가는데 그만한 신변의 보장이 없다면 누가 이곳에 맘놓고 오겠어요. 우리도 여장을 풀고 마음껏 한 번 환락 속을 돌아다녀 봐요.」

나는 생각한다. 그럴 수 있다. 사람은 누구나 한 번씩은 이성적 인간이기를 잠시 쉬고 맘껏 취하고 맘껏 욕하고 맘껏 도박할 수 있는 본능적 인간으로 돌아가고 싶은 충동을 받는다. 그러나 주위의 환경이나 여건 때문에 그런 충동을 절제하고 잠재우며 살아간다. 때로 필연보다 우연에 마음을 맡기고 논리보다 유머러스하고 동화적인 세계에 몸을 맡기고 싶어 하는 것은 결코 악이 아니다. 이곳은 바로 그러한 인간 본능의 충족을 위한 동화적인 발상의 도시이다.

긴장 뒤에 이완이 있고 정밀 뒤에 성글음이 있음은 기계와 같이 정치(精緻)한 현대의 삶과 사고에서는 메커니즘을 휴머니즘으로 대치하고 냉담을 유머로 대치하는 방법일 수 있다. 긴장의 연속은 사람을 미치게 하고 정밀함의 연속은 사람을 견딜 수 없는 곳으로 끌고 간다. 그러므로 긴장과 이완, 정밀과 성글음의 적절한 교직은 사람에게 여유를 주고 자기조절 능력을 회복시켜 주는 역할을 하게 한다.

정의(情誼) 보다 절차가, 품성보다 능력이 우선되는 사회, 사람과의 친교가 두려워 개를 친구로 하는 사람들의 사회, 수천억 대의 돈을 쥐고도 쓸 곳을 못찾아 안달하는 건달들, 호화 유람선을 가진 선박왕, 거대한 유전을 가진 석유왕, 그들의 돈을 사회에 환원하는 방법 가운데 가장 재미 있는 방법은 도박일 수 있다. 아무런 명분 없이 돈을 사회로 환원하는 방법은 이 길 뿐이다. 얼마나 익살스럽고 애교있는 환전 방법인가?

우리는 호텔에 짐을 갖다놓기 바쁘게 거리를 나선다. 거리에

는 발길 닿는 곳마다 카지노다. 여기저기서 동전 쏟아지는 소리
가 우뢰소리같이 들린다. 웃음이 있고 노래가 있고 술이 있고
여자가 있다. 익살이 있고 우화가 있고 호기심이 있고 일확천금
이 있다. 여기에선 아무도 성낸 사람이 없고 아무도 근심 띤 얼
굴이 없다.

제니는 환전소에 가서 동전 백개를 바꾼다. 쉰개는 제니의
것, 쉰개는 내 것이다. 우리는 두 대의 슬롯머신 앞에서 열심히
레바를 당긴다. 가끔 동전 미끄러지는 소리가 가랑비 소리처럼
들리는 것만으로도 재미가 있어 우리는 백개의 동전을 순식간
에 잃는다.

내가 동전 쉰 개를 잃는 동안 제니는 두 번씩이나 환전소엘
가는 걸 보면 제니는 나보다 더 열심히 레바를 당긴 것이다. 다
시 한번 환전소엘 가는 제니를 보고 나는,

「그만 갑시다.」

하고 제안한다.

「왜요? 재미가 없어요?」

「아무리 재미로 해 보는 놀이지만 그래도 조금은 따야 재미
아니겠어요?」

「그래요. 따야 재미죠. 그러면 우리 저쪽으로 가서 한 번만 더
해봐요. 응?」

「더 해도 마찬가질 게 뻔한데 더해서 뭘해요?」

「아니에요. 이번엔 슬롯으로 하지 말고 룰렛으로 해봐요. 혹

알아요? 돈을 이만큼 딸는지?」

제니는 두 팔을 들어 원을 그리며 과장된 몸짓을 해 보인다.

「그래요. 딱 한 번이에요.」

제니와 나는 룰렛으로 가서 다른 사람들이 던지는 구슬 놀이를 한참 동안 구경한다. 딜러가 던진 구슬이 원반 위에 적힌 숫자와 색깔을 맞추면 돈을 딴다. 그러나 문제는 구슬을 던지는 딜러의 손놀림에 있다. 제니는 나에게 지폐 한 장을 꺼내 주며 딜러에게 주라고 한다. 나는 그걸 못해 망설이기만 한다. 제니는 지폐를 들고 딜러에게 가서, 잘 봐 주세요, 하고 웃는다. 그리고 원반 곁으로 가서 나는 짝수에 운을 걸고 제니는 파랑색에 운을 건다. 나는 다섯배를 걸고 제니는 열배에 운을 건다. 한꺼번에 이백불을 건 셈이다. 그러나 10번을 찍은 내 구슬은 20번에 가서 떨어졌고 제니의 것은 빨강색에 가서 떨어졌다. 나는 화가 치밀었다.

「꼭 한 번만 더해 봐요. 그러면 더 하자고 않을게요.」

라는 제니의 말에 나는 선뜻 동의한다. 그것은 홧김이었다. 이번엔 나는 20번을 찍고 스무배의 운을 걸었고 제니는 빨강색을 찍고 서른배의 운을 걸었다. 딜러가 제니를 보고,

「너무 크게 걸지 마세요. 손해를 볼 수도 있으니까요.」

하고 충고한다.

나는 딜러의 말을 듣고 스무배를 열배로 낮추었고 제니는 서른배에서 스무배로 낮춘다.

이번엔 딜러가 아까보다 정성을 들여 구슬을 던진다. 사람들의 시선이 구슬에 집중된다. 비록 자기의 구슬이 아니더라도 원반을 향해 둘러선 사람들의 눈은 구슬이 움직이는 방향을 놓치지 않는다. 구슬이 반원을 그리며 원반에 떨어지자 사람들이 와— 하고 탄성을 지른다. 제니의 구슬이 빨강색 다이아몬드를 맞춘 것이다. 박수가 쏟아진다. 나는 제니의 얼굴을 쳐다보았다. 제니는 침착했다. 제니는 깡충깡충 뛰거나 호들갑을 떨지 않고 내 얼굴을 살핀다. 제니는 슬롯과 룰렛에서 육백불을 잃었고 딜러에게 이십불을 팁으로 주고도 천삼백팔십불을 딴 셈이다.

「어디 가서 술이나 한 잔 할까요, 우리?」

나의 제안에 제니는,

「그래요, 트로피카나로 가서 쇼를 보면서 맥주를 마시는 것도 좋을 것 같아요. 오늘은 운이 좋은 날이니까 혹시 스트립 쇼가 있을 지도 모르죠.」

우리가 트로피카나로 가서 방 한 가운데 있는 소파에 앉았을 때는 장발의 가수가 마이크를 치켜들고 무대를 오가면서 열띤 노래를 부르는 장면이 화면을 가득 메우고 있었다. 쫄대 바지를 입고 풀어헤친 남방 셔츠 속으로는 가슴의 털 북숭이가 훤히 내다 보이는 젊은 가수인데 어디서 많이 듣던 노래이지만 나는 그가 누구인지를 선뜻 알지 못한다.

「누구죠, 저 사람은?」

「엘비스 아녜요, 이 트로피카나 쇼는 엘비스 프레슬리의 쇼로 유명한 곳이래요. 지금은 비록 그의 사진으로만 무대를 메꾸고 있지만요.」

「그런 걸 다 어떻게 알아요? 처음 온 사람이?」

「우리가 묵고 있는 호텔의 안내에게 물어보았지요, 여기에 오면 이런 것 쯤은 사전에 알아놓을 필요가 있거던요.」

조금 앉아 있으니까 엘비스의 얼굴과 닮은 젊은이들이 맥주를 쟁반에 담아 들고 온다.

내가 「댕큐」라고 하자, 그들은,

「맥주는 써비스예요, 필요하면 더 청해도 됩니다」

한다. 내가 의아한 눈으로 그를 쳐다보자, 그는,

「염려마세요, 다만 무대에서 여자들이 내려 오거던 팁이나 주면 됩니다」

하고 허리를 한 번 굽히고는 저쪽으로 사라진다. 그들이 사라지자 곧 무대에는 엘비스의 영사막이 걷히고 수십명의 무희들이 복사꽃 같은 알몸을 흔들며 장내를 뒤흔든다.

요란한 음악, 귀를 찢는 트럼펫, 사회자의 찢는 듯한 마이크 소리, 청중들의 휘파람 소리가 산지사방에서 일제히 일어난다. 무대의 여자들은 춤을 추고 노래를 부르면서 차례로 옷을 벗어 던진다. 나는 그래도 실낱 같은 기대, 여자들이 끼고 있는 마지막 옷 한 가지만은 제발 벗지 말아주기를 속으로 바랐지만 여자들은 나의 기대를 무너뜨리고 그들이 걸친 마지막 옷까지 모두 벗어던진다.

거기에는 원시의 본능이 있고 꿈틀거리는 육체가 있다. 그것은 고여있지 않고 출렁이고 잠 자지 않고 살아 생동하는 육체다. 이상한 일이다. 처음엔 오금을 못 펴도록 부끄럽던 내 눈이 차츰 그것을 보고 있는 동안 피어오르는 활력을 느끼고 솟구치는 충만감을 느낀다. 한 군데도 가린 곳 없는 몸으로 춤 추고 노래하는 무대 위의 여자들에게서 내가 우려했던 만큼의 저속이나 메스꺼움을 느끼지 않고 오히려 풋풋하고 싱싱함을 느낄 수 있는 것은 내 눈과 감각이 차츰 동양적 경직을 벗어나서 일까? 오히려 무대 위의 여자들은 옷을 벗음으로써 자연스럽고 옷을 벗음으로써 충만감을 갖는 듯하다. 더욱이 무대 위의 여자들이 나와 같은 피부빛깔을 했거나 나와 같은 수치와 부끄러움에 민감한 여자들이라면 나 역시 얼굴을 들고 그들을 바라보기가 민망할런지도 모르지만 여자들의 몸빛, 여자들의 얼굴, 여자들의 머리 색깔이 나와는 다른 종족들이기에 나는 그들을 아무런 수치감과 모멸감 없이 그저 흥겹게 그들을 바라볼 수가 있는 것이다. 동류의식이 없는 곳에 동정이나 측은 따위의 감정이 개입할 리가 없다.

무대가 끝날 즈음 여자들이 관중 속으로 내려온다. 제니는 나에게 여자들이 곁으로 오면 주라고 지폐 한 장을 건네준다. 팁을 받은 여자는 내 곁에서 한참을 머문다. 무엇을 원하느냐는 물음 같다. 나는 손을 저어 바라는 것이 없다고 전한다. 여자는 고맙다고 인사하고 자리를 뜬다.

우리는 늦게 호텔로 돌아왔고 이튿날도 정오가 되어서야 일어났다. 커튼을 열고 호텔 창을 통해 밖을 내려다 본다. 불야성을 이루었던 어젯밤의 시가지는 검은 건물들의 형해만 남아 있을 뿐, 현란하던 불빛, 축제와 같았던 음악과 축포, 바다처럼 일렁이던 군중의 대열은 어디론가 사라지고 보이지 않는다. 황량하기 그지없다.

환희와 도취의 거리는 밤이 가면 적막과 스산함만이 남는가 보다. 밤이 들 때까지 우리는 거리로 나가지 않았다. 샤워를 하고 레스토랑에 가서 생선요리를 먹은 뒤에도 우리는 밖으로 나가지 않았다. 우리가 방 안에 쉬고 있는 동안 어김없이 어둠은 창문을 통해 방 안으로 스며든다. 밖이 다시 어두워지는 것을 보고 제니와 나는 밖을 나선다.

「오늘은 어디로 가볼까요?」

「어디든 좋아요, 제니가 가는 데라면.」

「그러면 웨딩 체플로 가 봐요, 우리.」

「웨딩 체플?」

「예, 교횐데요, 이색적인 결혼식이 있는 교회래요」

제니와 내가 웨딩 체플에 닿았을 때는 조그만 교회 마당에 링컨 콘티넨탈과 리무진이 몇 대 머물러 있고 검정색 양복과 빨간 원피스로 정장을 한 남녀들이 한 떼, 교회 안으로 들어가는 것이 보인다. 교회는 작고 초라해 서른 명이 앉을 만한 의자가 놓였을 뿐, 탁자와 계단에는 찬란한 분위기를 자아낼 만한 장식이라고는 아무 것도 보이지 않는다. 단 위에 밝혀 놓은 수 개의 촛불만 아니라면 이곳이 결혼식장이라고 짐작할만한 것은 아무 것도 없다.

　신랑과 신부가 교회에 닿자 가운을 입은 목사가 단 위에 오르는 것이 보인다. 들어가 볼까 하다 발을 돌리며 나는,

　「어떤 사람들이 여기까지 와서 밤중에 결혼식을 올릴까요?」

하고 제니에게 묻는다.

　「그런 사람들이 많이 있나봐요, 이 도시에 웨딩 체플만도 스무 개가 넘는다는 걸 보면요」

　「그럴 수는 있을 것 같군요, 요사이는 수중결혼식도 있고 등반 결혼식도 있는 때이니까」

　「그런데 이 곳의 결혼식은 반드시 화려함을 찾는 사람들만의 것은 아니래요. 저기 있는 목사는 교회의 의식을 집전하는 목사가 아니라 주례를 전담하는 목사인데 주례 뿐만 아니라 결혼식에 따르는 일체의 절차, 일체의 경비까지 저 사람이 모두 처리해 준대요.」

　「경비는 얼마나 든대요?」

　「경비의 총액이 30불 정도래요.그것이면 주례비, 예식장 사용료, 혼인 신고 절차까지 다 마칠수 있대요.」

　「재미 있군요.」

　「더 재미 있는 일은, 이곳에 여행 온 사람 가운데, 여행온 지 사흘만에 예정에도 없는 결혼식을 올리고 결혼한 지 사흘만에

이혼해 버린 사람도 있다는 거에요」

「그야 첫날밤에 이혼한 사람도 있으니까」

「웨딩 체플의 목사는 같은 신랑 신부의 주례를 사흘 전에 해주고 사흘 뒤에 같은 신랑 신부의 이혼 수속을 다시 해 준 거지요. 이 주(州)는 다른 주와는 달리 결혼도 쉽고 이혼도 쉬워서 다른 주에서 이혼을 못한 사람들이 이곳으로 와서는 손쉽게 이혼하는 예가 많대요. 그러니까 여행을 위해서가 아니라 이혼을 하기 위해서 이곳으로 오는 사람들도 많이 있다는 거에요.」

「그렇게 되면 결혼도 이혼도 하나의 흥행, 잠시의 퍼포먼스에 불과한 것이 겠군요.」

「나도 관우씨와 함께 저 목사 앞에 한 번 서 봤으면!」

「농담이겠죠」

제니와 나는 다시 발길을 돌려 「더 스트립」이라 불리우는 환락의 골목으로 들어선다. 골목길에서 팜플렛을 든 여자들에게 광고사진을 받고 우리는 그 가운데의 「리자 엔터테인」을 택한다. 리자 엔터테인은 지하에 있다. 제니와 내가 엔터테인 안으로 들어가자 뜻밖의 일이 눈 앞에 벌어진다. 제니도 조금은 당황하는 빛이다. 나는 자리에 앉지 말고 돌아 나올까 하다가 제니의 의향을 몰라 자리에 앉는다. 무대에는 우리가 예상했던 것과는 달리 여자들의 나신이 아닌 벌거숭이 남자들이 나와 차례로 팬티를 벗는다. 잘못 들어온 것이긴 하지만 자리에 앉은 제

니가 움직일 기미를 보이지 않아 나도 자리에서 기다리기로 한
다. 관중석에는 남자들 보다 여자들이 더 많은 것 같다. 여자들
은 남자들의 알몸뚱이에 정신이 팔려 술을 마시는 사람도 떠드
는 사람도 없다. 나는 메스꺼움을 느껴 더 참을 수가 없었지만
제니 때문에 한참을 그 자리에 눌러 앉아 있다. 무대를 내려 선
남자들에게 어떤 여자들은 팁을 던져주고는 얼굴을 돌리는 여
자가 있는가 하면 어떤 여자들은 신기한 듯이 남자의 미세한 곳
까지를 들여다 보는 여자도 있다.

　그제야 제니는 나를 바라보며,

　「그만 갈까요?」

하고 묻는다. 나는 제니의 말이 떨어지기가 바쁘게 제니의 손을
잡고 밖으로 나온다.

16

밀턴을 읽는 사람이 밀턴의 고뇌를 읽지 않고 밀턴이 펼쳐놓은 언어의 표상만 읽는다. 단테를 읽는 사람이 단테의 종교적 고뇌와 신앙은 읽지 않고 연옥편의 줄거리만 읽는다. 사람들은 단테의 영혼에는 관심이 없고 베아트리체가 비르질리우스를 따라가는 길에만 관심을 기울인다. 문학이란 심혼을 불어넣어 주는 특종의 예술인데도 대부분의 독자들은 문학 속에 들어있는 심혼을 만나려 하지 않고 겉에 드러난 이야기의 흐름만 따라간다.

내가 한 줄의 글을 쓰기 위해 다섯날 다섯 밤을 불면으로 새웠어도 독자는 그 한 줄을 불과 오분만에 다 읽는다. 내가 백장의 산문, 천 장의 소설을 쓰는 데 석달이 걸리고 이년이 걸렸다 해도 독자들은 그것을 두 시간 혹은 이틀만에 다 읽어 버린다. 내가 그 글을 쓰기 위해 열번을 지우고 고친 구절에도 독자들은 거기에 두 번의 눈을 주지 않고, 내가 그 부분을 쓰기 위해 스무 번 생각을 반추한 구절에서도 독자들의 눈길은 두 번 이상 머물지 않는다.

　나의 아픔, 나의 고통을 눈뭉치처럼 굴리며, 마지막 한 구절의 통한과 쾌재를 위해 수없는 밤과 낮을 긴장 속에 견딘 한 줄의 글, 그리하여 나는 스물두번째의 실패한 글 「운명에 대하여」에서 이렇게 썼다.

　나는 케첸체머라는 희귀한 병을 앓고 있다. 평온한 일상사에도 정신적 충격이나 불안을 겪는 일종의 정신질환이다. 아니 나는 케첸체머를 앓기 전에도 그와 유사한 심리적 불안, 정서의 파탄, 우울증, 망상, 히스테리에서 오는 고통을 경험한 적이 있다. 나의 이 치유되지 않는 정신질환은 그 날의 심리상태와 기분의 여하에 따라 크게 좌우된다. 내 정신질환은 가끔 나에게, 내가 쓰고 있는 소설의 여주인공과 사랑을 하고 육체관계를 맺게 한다. 나는 때로 내가 쓰는 소설의 여주인공을, 이 세상에서는 어디에서도 발견할 수 없는 아름답고 고상한 인물로 그리다가도 때로는 이 세상의 여자 가운데서는 도저히 용서할 수 없는 악마로 만들어 놓기도 한다.

악마가 된 여자는 나의 잠자리, 나의 식탁, 나의 서재에 까지 따라다니기도 하고 때로는 나의 탈의실, 나의 욕실, 나의 화장실에까지 따라와 나의 잠자리를 괴롭히거나 나의 식탁을 어지럽히며 내가 옷을 벗고 욕실에 들어갈 때쯤이면 제가 먼저 발가숭이가 되어 나의 어두운 쾌락을 자극한다. 그랬을 때 그녀는 나를 혼몽의 시간 안에 나를 가두고 나를 제 수인(囚人)이 되게 한다.

나는 때로 외출에서 돌아오다가도 거리의 포스터 앞에서나 마로니에 그늘에 쉬고 있는 그녀를 발견한다. 나는 그녀를 피하기 위해 지나가는 택시를 급히 잡지만 그녀는 영낙없이 나를 발견하고 내가 택시에 앉기 전에 제가 먼저 앉는다. 나는 그녀의 살냄새가 코에 스미면 알 수 없는 미망 속으로 끌려들어가는 나를 바라본다. 그랬을 때 나의 무력은 아무 것도 할 수 없다.

「금성 아파트에까지 다 왔는데요?」

하고 운전사가 나에게 말할 때까지도 나는 그녀의 환상 속에 헤어나지 못하고 택시 안에서 머뭇거린다.

「내리세요, 손님.」

하고 운전사가 재촉하는 말을 듣고 나는 그에게 묻는다.

「아저씨, 지금 내 곁에 있던 여자는 먼저 내렸나요?」

운전사는 나를 물끄러미 쳐다보며,

「곁에 있던 여자라니요?」

하고 되묻는다.

「내 곁에 있던 여자 말예요. 못보셨어요?」

그러면 운전사는 짜증 난 소리로,

「술 취했어요? 바쁜 사람 붙들고 농담하지 마시고 빨리 내려요.」

한다. 나는 그제야 택시에서 내리면서도 운전사의 정신이 온전한지 의심스러운 눈으로 그를 한 번 더 쳐다본다.

나의 병, 나의 질환들은 그렇듯 나의 동반자요 나의 반려다. 나는 지금껏 나의 병과 질환들을 식구로 해서 살아온 것이다. 그런만큼 내가 앓아보지 않은 병은 거의 없는 셈이다. 그것보다 더 친근하게 나에게 다가와서 나를 어루이고 나를 뒤채이며 채근해 주는 것도 이 세상에는 없다.

내가 이런 글을 쓴 것은 다만 허구와 상상으로만 쓴 것은 아니다. 내가 이런 글을 썼을 때는 나는 그 글의 표상보다 더 위독한 증상을 앓고 있었던 것이고 그 증상은 그 글의 상황보다 더 심각한 병증에 닿아 있었던 것이다. 그러나 즐겁지 않은 나의 이러한 고백이 소설이라는 이름으로 쓰여졌을 때 누구가 그것을 한 편의 성공한 작품으로 선뜻 비점(琵點)을 놓아준단 말인가?

내가 이 글을 쓰는 동안도 세상은 조용하지 않았다. 부천서 성고문 사건이 일어났고 박종철 고문 치사 사건이 일어났다. 필리핀에 민주혁명이 일어나고 소련서는 체르노빌 원전사고가 발생하고 고르바쵸프가 세계를 향해 개방정책을 표명했다. CNN 방송은 한국의 의정부에 핵배낭 특수부대가 배치되어 있다고 보도하고, 미국이 한국에 농수산물 수입개방을 하라고 압력을 가했다. 남북한 이산가족 고향방문단이 서울과 평양으로 동시에 교환되고 고대교수들이 시국선언문을 발표하고, 김대중, 김영삼이 대통령후보 단일화 담판에 실패하고, 카알기 폭파범 마유미가 서울로 이송되었다.

교육출판기획실에서 시집 『내 무거운 책 가방』이 발간되고, 리일복이가 시 「불빛」을, 권강일이가 소설 「어서가자 저 언덕으로」를, 윤상현이가 평론 「친애하는 김정일 동지의 위대성 형상을 위한 예술적 탐구」를 발표했다.

세상은 무서운 변화의 소용돌이 속으로 빠져드는데 나는 다만 나 혼자만 아는 케첸체머병을 앓고 있었다.

아무도 나의 고민, 나의 병증을 이해해 주려하지 않았다. 그럴수록 나는 더욱 깊이 병증의 수렁 속으로 빠져 들었고 나 스스로에 대한 가학증을 부채질하고 있었다.

행하는 자여, 모든 물질계는 비어 있음과 다르지 않고 모든 비어 있음은 물질계와 다르지 않아서, 물질세계가 곧 비어 있음이며 비어 있기 때문에 곧 물질세계가 생성되는 것이니, 대상을 감각적으로 받아들이고 그것을 인식내용으로 구성하며 다시 그것을 활동으로 지어내고 또 다시 그것을 개념으로 가려내는 인간의 활동이 모두 이와 같은 것임을 알아라.(舍利子色卽異空 空不異色 色卽是空空卽是色 受想行識亦復如是)

때로 나는 가비라의 왕자 싯다르타가 나무 아래서 깨달은 바를 가르침으로 전했다는 경전, 큰 지혜를 깨우치기 위해 암송하는 마음의 경전(반야심경)을 외우면서 나를 안정시키려고 안간힘했고,

해인해인 하는데 무엇이 해인인가? 눈에 보이지 않게 가르치는 뜨거운 말씀, 가뭄에 단비같이 내려주는 기쁨의 말씀, 아침 이슬처럼 풀잎을 적셔주는 찬연한 말씀이 해인이다. 바다에 바람이 잔잔해져서 그 위에 만상이 제 모습을 드리우는 것이 해인인 것을, 살아있는 자들이여, 너의 마음도 해인같이 하라. 된다 된다 하는데 무엇이 된단 말인가? 무궁한 변화를 하나의 경지로 이끄는 힘이 해인이다.(海印海印何海印 見不知火雨露 無窮造化是海印)

또 때로는 진실로 해인처럼, 마음의 바다 위에 달빛이 내려와 비치기를 바라면서 나는 속절없이 하루가 남긴 시간의 잔광과 싸우기도 했다. 그러나 아무 것도 해결되는 것은 없었다. 나는 무엇엔가 쫓기는 듯하면서도 돌아보면 아무 것도 나를 쫓는 것

이 없음을 보고 허허로운 사념에 잠기곤 했다. 나의 가학증은 마침내 이런 책을 읽도록 나를 이끌었다.

전라도 김제의 고씨 성을 가진 가난한 선비가 배고픔을 참지 못해 그 아내와 곧 갈라져 살게 되었다. 그 아내가 말하기를, 이 같은 참혹한 흉년을 만나서 이제 굶어죽게 되었으니 우선 밖에 있는 개나 잡아 먹읍시다. 선비가 이르기를 나는 차마 내 손으로 개를 잡아 죽일 수가 없구려. 아내가 말하기를, 내가 부엌에 들어가 개의 머리에 끈을 맬테니 당신은 부엌 밖에서 끈을 잡아 당기시오. 선비가 그 말대로 하고 부엌으로 들어가 보니 죽은 것은 개가 아니라 그 아내더라. 영조 3년에는 사람이 사람을 잡아먹는 상황에 까지 이르렀으니 도적은 더욱 치성할 수밖에 없었다. 이런 상황에서 전라도 변산 땅에서는 스무해 동안 숨어서 양병(養兵)한 노비도적들이 영조 4년에 난을 일으켜 영남의 안음, 거창, 합천 등지까지 그 세력이 뻗쳤더라. 그들이 포치한 청룡대장은 열두명, 그 열두명 가운데 제1장수가 정팔용, 제2장수가 박필현, 제3장수가 정세윤이다. 정팔용(鄭八龍)은 정도령이라 불리우는 노비도적의 핵심이다.

대개 역사는 군왕과 수월자(秀越者)들의 기록이거나 비범한 명망가, 세기를 놀라게 한 반역자들의 기록이었지만 다시금 위의 책은 비렁뱅이, 무지랭이, 가난뱅이들의 기록도 못지않게 역사가 되는 과정을 가르치고 있다. 나는 그런 평범과 일상의 기록이 수월자들의 기록보다 좋아 무턱대고 그런 책들을 찾아 다녔는데 나중에는, 세인들이 말하는 진인(眞人)은 정도령이며 정진인은 지금으로부터 천칠백년 전에 유태 땅에 태어났다가 이제야 한반도에 다시 태어났다는 『격암유록格巖遺錄』이나, 천이백년 전 부안 땅 변산의 불사의방(不思議房)에 미륵이 출현해 신라의 진표율사에게 비결을 전수 받아 이제야 그 도를 세상에 편다는『정감록鄭鑑錄』의 낱장들을 시시콜콜 섭렵하기도 했다.

그러나 그런 글들을 읽으면서도 뇌리에 떠나지 않는 것은, 내가 살고 있는 이 시간과 이 공간에 가장 적확한 한 문장을 거미줄처럼 섬세하고 찬연하게 뽑아내어 쌀알만한 현혹도 없는 진실한 감동을 독자에게 전달할 글을 쓸 수는 없을까 하는 욕구와 조바심이었다. 나는 날이면 날마다 그런 고뇌를 안고 빛보다는 어둠을, 즐거움 보다는 신산의 시간을 맞고 보냈다.

한 사람이 한 생애를 살면서 맞고 보낸 날들의 기록, 한 사람이 한 사람을 만나 사랑하고 슬퍼하며 살아간 기록을 참말 그의 사랑과 슬픔만큼 핍진하게 그릴 수 있을까?

그가 바라본 하늘빛, 그가 바라본 해와 달 그림자를 진실로 그가 바라본 그대로 기록할 수 있을까? 만약 그렇다면 그것은 누구가 그 글을 인정하고 않고가 문제가 아니라 나 스스로가 축

배의 잔을 들고 그것을 기리고 그것에 도취하여 긴 날을 환희의
덤불 속에 묻힐 수 있을 것이다.

그러나 나에게 그것이 가능한가? 나의 욕망이 불타오를수록
나의 글은 야위고 나의 희원이 넘쳐오를수록 나의 글은 가난해
져 끝내 그것은 어둠 속에 제 가진 마지막 빛과 온기마저 빼앗
기고 한 줌 재로 사위어 가는 모닥불이 되는 것을 나는 하염없
이 바라보기만 했다.

제니와 나는 DC씨로 날아왔다. 날씨는 맑았고 땅은 끓어올라
기온이 30도를 오르내렸다. 포토맥 강가에 있는 그리 크지않은
호텔에서 우리는 이틀을 머물었다. 아침에 일어나자 제니가 말
했다.

「관우씨, 나는 디씨엔 다섯 번째에요. 나는 더 보고싶은 것이
없으니 관우씨 보고싶은 것을 골라 이틀 동안 마음껏 구경하세
요. 저는 여기에 살고 있는 저의 숙모를 찾아 보고 저녁 일곱 시
에 호텔로 돌아올게요. 오늘과 내일 이틀 동안은 우리 서로 자
유시간으로 해요.」

그런 제안대로 나는 제니와 헤어져 오전부터 나 혼자의 시간
을 가졌다. 그림자처럼 따라다니던 제니의 모습이 보이지 않아
허전한 느낌도 들었지만 시가지 중심가에 가득찬 박물관들을
보느라 나는 허전함을 잊을 수 있었다. 나는 스미소니언 박물관
을 보면서 다시 한 번 생각한다.

미국이라는 나라가 돈이 없는 나라라면 이처럼 방대한 세계의 민속이나 예술작품들을 무더기로 사들일 수가 있을까? 그림값이 비싸기로는 한국도 예외가 아니지만 세계의 그림 값을 부채질한 것은 바로 돈많은 서양 사람들 때문이 아닌가? 미국과 같은 경제적, 정치적 힘이 아니면 도저히 가져올 수 없을 듯한 대형 작품들, 고대 중국의 비석, 인도의 불상, 이집트의 무덤들과 상형문자가 새겨진 비각(碑閣)들, 어찌 그 뿐인가?

　로마, 앗시리아, 굽타, 바빌로니아, 투르크의 유물들과 마야, 잉카, 아즈텍, 히스페닉의 유물들, 중국, 일본, 한국, 타일랜드, 캄보디아의 민속 예술품들, 파푸아뉴기니, 마이크로네시아의 민속품들, 시간적으로는 우루크, 페르시아 시대의 원시 유물들로부터 현대의 예술작품에 이르기 까지 가히 이 지구상에 있었던 모든 유적과 유물, 예술작품들을 한데 모아 놓았으니 그것이 어찌 예술작품에 대한 호기심만으로 가능한 일이겠는가?

　일본관에 들어 일본의 술병을 보면서 나는 생각한다. 일본이 우리 것을 가져가거나 우리 것을 모방하면서도 아직 못한 것이 하나 있다. 그것이 이 술병의 손잡이에 새겨진 뱀의 형상이다. 일본은 술병의 손잡이에 뱀을 새겨놓았지만 그것이 만일 한국의 것이었다면 거기에는 필연코 뱀이 아니라 용이 새겨졌을 것이다. 우리는 옛부터 뱀을 흉물스런 동물로, 용을 상서로운 동물로 생각했다. 우리의 청자나 비석, 곤룡포에도 뱀이 아니라 용이 새겨져 있으니 저것이 만약 우리의 것이었다면 그 손잡이에 뱀 대신 용을 새겨넣는 일은 어렵지 않았을 것이다. 용과 뱀, 그것은 모방과 창작의 차이, 재빨리 모방은 하면서도 상상의 폭을 창작으로는 연결하지 못하는 일본 예술의 한계가 아닌가? 그렇다면 그것은 한국과 일본의 예술상의 차이라고 할 수 있지 않을까?

전장(全長) 백리에 달한다는 박물관 전시장을 여기저기 다니다 보면 길을 놓치는 것은 하루에도 수삼번을 당하는 일이다. 내가 18, 19세기 미술을 둘러 보다가 길을 놓치고 중앙 복도를 따라 걷고 있는데 갑자기 눈에 익은 조각들이 내 발을 멈추게 한다.

로댕의 작품 「생각하는 사람」 「큐피드와 싸이크」 「포옹」 「신의 심부름꾼 아이리스」 들이다.

로댕의 작품은 특이하다. 그것은 독특한 냉담, 유다른 싸늘함을 지닌 그런 특이함을 지니고 있다. 조각가로서의 로댕의 활동 시기인 19세기 중. 후반은 회화에 있어서의 세잔느, 마네, 모네, 르노아르, 고호, 드가, 피사로, 고갱, 로트랙이 활동한 유럽 미술의 전성기이다. 그런만큼 회화에 있어서는 섬세와 우아, 화려와 열광을 체험하고 또 다른 실험, 인상이나 입체의 자장 속으로 가고 있던 시대에 조각에 있어서는 로댕의 싸늘한 지성과 인내, 차가운 사색이 담긴 이지적 작품이 생산되었던 것은 특기할 만한 일이다.

로댕의 조각에는 그것이 조각인만큼 평면의 화폭에 담기는 회화와는 다른 중량감이나 입체감이 있다. 그것은 회화가 지니는 화려함과 우아함 대신에 손에 잡힐 듯한 생동감과 중량감을 느끼게 한다. 로댕의 조각들은 대부분 검정색 브론즈인데 브론즈에다 인간의 감정과 호흡을 저다지도 여실하게 불어넣을 수 있다는 것은 그의 영혼이 그 작품 안에 생명처럼 스며들지 않고는 불가능한 일이다. 로댕의 작품이 갖는 특징은 특히 조상(彫像)에 나타난 표정의 완벽한 표출에 있다. 조상에 나타난 표정은 바로 살아있는 사람의 표정, 슬픔이 깃들고 우수가 묻어 있는 표정, 혹은 분노에 떨고 열정에 불타는 표정, 깊은 사색 혹은 고뇌에 차 있는 표정들이다.

　그의 조소들은 여느 유명 작품들과 같이 죽어가는 사람에게 활력을 불어넣어 주고 비애에 젖은 사람에게 따스한 인간미를 불어놓어 주는 그러한 작품이 아니라 한결같이 냉담과 우수, 고뇌와 사색만이 짙게 스민 작품들이다. 그런 점, 그는 브론즈에 이미지를 조각한 것이 아니라 스스로의 고뇌를 조각했고, 브론즈에 형상을 조소한 것이 아니라 스스로의 사색을 조소한 것이다.

　「생각하는 사람」에서 그는 무릎 위에 팔을 올리고 주먹으로 턱을 고인, 사색하는 청년의 모습을 담았지만, 「신의 심부름꾼 아이리스」에서는 참혹하게도 인간이 머리와 목을 댕겅 잘라버리고 가슴과 배, 팔과 다리만 그로테스크하게 형상화해 놓고 있다. 목도 얼굴도 없이 몸뚱이와 팔, 다리만 형상화 되어 있는 이

작품은 당연히 평화로운 모습이 아니다. 아니, 그것은 애초부터 평화로울 수가 없는 모습이다.

그것은 뒤틀리고 비틀어진 몸뚱이와 팔, 가슴과 다리를 가진 인간의 고통과 비애를 묘사해 놓고 있다. 어쩌면 인간의 원죄를 나타내려고 한 것인 듯도 하고 어쩌면 욕망과 죄악에 이즈러지고 뒤틀린 인간의 참담한 모습을 나타내려고 한 것인 듯도 하다.

그의 다른 작품, 「포옹」이나 「큐피드와 싸이크」는 남녀가 알몸으로 부둥켜 안거나 키스를 하고 있는 모습인데 그것을 보는 사람은 아무도 그것에서 에로티시즘을 느끼지 않는다. 그는 여러 작품에서 섹스 장면을 묘사했지만, 그가 묘사한 남녀의 포옹이나 섹스 장면은 외설스럽기 보다 오히려 진지하고 냉정하여 보는 사람을 숙연케 한다. 그런만큼 그는 인간의 섹스 행위를 도취와 쾌락의 행위로 보기 보다 진지하고 숭고한 행위로 보았던 것임을 알 수 있다.

로댕의 조각에는 웃음이 없다.

웃음은 가장 인간적인 행위의 하나요 가장 휴머니스틱한 행동양식이다. 동물에는 웃음이 없다. 웃음은 인간만이 가진 내심의 표출 방식이다. 웃음은 때로 저주와 가식을 담을 때도 있지만 진실한 웃음은 모든 사악과 증오와 분노를 삭이고 애정과 온유를 전달하는 인간적인 기능을 가진다.

그런데 로댕의 조각에 웃음이 없다는 것은 무엇을 뜻하는가? 그것은 로댕의 예술 행위가 우아나 골계 보다 숭고와 비장미를 지향한 표상임을 뜻한다. 그랬을 때의 숭고와 비장은 가혹한 냉담과 통한다. 그런만큼 그는 시인 릴케를 자기 집에서 내쫓고 애인 까미유 끌로델을 이십년이 넘게 정신병동에 유폐시키고도 눈 하나 깜짝이지 않을 수 있었을 만큼 싸늘한 인간이었다.

강가의 호텔은 저녁놀이 비쳐서 창마다 진홍색으로 빛난다. 호텔에서 내려다 보는 포토맥강은 마치 외출 준비를 마친 귀부인의 치마자락처럼 풍윤하다. 양쪽의 강둑을 무너뜨릴 것만 같이 부푼 강물은 물구비도 없이 넉넉하게 나무와 풀밭 사이를 흐르고 있다. 백리에 달한다는 박물관의 절반을 돌았으니 다리가 아프고 몸은 피로하다.

나보다 반 시간은 늦게 돌아온 제니가,

「오늘은 무얼 보았어요?」

하고 내게 물었을 때,

「로댕의 작품」

이라고 짧게 대답하고는 나는 곧 잠으로 빠져 들었다. 제니가 바지를 벗겨 옷장에 걸고 양말을 벗겨 욕조에 가서 빨아놓는 것조차 모르고 나는 잠을 잤다. 전장 백리 가운데 오십리는 아직 남았으니 나는 남은 오십리를 위해 잠을 자야 한다.

이튿날도 나는 다람쥐처럼 박물관과 미술관을 돌았다.

평론가들이란 본래 쉬운 말을 어렵게 함으로써 천박한 현학취

를 드러내고 그것으로 자신의 권위를 위장하려는 속악성을 가
진 사람들이지만 나는 언젠가 찢어진 신문 조각에서 읽었던
말—,

　　르네상스 이래 캔버스는 인간을 세계에서 분리시키는 분리막으로,
　인간이 화면을 통해 자연을 볼 수 있는 창문으로 그리고 예술가 개인으
　로서도 세계를 지배할 수 있다는 예술지상주의의 상징물로 세계와 인
　간의 사이에 수직으로 세워졌었다. 루치아노 폰타나는 그 화면을 찢었
　다. 화면 뒤의 세계가 보였다. 장 포트리에는 땅바닥에 화면을 깔았다.
　인간이 그것을 밟을 수 있었다. 장 뒤뷔페는 석고와 진흙으로 엉겨붙은
　화면에 낙서처럼 꺼적거렸다. 그 추함이 아름다움으로 인식되었다. 모
　두가 기계문명에 의해 전도된 인간의 미의식이었다.

　알쏭달쏭한 말이지만 재미 있어 아직도 기억하고 있는 어느
미술 평론가의 말이다. 그림은 그 그림이 어떤 유형의 것이든
그것을 그린 사람의 정신의 대리물이다. 정물화는 정물화대로,
풍경화는 풍경화대로 그것은 그것을 그린 화가의 혼과 희원이
서려 있다. 그러나 정물화와 풍경화는 대상이 화가의 정신을 압
도하고 화가의 희원과 꿈의 무늬가 화면 안으로 숨어버린다. 그
런 점에서 화가의 열망과 꿈을 표현하는 데는 사실화 보다 추상
화가 좋다. 내가 추상화를 좋아하는 이유도 여기에 있다. 몽드
리앙, 샤갈, 자코메티, 잭슨 폴락의 추상화들은 그리하여 내 발
을 그 앞에 묶어두고 오랫동안 그들이 전하는 침묵의 말을 듣도
록 나에게 강요한다.

내 눈에 들어온 몽드리앙의 그림은 이색적이다.

나는 그의 그림 앞에서 생각한다. 그는 복잡다단한 오브제를 단순화 시켜 바로본다. 그의 이미지는 매우 단순해서 마치 상품 광고의 디자인처럼 보인다. 그는 마치 동양화에서나 있음직한 과감한 여백을 화폭 안에 도입한다. 서양화에서는 용납 못할 화면의 방치이다. 그것은 몽드리앙 시대에도 하나의 경이였을 것임에 틀림없다. 그는 자연을 거쳐 인물로, 인물을 거쳐 무정물(無情物)인 랙탱글(직사각형)의 병치에 이르는데 이 기법은 추상화의 복잡성을 단순화 시켜 세계를 축소하는 힘을 미술에 도입한 것이다.

그런가 하면, 그 대척적인 자리에 샤갈이 있다. 몽드리앙은 복잡한 세계를 단순화시켰음에 비해 샤갈은 단순한 세계를 복잡미묘함으로 끌고 간다. 말하자면 몽드리앙은 시야에 들어오는 모든 대상을 선과 각과 삼원색으로 압축해서 단순화시켜 버리는 대신 샤갈은 꽃이나 나무, 사람을 그리는 데도 그 디테일을 정밀하고 신비하게 묘사함으로써 단순한 사물을 복잡화한다.

이 두 사람의 조화와 극단에 살바도르 달리가 있다. 그런데 이 미술관에는 달리의 작품이 보이지 않는다. 모든 작품이 실험작으로 끝나버린 달리를 미술관에서는 선호하지 않는 탓일까? 아니면 달리의 작품들이 회귀해서 미술관에서 구하지 못한 탓일까?

점심식사를 위해 머핀 하나와 쥬스 한 잔을 산다. 사람이 들

끓어 줄을 서서 기다려야 한다. 줄의 끝에 서서 앞 사람이 하나씩 줄 밖으로 나갈 때마다 한 발짝씩 앞으로 발을 옮기며 벽면을 두리번거린다. 그때 눈에 들어오는 사진이 하나 있다. 철사로 만들어진 사람의 형상이다.

저것이구나!

자코메티의 「철사인간」

나는 머핀과 쥬스를 들고 바깥의 나무 아래에 있는 벤치로 간다. 분수대 앞에 앉아 머핀을 먹고 쥬스를 마신다. 벤치 옆에는 젊은 백인 여자가 열살 안팎으로 보이는 아이 둘을 데리고 나무 밑에 와서 데생 연습을 시키고 있다. 아이들의 데생은 휴대용 석고상을 화지에 옮기는 연습이다. 우리들의 미술 시간, 아니 서양화의 데생 연습은 어느 나라 아이들이건 석고상으로부터 시작한다.

한국의 아이들, 중국의 아이들, 일본의 아이들이라도 그것은 마찬가지다. 그랬을 때 그들이 그리는 얼굴은 모두 서양인의 얼굴이다. 동양인의 얼굴을 한 석고상은 없다. 소크라테스 같기도 하고 피히테 같기도 한 얼굴, 괴테 같기도 하고 링컨 같기도 한 얼굴, 어쨌든 그 얼굴은 동양인의 얼굴은 아니다. 그러니까 데생 연습으로부터 세계의 어린이들은 서양의 얼굴, 서양의 혼을 그리는 연습을 하는 것이다. 서양의 음악이 세계를 지배하고 서양의 미술이 세계를 지배할 때 서양의 정신과 혼은 세계의 정신과 혼을 지배하게 됨은 그런 한 피할 수 없는 일이 되는 것이다.

점심식사를 한 뒤 다시 일어나 자코메티를 보러 간다. 그러나 어디로 가면 자코메티의 작품이 있는지를 알지 못해 지나가는 백인 남자에게 묻는다. 그러나 그는 모른다고 대답한다.

오전에 본 전시실의 반대 방향으로 돌아 복도 맞은 편에 가서 어렵사리 자코메티를 만난다. 「철사인간」이다.

철사로 만든 이 작품에서의 금속 인간은 육체의 어느 부분에도 살 한 점 붙어있지 않다. 철사로만 되어 있는 이 금속 인간에 표정이 담겨있을 리 없지만 이 무표정한 조소에서 나는 커뮤니케이션의 단절과 애정의 결핍 속에서도 묵묵히 견뎌야 하는 인간의 삶과, 휴머니즘이 거세되어 버린 기계같은 싸늘한 삶을 숙명적으로 견디지 않으면 안되는 현대인의 비극을 만난다.

그것은 두 발로 편안히 땅을 딛고 서 있는 인간의 모습이 아니라 한 쪽 발로 힘겹게 땅을 딛고 한 쪽 발로만 육체를 지탱하고 서있는 고통스로운 인간의 모습이다.

어느 때가 되면 인간이 저 철사인간처럼 제 몸에 살 한 점 붙이지 않고 뼈로만 서서 한 생을 견뎌야 하는 때가 올런지도 모른다. 먹고 마시고 배설하는 일이 인간에게는 본능적인 즐거움이지만 때가 되면 인간은 그러한 본능적 즐거움마저 제거 당하고 고통으로만 살아가야 하는 날이 올는지 누가 알 것인가? 철사인간에는 이미 먹고 마시고 배설하는 육체적 인간으로서의 기능은 제거된 지 오래다. 그렇다면 자코메티는 우리에게 몇 세기 전, 혹은 더 뒷날이라면 몇 십세기 전에 그러한 비극을 실체(實體)로 보여준 예술가라고 할 수 있다.

저녁에 내가 호텔로 돌아왔을 때는 제니가 낯모르는 부인과 함께 와서 나를 기다리고 있었다. 내가 방에 들어서자 제니는,
「인사하세요,저의 숙모에요.」
하고 나를 부인에게 소개한다. 부인은 육십이 넘어 보이는 약간 비만한 몸집을 하고 있는 갈색 피부의 여자였다. 내가 부인에게 인사 하자,
「애긴 많이 들었어요, 그래 여기 생활이 힘든다지요?」
하면서 부인은 나를 쳐다본다. 부인의 목소리는 부드럽다. 제니가 나의 생활을 부인에게 얘기한 것이다.
「오늘은 저녁을 내가 살께요, 조각공원 뒤에 가면 조용한 음식점이 있어요, 그리로 함께 가면 어떻겠어요?」
「저는 괜찮습니다」
하고 내가 제니를 바라보자, 제니도 나를 보고 괜찮다는 신호를 보낸다.
우리는 부인의 차를 타고 타워를 돌아 조각공원을 지나 농업성(省) 청사 뒤에 있는 한 경양식집으로 갔다.
자리에 앉자 부인은 다시

「내일은 남쪽으로 갈거라면서요?」

하고 묻는다.

「예, 플로리다를 거쳐 키 웨스트 쪽으로 가 볼까 합니다」

하고 나는 대답했다. 부인은 식사를 하면서도 제니와 나를 번갈아 쳐다보면서 많은 이야기를 했지만 나는 부인의 그리크 발음이 많이 섞인 영어가 귀에 잘 들어오지 않아 건성으로 부인의 이야기를 들었다.

헤어지면서 부인은 나에게 말했다.

「우리 제니는 좋은 아이에요, 제니를 잊지 마세요」

17

모든 낭만주의자는 일찍 죽었다. 노발리스는 스물아홉에 죽었고 바켄로더는 스무살에 죽었다. 바이런은 서른여섯에 죽었고 셸리는 서른살에 죽었다. 키이츠는 스물여섯에, 푸시킨은 서른 다섯에 , 레르몬토프는 스물일곱에 죽었다. 어찌 그 뿐인가? 김소월은 서른세살에, 김해경은 서른 두 살에, 김유정은 스물여덟에 죽었다. 나는 서른여덟살을 살고도 아직 죽지 않고 살아 있다. 나는 낭만주의자가 될 수는 없는가?

내 머리 속에는, 내가 낭만주의자가 되는 길을 방해한 수종의 이름들이 들어 있다. 그것은 사람과 정체(政體), 그리고 문학이라는 이름을 뒤집어 쓰고 세상에 얼굴을 내밀 때에는 반드시 그 엄숙한 관문을 거치도록 길들여진 제도권의 매체들이다. 거기에는 내가 문학이라는 이름의 허상 속으로 빠져들어가는데 대한 삼엄한 경계령을 내린 나의 아버지 민정식이라는 계엄관이 있고, 나의 소년 시절을 장악해 버린 3공, 5공이라는 서슬 푸른 정체가 있다. 그들은 내 소년과 청년시절의 피어나는 뭉게구름을 검은 선글라스와 국방색 작업복으로 압살해 버린 장본인들이다. 이 모든 것들은 차갑고 엄혹한 모습으로 나의 꿈 언저리를 배회하며 나로 하여금 허망한 낭만을 버리고 올연한 현실 위에 발을 올려놓도록 강요하였다. 나는 나의 아버지로부터 수학과 물리를 이해가 아니라 암기하도록 강요 받았고 국가와 제도라는 틀이 나의 젊음을 3년 동안이나 강원도 원주 땅에 파묻도록 강요 당했다.

그러나 한 번 물든 문학의 꿈은 나를 끝내 그 수렁에서 헤어나지 못하게 했다. 그리하여 나는 수많은 문예지와 신문의 신춘문예 혹은 작가상 위에 나의 실패의 도정을 부려놓도록 강요 당했다. 그리하여 나는 하마트면 이런 시를 쓸 번도 하였다.

내 돌아가 만나리
언제나 혼자인 꽃피는 봄날과
제 혼자 즐거운 작은 냇물과
왔다가는 가버리는 저문 가을을

바라보면 전설처럼 누운 길들과
　눈물처럼 번지는 작은 사랑과
　내 맨발로 달리면 어디든 강물이고
　놀이던 거기
　거기에 떨어진 추억의 꽃잎

　내 의사(擬似) 낭만주의는 최소한 노발리스가 죽은 지 백팔십년 뒤에 태어난 낭만주의고 셸리가 죽은 지 백육십년 뒤의 낭만주의다. 그러나 나의 떨어진 추억의 꽃잎을 찾아가는 의고전적(擬古典的) 낭만주의는 하드코어, 유로팝의 공격과 잡음 속에 뒤쳐져 채 피지도 못하고 시들어 버린 병든 장미와 같은 것이 되고 말았다. 그러나 나의 실패한 소설은 나의 새로운 기독, 나의 새로운 영지(領地)가 되어 서른일곱번째의 징검다리를 건너 서른여덟번째로, 서른여덟번째의 징검다리를 건너 서른아홉번째로 나의 영혼의 지병을 옮겨간 강물이 되었음을 나는 즐겁지는 않지만 지금도 기억한다. 그리고 그것이 비록 병들고 지쳐버린 것이긴 하지만 그나마 병든 낭만이라도 없었더라면 생의 전환을 위해 껑충 뛰어온 이 땅에서 다시금 이같은 글을 쓰고 있지는 못할 것이라는 생각과 함께.

　제니와 나는 DC의 이틀을 포토맥 강가에서 보내고 다시 비행기에 올랐다.
　이 나라의 최남단 플로리다 반도, 그 끝에 반점처럼 찍혀 있는 작은 섬, 키 웨스트로 가기 위해서다. DC를 떠난 비행기는 세 시간을 날아 마이애미공항에 도착한다. 그 세 시간 동안 나는 제니의 조잘거리는 이야기에 귀를 반쪽만 열고 나 혼자의 생각에 잠긴다. 비록 제니에 끌려온 여행이긴 하지만 이제는 내 여정도 끝낼 때가 된 것이라는……. 그리고 어떤 방식의 결말이든 나의 허수아비 같은 생활에 메스를 대고 모종의 수술, 모종의 단안을 내려야 할 때가 왔다는……..

옥치옥에게 한 하직 인사처럼, 여기서 다시 내가 뉴욕으로 돌아가야 할 이유는 아무 데도 없다. 뉴욕으로 돌아가 부질없는 시간과 싸우며 택시를 운전하는 일, 누구가 보아도 희극적일 수밖에 없는, 내일이 없는 제니와의 맹목적인 사랑을 나누는 일, 거기다 불법체류자로서의 아슬아슬한 곡예의 나날을 두근거리는 마음으로 지켜보는 일, 다시 원한과 탄식 속에 보내고 맞은 지난 반년의 날들과 꼭 같은 시간의 낱장들을 찢고 깁는 일들을 이제 나는 끝장내야 한다. 그러나 그 끝장을 나는 과연 어떤 방식으로 낼 것인가? 인생은 결코 치기와 우연으로 이루어진 1막 2장의 연극은 아니다. 거기에는 좀더 성실하고 치밀한 삶의 계획이 있어야 하고 그 삶을 가꾸는 정성과 노력이 있어야 한다. 그러나 계획이 있고 노력이 있어도 그것이 뜻한 바대로 가꾸어지지 않을 때, 거기에는 노력보다 더 큰 전환적 수술이 있어야 한다. 그 수술이란 대체 어떤 것이어야 하는가?

비행기 안에서도 제니는 줄곧 나에게,

「관우씨, 어제 만난 우리 숙모 인상이 어땠어요?」

「우리 여행도 이제 사흘밖에 남지 않았군요. 돌아가면 우리 다음의 생활을 위해 멋진 계획을 세워요. 응?」

「오늘은 우리 마이애미서 자고 내일 오전에 키 웨스트로 가기로 해요. 마이애미에서 키 웨스트까지는 자동차로 세시간이면 돼요.」

하고 쉬임없이 말을 잇는다. 그러나 나는 그런 제니의 채근에 대답할만한 상식을 갖지 않아서 제니의 말에 모두 고개만 끄덕인다.

그러는 동안 나는 나를 휩싸고 불어오는 어떤 폭풍 같은 감정을 읽고 있었다. 그것은 제니의 사랑 같은 것으로 치유될 수 있는 성질의 것이 아니었고 그렇다고 나의 인내와 자제가 감당할 수 있는 성질의 것도 아니었다. 나는 줄곧 기내에 비치되어 있는 신문과 잡지를 뒤척였다. 잡지에는 플로리다 여행 안내 책자가 있고 플로리다의 상징 해바라기가 군데군데 그려져 있다. 무심코 넘긴 신문의 8면에는 「금주의 베스트 셀링 북스」가 있다. 미국에서 잘 팔리는 책은 어떤 책일까? 나는 50위까지의 목록을 들여다 본다.

1위 : 비를 만드는 사람, 존 그리샴
2위 : 탈출을 기다리며, 테리 맥밀란
3위 : 수성에서 온 남자, 금성에서 온 여자, 존 그레이
4위 : 지붕 위에 내린 눈, 데이빗 구트슨

5위 : 영혼을 위한 치킨 수프, 잭 캔필드
6위 : 위자드의 길, 디팍 쇼프라
7위 : 강한 인간, 딘 쿤츠
8위 : 장미를 위하여, 쥬리 캔우드
9위 : 위기의 흡수, 로빈 쿡
10위 : 사자의 신부, 아이리스 요한센

한국어로 글을 쓰는 일은 2천명을 향해 글을 쓰는 일이고 영어로 글을 쓰는 일은 십억을 향해 글을 쓰는 일이다. 그런 점에서 영어로 글을 쓰는 사람들은 혜택받은 사람들이다. 저네들이 가진 말을 그대로 쓰기만 하면 곧 그것은 세계어가 되는 것이니 그 얼마나 편리하고 유용한 일인가? 금주의 베스트 셀링 북스, 그것을 쓴 작가들은 그만큼 행복한 사람들이다. 시기라기 보다는 부러움의 마음으로 내가 그런 생각을 하는 동안 비행기는 벌써 공항에 닿는다.

제니의 제안대로 나는 마이애미의 호텔에서 하루를 쉬었다. 나는 바깥을 나가지 않고 호텔에서 바깥을 관망하면서 하루를 보냈다. 크루즈를 타고 비스케인 만(灣)을 도는 일, 마이애미 바다 박물관에 가서 돌고래 쇼를 보는 일, 해풍이 불어오는 마이애미 비치를 걸어보는 일은 생각만 해도 즐거운 일이지만 나는 거기엘 가볼 엄두를 내지 못하고 그저 호텔에 머물러 있고만 싶었다.

밖을 내다보면, 열대수가 우거진 정원 깊숙히 까지 초록빛 바다가 들어와 야자나무 그늘진 정원에 앉아 물이랑을 헬 수 있고, 정원 끝에 닿아 있는 바다에는 상시 주인을 기다리며 물결에 씻기는 요트가 매여 있는 도시, 하이얀 치장을 한 저택들은 푸른 잔디와 붉은 꽃들에 둘러싸여 무도회에 나가는 귀족부인처럼 제 성장을 자랑하고 잔디 위에는 잔물결에 반사되는 하이얀 벤치가 앉을 사람을 기다려 비단향나무 그늘에 쉬고 있는 도시, 부긴빌꽃이 불타는 열정으로 담장을 뒤덮고 은단추꽃이 눈발처럼 피어 보는 사람의 눈을 현혹하는 도시, 설탕능금나무, 아보카도나무, 잎넓은 카람블로나무들이 바닷물에 그림자를 드리우고 바다오리, 기러기, 펠리칸들이 먹이를 찾아 물살을 젓는 도시. 건너 뛰어도 될듯한 작은 섬들이 이마를 맞댄 채 물 위에 떠 있고 그 사이에 떠 다니는 수십척의 요트들이 동화처럼 숨쉬고 있는 도시.

지상의 삶에는 저같은 호사스런 삶도 있다는 것을 이 곳의 풍경은 가르치고 있다. 그 풍경에 이끌리어 나는 제니와 함께 이튿날은 다시 이 곳의 풍경들을 만나러 나간다. 제니는 새로운 풍경이 눈 앞에 펼쳐질 때마다 나를 바라보며 미소짓고 나에게 다가와 입술을 던지지만 나는 이미 풍경에 찬탄하고 즉물적 호화로움에 정신을 앗길만한 여유를 잃고 있다.

나는 다만 이 시간 나를 옥죄이는 모종의 긴박감과 초조함을 제니에게 보이지 않으려고 안간힘할 뿐이다. 제니의 재촉으로 우리는 호텔에서 내어주는 리무진을 타고 마이애미 비치로 나갔다. 비치에는 닳아오른 오후의 햇빛이 흰 모래를 태우고 심심한 듯 찰싹이는 물결이 알몸을 한 남녀들의 실팍한 허벅지를 마음껏 어루만지고 있다.

대서양 물빛은 푸르고 비치의 모래밭은 희다. 야자나무의 그늘은 외롭게 햇빛을 반사하고 모래 위를 걷는 사람들은 자신도 모르는 새 남국의 경치 속에 빨려들어가 경치의 일부가 된다.

비치에 닿자 제니는 재빠르게 수영복으로 갈아입고 물 속으로 뛰어들어 나를 들어오라고 손짓한다. 제니는 밀려오는 파도를 타며 점점 더 깊은 물 속으로 들어가지만 나는 제니의 수영 솜씨를 당하지 못해 바깥 쪽에서만 맴돈다.

제니가 파도를 타는 비치의 남쪽으로는 이만톤이 넘는 여객선이 천천히 만을 떠나면서 비키니 차림으로 모래 위를 걷는 사람들의 배경이 된다.

나는 가물거리는 제니의 모습을 바라보며 그녀가 어쩌면 파도를 너머 저 여객선을 타고 어디론가 훌쩍 사라져 버리지나 않을까 하는 환상에 빠진다. 내가 그러한 환상에 빠지는 동안 제니는 어느덧 내 등 뒤로 다가와 내 팔과 다리를 간지려 놓고는 또 다음의 파도를 향해 달아난다. 그녀는 마냥 즐거운 모습이다.

그때, 북쪽 하늘로부터 갑자기 먹구름이 몰려들더니 먹구름은 순식간에 빗방울로 변해 수영을 하고 있는 사람들의 머리를 난타하기 시작한다. 조용하던 바다가 갑자기 사납게 일렁이며 정물처럼 땅 위에 그림자를 드리우던 야자나무들이 그림자를 잃고 하늘을 향해 머리카락을 어지럽게 흔든다. 비를 피할 여가가 없다. 제니와 나는 무방비 상태에서 거센 빗방울을 날로 맞으며 물에서 나와 모래 가운데 세워놓은 경보용 구명대(救命臺) 아래로 몸을 옮긴다. 비를 가릴 수 있는 것은 그나마도 낮은 천정을 한 구명대의 판자 지붕과 제니가 가져온 넓은 타월 한 장 뿐이다. 타월을 모래 위에 깔고 제니를 껴안은 채 내가 타월 위에 앉아 있는 시간 동안도 비는 그치지 않는다. 소나기처럼 금방 끝날 줄만 알았던 빗줄기는 시간이 지나면서 점점 거세어져 이제는 구명대 아래까지 빗줄기가 들이친다. 판자로 인 천장도 깔고 앉은 타월도 세찬 비를 피하기에는 턱없이 부족하다.

　나는 무릎 위에 앉아 토끼처럼 몸을 사리는 제니를 두 팔로 감싸 안았지만 빗방울은 제니의 살결을 사정없이 때린다. 그토록 맑고 포근하던 하늘이 이처럼 사나운 맹수처럼 돌변하는 일은 대서양 연안이 아니면 여간해서 일어나지 않는 일이다. 비는 마침내 세찬 바람까지 몰아와 사람들이 파도를 타던 바다는 물구비가 거세게 일고 알몸들이 맨발로 걷던 모래밭은 순식간에 회오리 바람에 휩쓸려 거대한 모래 기둥을 일으킨다.

　구명대에서 마을까지는 불과 이백미터에 불과하지만 몰아치는 바람과 모래기둥이 너무 세차 마을까지 걸어갈 수가 없다.

불어닥치는 비와 모래 바람을 맞으며 우리는 맨살의 몸으로 모래바람과 싸울 수밖에 없다. 그러나 캄캄한 하늘과 번쩍이는 천둥 번개는 갈수록 기승을 부려 쉬이 그칠 기미를 보이지 않는다

갑자기 머리 위에서 우직끈 하는 둔탁한 소리가 들리고 내 무릎 위에 몸을 사리고 있던 제니가 괴성을 지르며 내 손을 잡아당겨 구명대 바깥으로 나를 끌어낸다. 나는 응급결에 제니를 따라 구명대를 빠져나갔는데 우리가 몸을 빼어내자 마자 구명대는 한 쪽에 받치고 있던 기둥이 부러지면서 바람의 반대 방향으로 쓰러져 내린다. 수초만 늦었다면 쓰러지는 구명대의 나무 기둥과 비에 젖은 판자 조각이 무참히 우리의 머리와 얼굴을 덮쳤을 것이다.

퍼붓는 비는 밧줄처럼 굵다란 선을 그으면서 모래 위로 쏟아져 내리지만 도무지 그칠 것 같지 않은 비를 마냥 기다리고만 있을 없어 나는 제니를 부축해 모래 기둥 속을 뚫고 탈의장까지 만이라도 걸어야겠다고 생각한다. 온 몸이 비와 모래 투성이가 되었으나 상처를 입지 것은 그나마도 다행이었다.

우리는 맨발로 사장을 빠져나왔다. 탈의실에 맡겨놓은 옷을 찾아 수영복 위에 덮쳐 입고 제니와 나는 택시를 불러 급하게 호텔로 돌아왔다. 날씨의 변덕은 촌분을 다투어 우리가 호텔로 돌아오는 동안 다시 해는 끓어올라 염열(炎熱)로 이글거리기 시작했다.

이곳 사람들은 이 정도의 날씨의 변덕은 거의 매일처럼 당하는 일인지라 대수롭지 않게 여기는 듯했다.오늘 같은 비 바람 정도는 대서양에서 일어나는 허리케인 가운데는 새끼에 불과하다는 것이다. 그러나 비록 그것이 막내둥이 허리케인에 불과한 것일지라도 그것을 처음 만난 우리로서는 그것은 공포요 두려움이 아닐 수 없었다.

제니와 나는 일찌기 방에 들어 모래바람을 맞은 피부를 샤워로 씻고 지친 몸을 침대 위에 눕혔다. 하룻밤의 숙면이 우리가 만난 놀라움과 우리가 지닌 피로를 말끔히 풀어주기를 마음 속으로 기원하면서 우리는 식사도 하는 둥 마는 둥 곧 잠으로 빠져들었다.

다음날 아침, 우리는 자동차를 렌트해 갈까 하던 키 웨스트를 경비행기를 타고 가기로 계획을 바꾼다. 이른 오전이라서인지 비행기 안에는 스무명의 관광객만 타고 있다. 비행기는 가벼워 작은 바람에도 동체를 떨었지만 백오십마일의 바다 위를 나는 일에는 별 어려움이 없다. 섬과 섬 사이를 잇는 마흔두개의 다리, 허리케인에 부서진 교각들을 그대로 방치해 둔 철교들을 내려다보는 것도 이곳에서는 구경거리다. 푸른 바다와 섬을 잇는 다리와 야자수, 그리고 작은 마을들, 그것들을 내려다 보느라 기내의 승객들은 여념이 없다.

「키 웨스트에 내리면 무엇을 가장 보고 싶어요?」

제니가 묻는 말에 나는 대뜸,

「어네스트의 집.」

하고 대답했다.

「좋아요. 그러면 먼저 렌트부터 해야겠군요.」

어네스트의 집은 이 섬의 남단에 있는 스페인풍의 넓은 집이다. 이층으로 지어진 이 집은 화려하지는 않으나 열 개가 넘는 작고 큰 방들로 꾸며져 있다.

어네스트, 그는 왜 남쪽 바다와 남쪽 섬을 그렇게 좋아했을까? 외모나 작품에서 가장 미국 냄새를 풍기는 그는 왜 첨단과학과 문명을 버리고 남미풍의 유순함과 태고풍의 미개함을 택했을까?

알 수 없다. 그러나 그의 투박하고 인정많은 시골풍의 면모에는, 어쩌면 인간보다 동물을, 문명보다 자연을, 도회보다 시골을, 첨단보다 원시를 동경하고 좋아했던 품성이 듬뿍 들어 있기도 하다. 그는 문명이 싫어서 대륙의 최남단, 손바닥만한 섬으로 숨어 들어 매일 글을 쓰고 친구가 경영하는 맥주집에 가서 술을 마시면서 시골 사람들과 소박한 인정을 나누며 살았을 것이다.

제니를 따라 우리가 머물 코트니 하우스를 찾았을 때는 아직 오후 세시가 넘지 않았기에 나는 제니를 잠시 쉬라 하고 혼자 시가지를 걸어 남쪽 하구(河口)에 있는 큐바 난민수용소를 찾아갔다.

야자수 대신 잡목림만 우거진 난민수용소 근처에는 이렇다 할 수용소의 특징이라고는 보이지 않았다. 우중충하고 검은 바닷말이 떠 다니는 하구에는 큐바를 탈출한 난민들이 타고왔을 법한 뗏목조각들이 밧줄에 매인 채 물살에 일렁일 뿐 난민들의 모습은 보이지 않았다.

여기서 남쪽 바다를 가로질러 90마일이면 큐바에 닿는다. 그러기에 큐바를 탈출한 난민들은 뗏목을 타고 큐바를 벗어나 90마일 건너에 있는 미국 땅, 키 웨스트로 건너 오는 것이다. 그러나 미국은 조국을 버리고 오는 그들 난민들을 받아주지 않고 다시 배를 태워 큐바로 돌려보내기에 지금 난민 수용소에는 한 사람의 난민도 남아 있지 않다.

나는 어네스트가 사랑했던 바다, 어네스트가 사랑했던 남쪽의 섬나라를 하염없이 바라보았다. 그는 자신의 마지막 재산을 몽땅 쓸어 그 남쪽 나라에 기증했고 그러기에 지금도 그 남쪽 나라에는 어네스트를 기리는 메모리엄이 건립되어 있다. 나는 구십마일 남쪽의 섬나라로 가는 푸른 물결을 오랫동안 바라보다가 제니가 쉬고 있는 코트니하우스로 돌아왔다. 제니는 내가 어디를 갔을까 궁금해 하며 내가 돌아오기를 기다리고 있다가 내가 들어서자 나에게 샤워를 하라고 타월을 내어 준다. 나는 타월을 받아 손에 쥔 채 샤워실에 가지 않고 침대에 누워 어두워질 때까지 눈을 붙였다.

제니가 깨우지 않았다면 밤이 깊어질 때까지 잠을 잤을 지도 몰랐다. 제니는 나를 흔들어 깨우고는, 밖에 나가 생선으로 식사를 하고 헤밍웨이가 다니던 까페엘 가보자고 제안한다. 나는 제니를 따라 티셔츠를 걸치고 반바지를 입은 채로 밖으로 나갔다. 밤의 듀발 거리는 낮과는 달리 사람들로 흥청거린다. 길 양편으로는 모두 술집이고 거리 전체에 음악과 춤이 넘친다. 키 웨스트의 낮은 수천척 어부들의 섬이고 밤은 수천명의 관광객들과 이방인들이 일구는 노래와 춤의 섬이다. 손바닥만한 섬 하나가 이토록 낮과 밤을 사이로 그 모습을 달리 한다.

밤 8시, 어네스트가 즐겨 찾았던 까페 「슬로피 조스」에는 아직 초저녁인데도 수백명의 젊은이들이 술과 음악으로 광란이다. 여기저기서 트럼펫과 드럼 소리로 요란하고 장발의 악사들이 마이크를 손에 쥐고 무대 위를 걸어다니며 찢는 듯한 목소리로 노래를 부른다. 까페의 사면 벽에는 어네스트의 모습을 담은 수십장의 사진들이 붙어 있어 어네스트의 생전의 앨범이 된다.

더욱 놀라운 것은 벽면의 장식이다. 벽면의 장식이랫자 모두 한물 간 폐품들을 뒤죽박죽 이겨붙인 너절한 일용품들의 나열이지만 거기에는 여자들이 입던 삼각팬티, 블래지어, 핸드백, 부서진 자전거, 자동차 번호판, 트럼펫, 헬멧, 스키, 그리고 누구의 것인지 알 수 없는 수천장의 명함들이 천정이며 벽에 덕지덕지 붙어 있다. 기발하다기 보다 익살스럽고 앙징스럽기 보다 유머러스하다.

거리와 카페를 돌아다니다가 우리는 밤 늦어 코트니하우스로

돌아왔다. 자정이 넘은 데도 불빛은 대낮을 방불케 하고 사람들
은 밀물처럼 밀려다닌다. 그러나 제니와 나는 피곤해져서 이맘
쯤서 숙소로 돌아온 것이다.

숙소로 돌아온 나는 그제야 욕실에 들어가 샤워를 하고 제니
가 따루어 주는 쥬스를 마시며 소파에 깊이 파묻힌다. 제니는
나를 바라보며,

「관우씨, 관우씨는 왜 아까 까페에서 춤 추지 않았어요? 나는
이렇게 즐거운데 관우씨는 즐겁지 않으신가 보죠?」

그러나 대답 없이 웃는 나를 보고 한 번 더 제니는,

「우리 뉴욕으로 돌아가면 곧 숙모에게 연락해서 결혼식을 올
려요, 부탁이에요.」
하고는 타월을 가슴에 걸치고 곧 잠이 든다.

나는 내 곁에서 평화롭게 잠이 드는 그녀의 모습을 오래오래
바라보았다.

사랑한다는 일은 무엇일까? 왜 인간은 태어나서 자라고 자라
면서 한 사람의 이성을 만나고 그 이성을 사랑하며 그와 결혼이
라는 의식을 치러야 하는 것일까? 그 의식을 치르고 나면 비로
소 살을 맞대고 살아가고 주민등록을 같이 하며 한 통장에 재산
을 비축하고 그리고 아이를 낳고 사회활동에 투신하게 되는 걸
까? 그리고 그런 의식을 치르지 못한 사람들은 왜 그들이 아무
리 사랑하고 열렬히 상대를 갈구한다 하더라도 사회와 세인의

불인정 속에 냉대 받아야 하고, 스캔들이라는 잡음 속에 휘말려
야 하는 것일까?

　제니는 그리크, 나는 코리언이지만 국적과 나라를 달리 하면
서도 그같은 제도와 관습, 사회의 기반과 틀은 달리하지 않는다
는 것은 무얼 의미하는 것일까? 그러기에 제니는 잠이 들면서
도 나에게, 돌아가면 곧 결혼식을 올리자고 잠꼬대처럼 뇌이지
않는가.

　그러나 내가 결혼이라는 관습의 과녁을 향해 그녀와 함께 걸
어 간다고 해서 내가 그녀를 과연 행복하게 해 줄 수 있는가?
아니 제니를 행복하게 해 주기 전에 나 자신의 행복을 내 스스
로가 만날 수 있는가?

　도대체 무엇이 행복이고 무엇이 불행인가? 어떤 삶을 살아야
행복한 삶이고 어떤 삶을 살면 불행한 삶인가? 나는 아무 것에
도 확신이 없다. 나의 정신의 폐허를 구원으로 이끌어 줄 수 있
는 것은 아무 것도 없다. 나는 나를 아직은 더욱 아프게 매질하
고 학대해야 한다. 그때 내 아픔에 조그만 터득이 생긴다면 나는
그것으로 내 생의 반려로 삼으리라. 그러나 아직은 그런 때가 아
니다. 아니, 나에게는 그런 때가 영영 오지 않을 지도 모른다.
나는 한 여자에게서 행복을 느끼고 한 여자의 사랑 속에서 안주
할 수 있는 삶을 찾기 위해 열흘 동안의 불면과 통음 속에서 나
를 건져 내어 이 낯선 땅, 낯선 나라에까지 찾아온 것은 아니다.

나는 나의 전신에 감겨드는 회유의 손길을 마다하고 스스로를 부정하는 마음으로 힘껏 고개를 저었다. 그리고 제니의 잠든 얼굴 곁에서 종이를 꺼내 편지를 썼다.

작은 행복을 꿈꾸며 슬픔을 다듬고 가꾸어 온 제니에게 다시 슬픔을 얹어준다는 일이 얼마나 가슴을 미어지게 하는 일인지 알 길이 없지만 나 스스로의 확신이 없는 한 나는 그녀의 소원을 들어줄 수 없다. 그러기에 차마 그녀의 얼굴을 바라보면서 그 얼굴 앞에서 결연한 결별을 선언하지 못하고 그녀가 내일 아침 잠에서 깨어날 때 읽을 수 있도록 짧은 편지를 남긴다.

제니,

슬픔 위에 슬픔을 얹는 일처럼 마음 아픈 일은 없는지라 제니가 잠든 사이, 제니의 얼굴을 내려다보며 이 편지를 씁니다. 나는 제니의 과분한 사랑을 받고 있음을 잘 압니다. 그러나 나는 제니를 행복하게 해 줄 수 있는 아무런 조건도 가지고 있지 못한 사람, 그러기에 나는 여기서 제니를 떠나려 합니다. 내가 어디를 향해 떠나는 지는 나도 알지 못합니다. 내가 가야할 방향과 목표는 정해지지 않았습니다. 목표도 없이 다만 나는 제니를 떠나는 것입니다. 그리고 그렇게 하는 것이 제니와 나를 위하는 길이라고 나는 생각합니다. 처음부터 나는 제니의 사람이 될 수 없었거던 하물며 일생을 같이 할 부부가 될 수 있겠습니까? 그러나 이같은 뒤늦은 고백도 나의 못난 미련과 타고난 용렬 때문이라고 하면 변명이 될까요?

나는 이 새벽에 뗏목을 타게 될 것입니다. 그러나 뗏목의 방향은 내가 아니라 나를 휩쓸고 가는 바람이 정할 것입니다. 나는 어디론가 떠나가야 하는 사람, 나의 떠남에 대해 너무 슬퍼하지 말기 바랍니다. 더욱이 나의 행방을 찾아 나서는 일은 부질없는 일이 될 것입니다.

그러면 안녕.

이것이 내가 제니에게 드리는 마지막 인사임을 나는 슬퍼하지 않으려 합니다.

1996년 7월 16일, 새벽
아메리카 대륙 남단, 키 웨스트의 여사에서,
민 관 우

편지의 글대로 나는 눈물을 흘리지 않았다. 그리고 나는 더욱 냉담해졌다.

나는 가야한다. 어디론가 내가 혼자 설 수 있는 땅으로, 아니면 나 혼자 쓰러져도 부끄럽지 않은 땅으로 가야한다.

나는 누구의 눈길도, 누구의 손도 닿지 않는 어느 곳으로 가야한다.

그런 곳이 있는가? 지상의 어디에 그런 곳이 있는가? 보이지는 않지만 나는 그곳으로 가리라. 설령 그런 곳이 이 세상 아무 데에도 없다고 하더라도 나는 거기를 찾아 나설 수밖에 없다. 설령 그곳이 영원한 암흑의 세계, 캄캄한 밤의 세계라 하더라도 나는 그곳을 찾아갈 수밖에 없다.

이제 나에게 다른 선택은 없다.

나는 편지를 제니의 잠든 머리맡에 놓아두고 그녀의 평화스러운 입술 위에 내 입술을 댄 후 도어 소리를 죽이면서 대문 밖을 빠져 나왔다. 불이 꺼진 새벽 거리에는 어젯밤 흥청이던 사람들의 모습은 보이지 않았다.

나는 어둠이 차츰 바다 끝으로 밀려나는 길을 걸어 어제 확인해 두었던 난민수용소 쪽을 향해 걸었다. 거기에는 사람의 흔적이 없고 낮 동안 떠 있던 뗏목만 몇 개 물 위에 떠 있다.

나는 그 가운데 가장 튼튼해 보이는 뗏목 하나를 골라 갈고리에 묶여 있는 밧줄을 풀고 내 쪽으로 힘껏 끌어 당겼다. 그리고 준비해 두었던, 보트에 쓰는 가볍고 견고한 노를 뗏목에 부착했다. 뗏목은 파도가 칠 때마다 물이 튀어오르긴 했지만 웬만한 파도에도 뒤집히거나 둥치가 부러지지는 않을 정도로 튼튼했다. 나는 뗏목 앞 부분에 있는 고무 갑판 위에 앉아 부착한 노를 두 손으로 잡았다.

노는 생각했던 것보다 쉽게 물살을 가르며 앞으로 나갔다. 나는 육지의 그림자가 아지랑이처럼 옅어질 때까지 노를 저어 바다 가운데로 나갔다. 한 시간은 넘었음직한 때가 되어 나는 젓던 노를 멈추고 뭍 쪽을 돌아보며 뗏목이 떠나온 자리를 바라보았다.

동이 트고 있었다. 먼 바다 가운데서 바라보는 내 눈에, 수용소 모래 언덕에 한 그림자가 움직이는 것이 들어왔지만 그것도 잠시 뿐, 나는 다시 뒤를 돌아보지 않고 노를 저어 남쪽으로만 나아갔다. 그리고 또 한 시간 쯤 뒤, 키 웨스트의 남쪽 작은 섬,

피콕 아일랜드에 잠시 기착한 뒤 계속해서 노를 저어 나는 나의 뗏목을 망망대해의 물결 위에 올려놓았다.

그리하여 나는 바야흐로 카리브해 가운데의 미아가 되었다.

나는 그제서야 미리 써두었던 붉은 페인트 글씨의 팻말 하나를 뗏목 앞 부분에 꽂았다. 어쩌면 부닥치게 될지도 모를 월경(越境)의 위험에 대비해,

「나는 큐바를 사랑한다.」

는 에스페니올라를 노의 곁에 꽂은 것이다. 그 팻말은 아직도 내가 목숨에 대한 연연함과 생의 미련을 버리지 않고 있다는 증명이기도 하지만 그렇다고 그것이 나의 안위(安危)를 지켜줄 수 있는 최후의 보루가 되리라는 보장은 아무 데도 없다. 그러나 설령 그것이 나의 안위를 지켜주는데 아무 도움이 되지 못한다 하더라도 나는 다시 나의 길을 돌이키지는 않으리라. 나는 있는 힘을 다해 노를 저어 남쪽으로 나아갔다.

멀리서 떠오르는 아침해가 야수에 물어뜯긴 사슴의 피같은, 싱싱해서 잔인한 빛살을 흩뿌리며 바다를 붉게 물들이고 있었다. 그 붉은 빛살은 뗏목 앞에 꽂은 팻말의 페인트 글씨를 뚜렷이 바다 위에 양각시키고 있다.

바다는 조용하고 갈매기들은 나의 뗏목을 따라 나의 어깨를 가볍게 스치며 날고 있다. 바다 위에는 나와 갈매기 뿐, 그밖에

있는 것이라곤 아무 것도 없다. 팻말에 물살이 튀어오를 적마다 페인트로 쓴 글자는 물에 젖어 더욱 선명하게 반짝인다. 구십 마일의 바다 위에 살아 있는 것이라곤 그것밖에 없다. 그것은 해 지면 숨고 해 뜨면 다시 이 바다 위에 살아 빛을 뿌릴 것이다. 그밖에 영원을 갈구하는 목소리는 없다.

내 목청 다해 불러도 들어줄 사람 없는 카리브의 물결 위에서 그것은 내 심장을 대신하여 소리친다.

나는 살고싶다. 바다보다 깊게, 죽음보다 강하게.

Me Gusta Cuba

메 구스타 큐바

리다에서 만난 사람

초판인쇄 · 1999년 12월 24일
초판발행 · 1999년 12월 30일

지은이 · 이기철
펴낸이 · 최정헌
펴낸곳 · 좋은날
주　소 · 서울시 서대문구 충정로 3가 8-5호 동아 아트 1층
전화번호 · 392-2588~9
팩시밀리 · 313-0104

등록일자 · 1995년 12월 9일
등록번호 · 제 13-444호